a maldição de sarnath

a maldição de sarnath

Tradução
Celso M. Paciornik

H.P. LOVECRAFT

ILUMINURAS

Títulos originais

The Other Gods; The Tree; The Doom that Came to Sarnath; The Tomb; Polaris; Beyond the Wall of Sleep; Memory; What the Moon Brings; Nyarlathotep; Ex Oblivione; The Cats of Ulthar; Hypnos; Nathicana; From Beyond; The Festival; The Nameless City; The Quest of Iranon; The Crawling Chaos; In the Walls of Eryx; Imprisoned with the Pharaohs

Copyright © da tradução e desta edição
Editora Iluminuras Ltda.

Capa e projeto gráfico
Eder Cardoso / Iluminuras

Preparação e revisão
Bruno Silva D'Abruzzo
Camila Cristina Duarte

Este livro segue as novas regras do Acordo Ortográfico da Língua Portuguesa.

CIP-BRASIL. CATALOGAÇÃO NA PUBLICAÇÃO
SINDICATO NACIONAL DOS EDITORES DE LIVROS, RJ

L947m

Lovecraft, H. P., 1890-1937.
    A maldição de Sarnath / H. P. Lovecraft; tradução Celso M. Paciornik. – 2. ed. – São Paulo : Iluminuras, 2014.
    232 p.; 23cm

    Título original: The Doom that Came to Sarnath

    ISBN 978-85-7321-446-8

    1. Conto infantojuvenil americano. I. Paciornik, Celso M. II. Título.

14-13466
                       CDD: 028.5
                       CDU: 087.5

2021
EDITORA ILUMINURAS LTDA.
Rua Inácio Pereira da Rocha, 389 - 05432-011 - São Paulo - SP - Brasil
Tel./Fax: 55 11 3031-6161
iluminuras@iluminuras.com.br
www.iluminuras.com.br

índice

os outros deuses, 9

a árvore, 17

a maldição de sarnath, 23

a tumba, 31

polaris, 45

além da barreira do sono, 51

memória, 65

o que vem com a lua, 67

nyarlathotep, 71

ex oblivione, 75

os gatos de ulthar, 79

hypnos, 85

nathicana, 95

do além, 99

o festival, 109

a cidade sem nome, 121

a procura de iranon, 137

o rastejante caos, 147

nas muralhas de eryx, 157

encerrado com os faraós, 195

sobre o autor, 231

os outros deuses

No topo do mais alto dos montes terrestres habitam os deuses da terra, e homem algum ouse dizer que os tenha visto. Eles já habitaram picos mais baixos, mas os homens das planícies acabavam escalando as encostas de pedra e neve, empurrando os deuses para montanhas cada vez mais altas, até só lhes restar agora a última delas. Conta-se que quando deixaram seus velhos cumes, levaram consigo qualquer sinal de sua presença, exceto num deles, em que teriam deixado uma imagem esculpida na face da montanha a que chamavam Ngranek.

Mas agora eles se foram para a desconhecida Kadath, na vastidão gélida que homem nenhum percorre, e se tornaram intransigentes, já não tendo um pico mais alto para onde fugir com a chegada dos homens. Ficaram intransigentes, e se antes permitiam que os homens os desalojassem, agora os proíbem de ali chegar; ou, tendo chegado, de partir. Melhor os homens nada saberem de Kadath, naquela vastidão petrificante, caso contrário tentariam imprudentemente galgá-la.

Às vezes, quando saudosos, os deuses da terra visitam, nas noites serenas, os picos onde costumavam viver, e choram mansamente enquanto tentam se divertir à moda antiga nas rememoradas encostas. Os homens sentiram as lágrimas dos deuses sobre a nevada Thurai, embora tenham pensado que fosse chuva; e ouviram os suspiros dos deuses nos lamuriosos ventos matinais de Lerion. Os deuses costumam viajar em embarcações de nuvens; e sábios aldeões conhecem lendas que os mantêm afastados de certos picos altos à noite, quando o tempo está nublado, pois os deuses já não são afáveis como antigamente.

Em Ulthar, situada além do rio Skai, habitava certa vez um ancião ávido por encontrar os deuses da terra; um homem profundamente versado nos *Sete Livros Crípticos de Hsan* e familiarizado com os *Manuscritos Pnakóticos* da distante e gélida Lomar. Seu nome era Barzai, o Sábio, e os aldeões contam como ele escalou a montanha na noite do estranho eclipse.

Barzai sabia tanto sobre os deuses que poderia contar suas idas e vindas, e adivinhara tantos de seus segredos que considerava a si próprio quase um deus. Foi ele quem sabiamente aconselhou aos burgueses de Ulthar quando aprovaram sua extraordinária lei contra a matança de gatos, e quem primeiro contou ao jovem sacerdote Atal para onde iam os gatos pretos na meia-noite da Véspera de São João. Barzai era versado no saber dos deuses da terra, e ficara obcecado pelo desejo de ver seus rostos. Por acreditar que seu grande conhecimento secreto o protegeria da ira dos deuses, resolveu subir ao topo da alta e rochosa Hatheg-Kla numa noite em que eles ali estariam.

Hatheg-Kla fica distante, no deserto pedregoso além de Hatheg, que lhe emprestou o nome, erguendo-se como uma estátua de pedra num templo silencioso. Ao redor de seu cume esvoaçam brumas eternas e tristes, que são as memórias dos deuses, e os deuses amavam Hatheg-Kla quando ali habitavam em tempos antigos. Frequentemente, os deuses da terra visitam Hatheg-Kla em suas embarcações de nuvens, espalhando pálidos vapores sobre as encostas enquanto dançam evocativamente sobre o topo, imersos no clarão do luar. Os aldeões de Hatheg dizem que é perigoso escalar Hatheg-Kla a qualquer hora, e mortal escalá-la à noite, quando opacos vapores ocultam o cume e a lua. Mas Barzai não lhes deu atenção quando chegou da vizinha Ulthar com o jovem sacerdote Atal, seu discípulo. Atal era apenas o filho de um estalajadeiro e às vezes era tomado pelo medo, mas o pai de Barzai tinha sido um landgrave habitante de um antigo castelo, não trazendo, pois, nenhuma superstição popular em seu sangue, e apenas riu-se dos assustados aldeões.

Barzai e Atal saíram de Hatheg em direção ao deserto pedregoso, apesar dos rogos dos camponeses, e à noite, acampados, conversavam perto do fogo sobre os deuses da terra. Viajaram durante muitos dias até avistarem, ao longe, a imponente Hatheg-Kla com seu halo de brumas plangentes. No décimo terceiro dia, alcançaram o solitário sopé da montanha, e Atal falou de seus temores. Mas Barzai era velho e versado, e não tinha medo, por isso abriu caminho impavidamente, subindo a encosta que homem algum havia escalado desde os tempos de Sansu, de quem se fala com pavor nos mofados *Manuscritos Pnakóticos*.

O caminho era rochoso e perigoso por causa de seus precipícios, penhascos e desmoronamento de pedras. Mais tarde, o tempo ficou frio e nevoento. Barzai e Atal frequentemente escorregavam e caíam enquanto abriam caminho com a ajuda de bastões e machadinhas e subiam penosamente. Finalmente o ar foi se rarefazendo, o céu mudou de cor, e os escaladores encontravam dificuldade para respirar, mas continuavam subindo e subindo, arduamente, embevecidos com a estranheza do cenário e arrepiando-se com a ideia do que aconteceria no cume quando a lua saísse e os opacos vapores os rodeassem. Durante três dias eles subiram, cada vez mais para o alto, rumo ao teto do mundo; então acamparam para esperar o enevoamento da lua.

Durante quatro noites nenhuma nuvem apareceu e a gélida lua brilhou através da tênue névoa plangente que rodeava o silencioso píncaro. Então, na quinta noite, que era a noite da lua cheia, Barzai avistou longínquas nuvens densas ao norte, e postou-se de pé, com Atal, assistindo a sua aproximação. Densas e majestosas, elas deslizavam, avançando lenta e deliberadamente, espalhando-se ao redor do alto cume acima dos observadores e turvando sua visão da lua e do pico. Durante uma demorada hora, os dois espectadores ficaram olhando fixamente o turbilhão de vapores e o véu de nuvens que se adensava incessantemente. Barzai era versado no conhecimento dos deuses da terra e ficou atento para escutar certos sons, mas Atal sentiu o calafrio dos vapores e o pavor da noite, assustando-se ainda mais. E, quando Barzai reencetou a subida e acenou vivamente para ele, Atal demorou a segui-lo.

As brumas eram tão densas que tornavam o caminho mais árduo, e embora Atal finalmente o seguisse, mal conseguia enxergar a forma acinzentada de Barzai na sombria encosta acima, sob o enevoado luar. Barzai avançava penosamente, muito à frente, e a despeito de sua idade, parecia subir mais facilmente que Atal, sem temer a inclinação do terreno que começara a ficar íngreme demais para alguém que não fosse muito forte e ousado, nem se deter diante das largas fendas negras que Atal mal conseguiria saltar. E assim prosseguiram, galgando freneticamente rochas e precipícios, escorregando e ocasionalmente se assombrando com a vastidão e o terrível silêncio dos tenebrosos picos gelados e dos silenciosos abismos de granito.

De repente, Barzai sumiu da vista de Atal ao escalar um terrível penhasco que parecia se projetar para a frente, bloqueando a passagem de qualquer alpinista não inspirado pelos deuses da terra. Atal estava muito abaixo, planejando o que deveria fazer quando chegasse ao local, quando percebeu, intrigado, que a luz tinha ficado mais intensa, como se o desnublado pico e o enluarado ponto de encontro dos deuses estivessem muito próximos. E enquanto se arrastava para o rochedo saliente e o céu iluminado, sentiu calafrios mais assustadores do que jamais sentira. Ouviu então, através das altas brumas, a voz de Barzai gritando, ensandecido de prazer:

"Eu ouvi os deuses. Eu ouvi os deuses da terra cantando festivamente em Hatheg-Kla! As vozes dos deuses da terra são conhecidas por Barzai, o Profeta! As névoas se abrem e a lua brilha, e verei os deuses dançando freneticamente sobre a Hatheg-Kla que amavam em sua juventude. A sabedoria de Barzai tornou-o maior que os deuses da terra e, contra sua vontade, suas magias e obstáculos não contam. Barzai verá os deuses, os orgulhosos deuses, os secretos deuses, os deuses da terra que se esquivam da vista humana!"

Atal não conseguia ouvir as vozes que Barzai escutava, mas agora, próximo do rochedo saliente, esquadrinhava-o à procura de apoios para os pés. Foi quando ouviu a voz de Barzai, mais alta e esganiçada:

"A névoa está muito fina e a lua lança sombras sobre a encosta; as vozes dos deuses da terra são altas e selvagens, e eles temem a vinda de Barzai, o Sábio, que é maior do que eles... O clarão da lua estremece enquanto os deuses da terra dançam contra ele; verei as formas dançantes dos deuses que saltam e uivam ao luar... A luz escureceu e os deuses estão com medo..."

Enquanto Barzai gritava essas coisas, Atal sentiu uma mudança espectral no ar, como se as leis da terra estivessem se curvando a leis maiores, pois embora o caminho fosse mais íngreme do que nunca, a ascensão se tornara assustadoramente fácil e o rochedo saliente mostrou-se um obstáculo risível quando ele o alcançou e se arrastou perigosamente para cima, percorrendo sua superfície convexa. O clarão da lua misteriosamente desaparecera, e quando Atal mergulhou nas brumas superiores, ouviu Barzai, o Sábio, vociferando nas trevas:

"A lua escureceu e os deuses dançam dentro da noite: há terror no céu, pois sobre a lua desceu um eclipse não previsto em nenhum livro dos homens ou dos deuses da terra... Paira uma magia desconhecida em Hatheg-Kla, pois os gritos dos assustados deuses transformaram-se em risos, e as encostas de gelo se lançam interminavelmente aos negros céus para onde mergulho... Êh! Êh! Enfim! Na pálida luz, eu vejo os deuses da terra!"

Atal, deslizando agora vertiginosamente para o alto sobre precipícios inconcebíveis, ouviu então, na escuridão, um riso apavorante, misturado com um grito, como homem algum jamais ouvira, exceto no *Phlegethon* dos pesadelos indescritíveis; um grito em que reverberavam o horror e a angústia de toda uma vida assombrada sintetizados num instante atroz:

"Os outros deuses! Os outros deuses! Os deuses dos infernos exteriores que guardam os frágeis deuses da terra!... Desvie o olhar... Volte... Não olhe! Não olhe! A vingança dos abismos infinitos... Este maldito, funesto abismo... Piedosos deuses da terra, *estou caindo do céu*!"

E enquanto Atal, de olhos cerrados e ouvidos tapados tentava saltar para baixo, vencendo a pavorosa sucção das alturas desconhecidas, ressoou em Hatheg-Kla aquele fabuloso estrondo de trovão que acordou os pacatos aldeões das planícies e os honestos burgueses de Hatheg, Nir e Ulthar, e levou-os a avistar, por entre as nuvens, o estranho eclipse da lua que nenhum livro havia previsto. E, quando a lua finalmente apareceu, Atal estava a salvo sobre as neves inferiores da montanha sem nenhum vislumbre dos deuses da terra ou dos *outros* deuses.

Está narrado nos mofados *Manuscritos Pnakóticos* que Sansu nada encontrou exceto rochas mudas e gelo quando escalou Hatheg-Kla, no alvorecer do mundo. No entanto, quando os homens de Ulthar, Nir e Hatheg venceram seus temores e galgaram os assombrados precipícios à luz do dia em busca de Barzai, o Sábio, encontraram gravado na pedra nua do cume um curioso e ciclópico símbolo com cinquenta cúbitos de largura, como se a rocha tivesse sido riscada por algum titânico cinzel. E o símbolo era igual a um que os estudiosos haviam identificado naquelas partes assustadoras dos *Manuscritos Pnakóticos*, que eram antigas demais para serem lidas. Isso foi o que encontraram.

Barzai, o Sábio, eles nunca acharam, nem pôde o santo sacerdote Atal ser jamais persuadido a orar pelo descanso de sua alma. Mais ainda, daquele dia em diante, os moradores de Ulthar, Nir e Hatheg temem os eclipses e rezam, à noite, quando opacos vapores ocultam o cume da montanha e a lua. E acima das brumas que envolvem Hatheg-Kla, os deuses da terra às vezes dançam saudosos, pois sabem que estão seguros, e amam vir da desconhecida Kadath em embarcações de nuvens e brincar à moda antiga, como faziam quando a terra era nova e os homens não se atreviam a galgar lugares inacessíveis.

(1921)

a
árvore

Fata viam invenient.[*]

Numa encosta verdejante do Monte Menelau, na Arcádia, ergue-se um olival ao redor das ruínas de uma vila. Próximo a ele fica um túmulo que já foi decorado com as mais sublimes esculturas, mas agora se encontra muito maltratado, assim como a casa. Numa extremidade do túmulo, com suas curiosas raízes deslocando os blocos de mármore pentélico manchados pelo tempo, cresce uma oliveira anormalmente grande, de estranha forma repelente, como um homem grotesco ou um corpo humano desfigurado pela morte, com a qual os moradores do local temem cruzar à noite, quando a lua brilha esmaecida por entre os ramos retorcidos. O Monte Menelau é assombrado pelo temido Pã e seus espantosos companheiros, que são numerosos, e os humildes aldeões mais novos acreditam que a árvore deve ter algum odioso parentesco com esse excêntrico séquito de Pã. Mas um velho apicultor que mora no casebre vizinho contou-me uma história diferente.

Há muitos anos, quando a vila na encosta da colina era nova e resplendente, lá habitavam os escultores Kalos e Musides. Da Lydia a Neapolis, exaltava-se a beleza de seu trabalho e ninguém ousava dizer que um excedia ao outro em maestria. O Hermes de Kalos estava num nicho de mármore em Corinto, e a Palas de Musides encimava uma coluna em Atenas, perto do Partenon.

---

[*] *O destino encontrará um caminho.* Verso que aparece em dois momentos na obra *Eneida* de Virgílio (Livro III, v. 395 e Livro X, v. 113).

Todos reverenciavam Kalos e Musides e se maravilhavam por nenhuma sombra de inveja artística arrefecer o calor daquela fraterna amizade.

Mas embora Kalos e Musides vivessem em inquebrantável harmonia, sua natureza não era idêntica. Enquanto Musides se divertia à noite, nas folias urbanas de Tegea, Kalos permanecia em casa, esquivando-se da vista de seus escravos nos frios recantos do olival. Ali meditava sobre as imagens que povoavam sua mente, e ali idealizava as formas de beleza que posteriormente imortalizaria em vivo mármore. Alguns desocupados diziam que Kalos conversava com os espíritos do bosque, e que suas estátuas eram tão somente as imagens dos faunos e dríades que ali encontrava — pois seu trabalho não era inspirado em nenhum modelo vivo.

Era tal a fama de Kalos e Musides que ninguém se espantou quando o Tirano de Siracusa enviou mensageiros para lhes falar sobre a rica estátua de Tyche que planejara para sua cidade. A estátua deveria ser muito grande e de magnífica realização artística, pois pretendia-se que fosse alvo da admiração das nações e destino de viajantes. Enaltecido além do inimaginável seria aquele cuja obra fosse escolhida, e, por essa honra, Kalos e Musides foram convidados a competir. Sua fraterna amizade era bastante conhecida e o astucioso Tirano presumiu que cada um deles, em vez de esconder seu trabalho do outro, ofereceria ajuda e conselho, obtendo, por obra dessa solidariedade, duas imagens de beleza inaudita, a mais bela das quais eclipsaria até mesmo o sonho dos poetas.

Os escultores receberam com alegria a oferta do Tirano, e nos dias que se seguiram, seus escravos escutaram o incessante golpear dos cinzéis. Kalos e Musides não ocultaram seus trabalhos um do outro, mas somente eles os viam. Nenhum outro olhar, exceto os seus, avistava as duas figuras divinas libertadas por seus habilidosos golpes dos toscos blocos que as aprisionavam desde o princípio do mundo.

À noite, como de costume, Musides procurava os salões festivos de Tegea, enquanto Kalos perambulava, sozinho, pelo olival. Com o passar do tempo, porém, as pessoas foram observando uma crescente tristeza no antes efusivo Musides. Era estranho, diziam entre si, que a depressão pudesse tomar conta de alguém com uma oportunidade tão grande de conquistar a mais elevada recompensa da arte. Muitos meses se passaram, mas o rosto entristecido de Musides nada revelava da aguda expectativa que a situação deveria suscitar.

Então, certo dia, Musides falou sobre a doença de Kalos, e assim ninguém mais se espantou com sua tristeza, pois o apego dos dois escultores era sabidamente profundo e sagrado. Depois disso, muitos foram visitar Kalos e realmente notaram a palidez de sua face, mas havia nele uma alegre serenidade que tornava seu olhar mais mágico que o de Musides — que estava claramente transtornado pela ansiedade e que afastava todos os escravos em sua ânsia de alimentar e cuidar pessoalmente do amigo. Ocultas detrás de pesados reposteiros, ficavam as duas figuras inacabadas de Tyche, pouco mexidas ultimamente pelo doente e por seu fiel atendente.

À medida que Kalos ia ficando inexplicavelmente mais e mais fraco, apesar dos esforços de médicos perplexos e do amigo íntimo, ele pedia, com frequência, que o carregassem para o bosque que tanto amava. Ali, pedia para ser deixado a sós, como que desejoso de conversar com coisas invisíveis. Musides sempre atendia a seus pedidos, embora seus olhos se enchessem de lágrimas à ideia de que Kalos se importava mais com os faunos e dríades do que com ele. Finalmente aproximou-se o fim, e Kalos discorreu sobre coisas do além. Musides, chorando, prometeu-lhe um sepulcro mais gracioso que o túmulo de Mausoléu, mas Kalos implorou-lhe para não falar mais de glórias de mármore. Um desejo apenas ocupava a mente do moribundo: que brotos de certas oliveiras do bosque fossem enterrados ao lado de seu lugar de repouso — próximos à sua cabeça. E certa noite, sentado, sozinho, na escuridão do olival, Kalos morreu.

Era de uma beleza indizível o sepulcro de mármore que o abatido Musides esculpiu para seu amado companheiro. Ninguém, exceto o próprio Kalos, poderia ter criado aqueles baixos-relevos revelando todos os esplendores do Elísio. Musides também não se esqueceu de enterrar, perto da cabeça de Kalos, os brotos de oliveira do bosque.

Quando a violenta dor inicial de Musides cedeu lugar à resignação, ele passou a trabalhar diligentemente em sua figura de Tyche. Toda a honra agora era sua, já que o Tirano de Siracusa não queria que o trabalho fosse feito por nenhum outro exceto ele ou Kalos. O trabalho acabou servindo de desafogo para sua dor e ele labutava cada dia mais arduamente, abandonando os folguedos a que antes se entregava. Entrementes, suas noites eram passadas ao lado do túmulo do amigo, onde um jovem pé de oliveira havia brotado perto da cabeça do adormecido. Tão rápido era o crescimento dessa árvore, e tão estranha sua forma, que todos que a viam exclamavam surpresos; e Musides parecia sentir-se simultaneamente fascinado e repelido por ela.

Três anos após a morte de Kalos, Musides enviou um mensageiro ao Tirano, e cochichava-se na ágora de Tegea que a poderosa estátua havia sido concluída. A essa altura, a árvore ao lado do túmulo atingira proporções descomunais, superando todas as outras árvores de sua espécie e estendendo um galho singularmente pesado por cima do local onde Musides trabalhava. Chegavam visitantes tanto para ver a prodigiosa árvore quanto para admirar a arte do escultor, de forma que Musides raramente estava só. Mas ele não se importava com essa multidão de visitantes; na verdade, parecia temer a solidão agora que seu absorvente trabalho fora concluído. O soturno vento da montanha, suspirando através do olival e da árvore-sepulcro, tinha uma misteriosa maneira de formar sons vagamente articulados.

O céu estava escuro na noite em que os emissários do Tirano chegaram a Tegea. Era definitivamente sabido que tinham vindo para levar a grande estátua de Tyche e trazer honra eterna para Musides, por isso foram calorosamente recebidos pelos próxenos. No correr da noite, uma violenta ventania se abateu sobre a crista do Menelau e os enviados da distante Siracusa se alegraram de estar abrigados na cidade. Eles falaram de seu ilustre Tirano e do esplendor de sua capital, e exultaram com a magnificência da estátua que Musides esculpira para ele. Então os homens de Tegea falaram sobre a bondade de Musides, sobre seu enorme pesar por seu amigo, e sobre como nem mesmo os próximos lauréis da arte iriam consolá-lo da ausência de Kalos, que poderia ter usado esses lauréis em seu lugar. Falaram ainda da árvore que crescia ao lado do sepulcro, próxima à cabeça de Kalos. O vento uivou ainda mais assustadoramente e tanto os siracusanos como os árcades rogaram a Éolo.

Ao raiar do dia, na manhã seguinte, os próxenos guiaram os enviados do Tirano encosta acima até a morada do escultor, mas a ventania noturna produzira estranhos feitos. Gritos de escravos elevavam-se num cenário de desolação, e já não se erguiam no meio do olival as cintilantes colunatas daquela vasta mansão onde Musides sonhara e trabalhara. Solitários e abalados, pranteavam os humildes pátios e paredes inferiores, pois sobre o suntuoso peristilo principal havia desabado o pesado galho pendente da estranha árvore, reduzindo o imponente poema em mármore, de singular perfeição, a um amontoado de ruínas disformes. Os estrangeiros e os tegeanos detiveram-se subitamente apavorados, correndo o olhar dos escombros para a grande e sinistra árvore cujo aspecto era tão fantasticamente humano e cujas raízes se infiltravam tão estranhamente no sepulcro entalhado de Kalos. E seu medo e assombro aumentaram quando, vasculhando a mansão derrubada à procura do doce Musides e da maravilhosa imagem entalhada de Tyche, nenhum vestígio deles pôde ser

A ÁRVORE

encontrado. Em meio à ruína havia apenas o caos, e os representantes das duas cidades saíram desapontados; os siracusanos sem a estátua para levar para casa, os tegeanos sem um artista para laurear. Os siracusanos, porém, obtiveram, depois de algum tempo, uma esplêndida estátua em Atenas, e os tegeanos se consolaram erigindo, na ágora, um templo de mármore comemorando os dons, as virtudes e a fraternal piedade de Musides.

Mas o olival ali permanece, bem como a árvore que cresce do túmulo de Kalos, e o velho apicultor contou-me que os ramos, cortados às vezes pelo vento noturno, sussurram uns para os outros, repetindo vezes sem conta: "Oida! Oida! — Eu sei! Eu sei!"

(1920)

A maldição de Sarnath

Existe na terra de Mnar um vasto lago de águas paradas no qual nenhum afluente deságua e do qual nenhum regato flui. Há dez mil anos erguia-se à sua margem a poderosa cidade de Sarnath, mas Sarnath já não se encontra ali.

Conta-se que em tempos imemoriais, quando o mundo era jovem, antes mesmo de os homens de Sarnath chegarem à terra de Mnar, havia outra cidade às margens do lago, a cidade de pedra cinzenta de Ib, tão antiga quanto o próprio lago e povoada por criaturas de aspecto desagradável. Eram estranhas e feias, como, aliás, a maioria das criaturas de um mundo ainda incipiente e toscamente organizado. Está escrito nos cilindros cor de tijolo de Kadatheron que as criaturas de Ib eram da cor verde do lago e das brumas que sobre ele pairam; que tinham olhos saltados, lábios moles caídos e curiosas orelhas, e não eram dotadas de voz. Está escrito também que numa noite desceram da lua em névoa: elas, e o vasto lago imóvel, e a cidade de pedra cinzenta de Ib. Seja como for, o certo é que adoravam um ídolo verde-mar cinzelado em pedra à imagem de Bokrug, o grande lagarto aquático, diante do qual dançavam grotescamente ao clarão da lua crescente. E está escrito no papiro de Ilarnek que elas descobriram, certa vez, o fogo, e dali em diante acenderam fogueiras em muitas ocasiões cerimoniais. Mas não há muita coisa escrita sobre essas criaturas, porque elas viviam em tempos muito remotos, e o homem é novo e pouco sabe dos seres muito antigos.

Depois de muitas eras, os homens chegaram à terra de Mnar; uma escura gente pastoril com seus rebanhos felpudos que construiu Thraa, Ilarnek e Kadatheron às margens do sinuoso rio Ai. E certas tribos, mais ousadas que outras, alcançaram a orla do lago e construíram Sarnath, num lugar onde metais preciosos eram encontrados na terra.

Não longe da cidade cinzenta de Ib, as tribos errantes assentaram as primeiras pedras de Sarnath, maravilhando-se com as criaturas de Ib. Mas havia ódio misturado à sua admiração, pois não achavam certo que criaturas com tal aspecto pudessem circular pelo mundo dos homens ao crepúsculo. Também não gostavam das estranhas esculturas sobre os monólitos cinzentos de Ib, pois ninguém saberia dizer por que aquelas esculturas haviam durado tanto tempo, mesmo após a chegada dos homens; a menos que fosse porque a terra de Mnar era muito pacífica e distante da maioria das outras, reais ou imaginárias.

Quanto mais os homens de Sarnath viam as criaturas de Ib, mais crescia seu ódio, que não diminuiu quando perceberam que as criaturas eram fracas e moles como geleia no contato com pedras, lanças e flechas. Assim, certo dia, os jovens guerreiros, os fundeiros, os lanceiros e arqueiros marcharam contra Ib e mataram todos os seus habitantes, empurrando os repulsivos corpos para o lago com longos chuços, porque não desejavam tocá-los. E como não gostassem dos lavrados monólitos cinzentos de Ib, atiraram-nos também ao lago, mas não sem ficarem cismados diante da grandeza do trabalho que teria sido trazer as pedras de muito longe, como isso devia ter acontecido, já que não há nada parecido em toda terra de Mnar ou nas terras adjacentes.

Assim, nada foi poupado da antiquíssima cidade de Ib, exceto o ídolo verde-mar esculpido em pedra à imagem de Bokrug, o lagarto aquático. Este, os jovens guerreiros levaram consigo como símbolo de conquista sobre os velhos deuses e criaturas de Ib, e como um signo de dominação em Mnar. Mas na noite seguinte à qual ele foi colocado num templo, uma coisa terrível deve ter acontecido, pois luzes fantásticas foram vistas sobre o lago e, pela manhã, as pessoas descobriram que o ídolo havia sumido e o sumo sacerdote Taran-Ish estava morto, aparentando ter experimentado um pavor indescritível. Antes de morrer, Taran-Ish havia riscado sobre o altar de crisólita, com traços rudes e tremidos, o símbolo da MALDIÇÃO.

Depois de Taran-Ish houve muitos sumos pontífices em Sarnath, mas o ídolo de pedra verde-mar jamais foi encontrado. E muitos séculos se passaram, ao longo dos quais Sarnath prosperou extraordinariamente, e somente os sacerdotes e as anciãs recordavam o que Taran-Ish rabiscara sobre o altar de crisólita. Entre Sarnath e a cidade de Ilarnek instalou-se uma rota de caravana, e os metais preciosos da região eram trocados por outros metais, trajes raros, joias, livros, ferramentas para os artífices e todas as coisas de luxo conhecidas pelo povo que mora às margens do sinuoso rio Ai e além dele. Foi assim que Sarnath tornou-se poderosa, instruída e bela, e enviou exércitos de conquista para dominar cidades vizinhas. Com o tempo, prostraram-se diante do trono de Sarnath os reis de todas as terras de Mnar e de muitas terras vizinhas.

Sarnath, a magnífica, era a maravilha do mundo e o orgulho de toda a humanidade. Suas muralhas eram de mármore polido do deserto, com trezentos cúbitos de altura e setenta e cinco de largura, permitindo que os carros de combate cruzassem uns com os outros quando os homens os conduziam ao longo de sua crista. Elas percorriam quinhentos estádios, abrindo-se somente na face virada para o lago, onde um quebra-mar de pedra verde continha as ondas que estranhamente se erguiam, uma vez por ano, no dia da celebração da destruição de Ib. Em Sarnath havia cinquenta ruas que iam do lago aos portões das caravanas, e outras cinquenta transversais a elas. Eram calçadas de ônix, exceto as percorridas por cavalos, camelos e elefantes, que eram cobertas de granito. E os portões de Sarnath eram tantos quanto as extremidades das ruas voltadas para a terra, todos de bronze e flanqueados por figuras de leões e elefantes escavadas em algum tipo de pedra já então desconhecida entre os homens. As casas de Sarnath eram de tijolos esmaltados e calcedônia, cada uma com seu jardim murado e seu tanque de cristal. Estranha era a arte com que foram construídas, pois nenhuma outra cidade possuía casas assim, e os visitantes de Thraa, Ilarnek e Kadatheron se maravilhavam com as cúpulas cintilantes que as coroavam.

Ainda mais fabulosos eram os palácios, e os templos, e os jardins construídos por Zokkar, o antigo rei. Havia muitos palácios, os menores deles mais imponentes do que qualquer outro de Thraa, Ilarnek ou Kadatheron. Eram tão altos que alguém que estivesse em seu interior poderia, às vezes, imaginar-se estar abaixo apenas do céu. Quando eram iluminados por archotes embebidos em óleo de Dother, porém, suas paredes exibiam imensas pinturas de reis e exércitos, assombrando e inspirando instantaneamente o visitante com seu esplendor. Muitas eram as colunas dos palácios, todas de mármore colorido, entalhadas com ornamentos de insuperável beleza. Na maioria dos palácios, os pisos eram mosaicos de berilo, e lápis-lazúli, e sardônica, e carbúnculo, e outros materiais nobres de tal forma organizados que o espectador podia se imaginar caminhando sobre canteiros das mais raras flores. E havia também fontes que esguichavam águas aromáticas em graciosos jarros pintados com artística maestria. Mais radiante de todos era o palácio dos reis de Mnar e das terras adjacentes. Sobre um par de leões de ouro agachados se assentava o trono, muitos degraus acima do piso resplendente. Era entalhado numa única peça de marfim, embora nenhuma criatura viva soubesse de onde uma peça tão imensa poderia ter vindo. Naquele palácio havia também muitas galerias e muitos anfiteatros onde leões, homens e elefantes combatiam para a diversão dos reis. Ocasionalmente, os anfiteatros eram inundados com água trazida do lago por imponentes aquedutos e ali se encenavam, então, empolgantes combates aquáticos entre nadadores e pavorosas criaturas marinhas.

Imponentes e assombrosos eram os dezessete templos em forma de torre de Sarnath, decorados com uma brilhante pedra multicor desconhecida em outros lugares. O maior deles se erguia a mil cúbitos de altura e era habitado pelos sumos pontífices que viviam com magnificência não muito inferior à dos reis. No térreo, ficavam salões tão vastos e esplêndidos como os salões dos palácios onde as multidões se congregavam para adorar a Zo-Kalar, Tamash e a Lobon, os principais deuses de Sarnath, cujos relicários, envoltos em incenso, eram como os tronos dos monarcas. Os ícones de Zo-Kalar, Tamash e Lobon não eram como os dos outros deuses, pois pareciam tão vivos que se poderia jurar que os próprios graciosos deuses barbados estavam sentados nos tronos de marfim. E no alto de intermináveis degraus de zircão ficava a câmara da torre de onde os sumos pontífices vigiavam a cidade, as planícies e o lago durante o dia; e a enigmática lua, os planetas e estrelas significativos e seus reflexos no lago, à noite. Ali era praticado o secretíssimo e ancestral rito de execração de Bokrug, o lagarto aquático, e ali repousava o altar de crisólita que exibia o signo da Maldição rabiscado por Taran-Ish.

Igualmente maravilhosos eram os jardins construídos por Zokkar, o velho rei. Eles ficavam no centro de Sarnath, numa extensa área e cercados por alto muro. Eram cobertos por uma imensa cúpula de vidro através da qual brilhavam o sol, a lua, as estrelas e os planetas quando o céu estava límpido, e, quando turvo, dela pendiam imagens refulgentes desses astros. No verão, os jardins eram refrescados por amenas brisas aromáticas habilmente sopradas por ventarolas, e no inverno eram aquecidos por fogueiras ocultas, de modo que, naqueles jardins, reinava eterna a primavera. Ali corriam pequenos riachos sobre pedregulhos lustrosos, dividindo campinas verdejantes e jardins de infinitos matizes, e cruzados por uma multidão de pontes. Havia muitas cascatas em seus cursos, e muitas eram as lagoas ornadas de lírios em que se alargavam. Sobre os riachos e lagoas deslizavam cisnes brancos, enquanto o canto de aves raras harmonizava-se com a melodia das águas. Em ordenados terraços erguiam-se as verdejantes margens adornadas, aqui e ali, por caramanchões de trepadeiras e flores suaves, e bancos de mármore e pórfiro. E havia ali muitos santuários e templos pequenos onde se podia repousar e orar a deuses menores.

Todos os anos, celebrava-se em Sarnath a festa da destruição de Ib, em cuja ocasião abundavam o vinho, as canções, as danças e diversões de todos os tipos. Grandes homenagens eram prestadas aos que haviam aniquilado as estranhas criaturas antigas, e a memória daquelas criaturas e de seus antigos deuses era escarnecida por dançarinos e alaudistas coroados com grinaldas de rosas dos jardins de Zokkar. E os reis olhavam na direção do lago e amaldiçoavam os ossos dos mortos que jaziam em suas profundezas.

De início, os sumos pontífices não gostavam desses festivais, pois corriam entre eles narrativas fantásticas de como o ídolo verde-mar havia desaparecido e Taran-Ish morrera de medo deixando uma advertência. E diziam que de sua alta torre ocasionalmente avistavam luzes no interior das águas do lago. Mas depois de muitos anos se passarem sem calamidades, mesmo os sacerdotes riam, e maldiziam, e participavam das orgias dos foliões. Então eles próprios não haviam realizado, tantas vezes, em sua alta torre, o antiquíssimo e secreto rito de execração de Bokrug, o lagarto aquático? E mil anos de riquezas e prazeres transcorreram em Sarnath, maravilha do mundo e orgulho de toda a humanidade.

A festa do milésimo ano da destruição de Ib foi de uma suntuosidade inimaginável. Durante a década que a precedeu, muito se falou sobre ela na terra de Mnar, e quando seu momento se aproximou, vieram a Sarnath, montados em cavalos, camelos e elefantes, homens de Thraa, Ilarnek e Kadatheron, e de todas as cidades de Mnar e de terras distantes. Diante das muralhas de mármore, na noite aprazada, erguiam-se os pavilhões de príncipes e as tendas de viajantes. No interior de seu salão de banquete reclinava-se Nargis-Hei, o rei, embriagado de envelhecido vinho das adegas da conquistada Pnoth, rodeado por nobres foliões e escravos atarefados. Muitas guloseimas exóticas foram consumidas naquele banquete; pavões das ilhas de Nariel no Oceano Médio, jovens caprinos das longínquas colinas de Implan, corcovas de camelos do deserto de Bnazic, nozes e especiarias dos bosques de Sydathrian, e pérolas da litorânea Mtal dissolvidas em vinagre de Thraa. Eram incontáveis os molhos, preparados pelos mais refinados cozinheiros de toda Mnar, agradáveis ao paladar de todos os convivas. Mas a mais apreciada de todas as iguarias eram os grandes peixes do lago, enormes, servidos em travessas de ouro enfeitadas de rubis e diamantes.

Enquanto o rei e seus nobres comemoravam dentro do palácio e olhavam o prato principal que os esperava nas travessas douradas, outros celebravam por toda parte. Na torre do grande templo, os sacerdotes festejavam, e, nos pavilhões do lado de fora das muralhas, os príncipes de terras vizinhas se divertiam. Foi o sumo pontífice Gnai-Kah o primeiro a avistar as sombras que desciam da lua crescente para o lago, e as perversas névoas verdes que se erguiam do lago para ir de encontro à lua e eclipsar, num sinistro nevoeiro, as torres e cúpulas da condenada Sarnath. Em seguida, os que estavam nas torres e fora das muralhas avistaram estranhas luzes sobre a água, e viram que a rocha cinzenta Akurion, que costumava se altear muito acima dela, perto da praia, estava quase submersa. E o medo foi crescendo vaga, mas rapidamente, até que os príncipes de Ilarnek e da distante Rokol desarmaram e dobraram suas tendas e pavilhões e partiram para o rio Ai, embora mal soubessem o motivo de sua partida.

Então, perto da meia-noite, todos os portões de bronze de Sarnath se escancararam despejando uma multidão frenética que enegreceu a planície, pois todos os viajantes e príncipes visitantes fugiram espavoridos. Nos rostos dessa multidão estava inscrita uma loucura nascida de um horror insuportável, e em suas línguas surgiam palavras tão terríveis que nenhum ouvinte parava para tentar entender. Homens com os olhos arregalados de pavor

A MALDIÇÃO DE SARNATH 29

uivavam agudamente com a visão do interior do salão de banquete do rei, onde, através das janelas, não eram mais vistas as formas de Nargis-Hei e seus nobres e escravos, mas sim a de uma horda de indescritíveis criaturas verdes sem voz, de olhos saltados, lábios moles caídos e curiosas orelhas; criaturas que dançavam grotescamente segurando com as patas as douradas travessas ornadas de rubis e diamantes, abrigando misteriosas chamas. E os príncipes e viajantes, enquanto fugiam da condenada cidade de Sarnath sobre cavalos, camelos e elefantes, olharam novamente para o lago nevoento e viram a rocha cinzenta de Akurion quase submersa. Por toda a terra de Mnar e regiões adjacentes, espalharam-se as histórias dos que haviam fugido de Sarnath, e as caravanas não mais procuraram aquela cidade amaldiçoada e seus preciosos metais. Passou-se muito tempo até alguns viajantes irem lá e, mesmo assim, apenas os destemidos e aventureiros jovens da distante Falona, de cabelos amarelos e olhos azuis que não têm nenhum parentesco com a gente de Mnar. Esses homens foram realmente até o lago para observar Sarnath, mas, embora tivessem encontrado o enorme lago estagnado e a rocha cinzenta de Akurion, que se alteia ao seu lado perto da praia, não avistaram o que outrora fora a maravilha do mundo e o orgulho da humanidade. Onde antes se erguiam muralhas de trezentos cúbitos e torres ainda mais altas, estendia-se agora apenas a pantanosa praia, e onde antes viviam cinquenta milhões de pessoas, rastejava agora o odioso lagarto aquático. Nem mesmo as minas de metais preciosos existiam. A MALDIÇÃO chegara a Sarnath.

Mas vislumbrava-se, meio enterrado nos juncais, um curioso ídolo verde, um ídolo extremamente antigo, envolto em algas, e cinzelado em pedra à imagem de Bokrug, o grande lagarto aquático. Dali em diante, aquele ídolo, colocado num relicário no alto templo de Ilarnek, foi adorado durante a lua crescente por toda a terra de Mnar.

(1919)

a tumba

Ao relatar as circunstâncias que levaram ao meu confinamento neste asilo para dementes, estou consciente de que minha posição atual vai criar uma incredulidade perfeitamente natural sobre a autenticidade de minha narrativa. É lamentável que o grosso da humanidade seja tão limitado em sua visão mental para avaliar, com calma e inteligência, os fenômenos isolados, vistos e sentidos apenas por alguns poucos psicologicamente sensíveis, que vivem afastados da experiência vulgar. Pessoas intelectualmente mais abertas sabem que não há uma distinção nítida entre real e irreal, que todas as coisas só se parecem com o que parecem pela delicada maneira física e mental com que tomamos consciência delas. Mas o prosaico materialismo da maioria condena como loucura os lampejos de percepção visual superior que penetram o véu comum do empirismo manifesto.

Meu nome é Jervas Dudley, e desde os primeiros anos de minha infância tenho sido um sonhador e um visionário. Rico o bastante para não depender de uma atividade comercial, e de temperamento inadequado aos estudos formais e à recreação social de meus conhecidos, vivi sempre em reinos distantes do mundo visível, passando minha juventude e adolescência entre livros antigos e pouco conhecidos, errando pelos campos e bosques da região próxima ao lar de meus ancestrais. Não creio que o que li nesses livros ou vi nesses campos e bosques seja exatamente igual ao que outros garotos leram e viram ali, mas não devo falar muito sobre isso, pois uma exposição detalhada só confirmaria as cruéis calúnias sobre minha mente que às vezes tenho ouvido nos cochichos dos furtivos atendentes que me cercam. Basta-me relatar os fatos, sem analisar suas causas.

Já disse que vivo afastado do mundo visível, mas não disse que moro sozinho. Isso nenhuma criatura humana consegue, pois na falta da companhia dos vivos, ela inevitavelmente procura a companhia de coisas que não são, ou não são mais, vivas. Existe perto de minha casa um curioso vale arborizado em cujas profundezas crepusculares passo a maior parte de meu tempo: lendo, pensando e sonhando! Descendo por suas encostas musgosas, dei os primeiros passos de minha infância, e em torno de seus carvalhos terrivelmente nodosos foram tecidas minhas primeiras fantasias da meninice. Fiquei conhecendo bem as dríades ocupantes daquelas árvores, e frequentemente assisti a suas danças selvagens sob os raios entrecortados da lua minguante — mas dessas coisas não devo falar agora. Falarei apenas sobre o solitário túmulo dos Hyde, uma antiga e nobre família cujo último descendente direto fora colocado em seus sombrios recessos muitas décadas antes de meu nascimento.

A cripta funerária a que me refiro é de antigo granito, desgastado e descorado pelas névoas e umidade de gerações. Escavada na encosta da colina, apenas a entrada da construção é visível. A porta, uma pesada e proibitiva laje de pedra, é sustentada por enferrujadas dobradiças de ferro e fica meio entreaberta, trancada de uma maneira estranhamente sinistra por pesadas correntes e cadeados de ferro, conforme a repulsiva moda de meio século atrás. A moradia da linhagem, cujos descendentes estão ali enterrados, coroava, outrora, o terreno inclinado que hoje abriga a cripta, mas há muito tempo ela havia desabado, vítima das chamas que se espalharam com a queda de um raio. Sobre a tempestade noturna que destruiu aquela soturna mansão, os habitantes mais antigos da região às vezes comentam em voz baixa e trêmula, aludindo ao que chamam de "ira divina", de tal modo que, anos mais tarde, vagamente contribuíram para aumentar o vigoroso fascínio que sempre senti pela tumba sombreada pela mata. Um homem apenas perecera no incêndio. Quando o último dos Hyde foi enterrado nesse lugar de sombras e quietude, a triste urna com as cinzas viera de um lugar distante para onde a família havia se mudado quando a mansão se incendiara. Não restou ninguém para depositar flores diante do portão de granito e poucos se dão ao trabalho de arrostar as deprimentes sombras que parecem estranhamente persistir em torno das pedras corroídas pela água.

Jamais esquecerei a tarde em que, pela primeira vez, tropecei naquela semioculta morada da morte. Eram meados do verão, quando a alquimia da natureza transmuta a rústica paisagem numa massa viçosa e quase homogênea de verdor, quando os sentidos quase se intoxicam com o úmido frescor emergente dos mares e os aromas sutilmente indefiníveis do solo e da vegetação. Nesse ambiente, a mente perde a perspectiva, tempo e espaço tornam-se unos e irreais, e ecos de um esquecido passado pré--histórico martelam insistentemente na consciência enfeitiçada.

Durante todo o dia eu estivera vagando pelos místicos bosques do vale, meditando sobre ideias que não devo revelar e conversando com coisas que não preciso nomear. Menino de dez anos, eu tinha visto e ouvido muitas maravilhas desconhecidas das pessoas comuns, e era estranhamente maduro no tocante a certos assuntos. Quando, depois de abrir caminho entre duas moitas emaranhadas de roseira brava, encontrei inesperadamente a entrada da cripta, não tinha ideia do que havia descoberto. Os escuros blocos de granito, a porta estranhamente entreaberta e as inscrições funerais acima do arco não me provocaram nenhuma associação de caráter terrível ou lutuoso. Sobre sepulturas e criptas eu sabia muito, e também devaneava, mas, por conta de meu peculiar temperamento, evitaram que eu tivesse qualquer contato pessoal com cemitérios. A estranha morada de pedra na

A TUMBA

encosta arborizada era, para mim, motivo apenas de interesse e especulação, e seu interior frio e úmido, para o qual espiava inutilmente pela fresta tão provocadoramente deixada, não continha, para mim, nenhum indício de morte ou degradação. Mas naquele instante de curiosidade, nasceu o desejo insano que me trouxe a este confinamento infernal. Instigado por uma voz que deve ter vindo da tenebrosa alma da floresta, decidi penetrar na instigante escuridão a despeito das pesadas correntes que barravam minha passagem. Sob a declinante luz do dia, alternadamente sacudi os enferrujados obstáculos, querendo abrir a porta de pedra, e tentei espremer meu corpo esguio pelo espaço ali já existente, mas todos esses esforços foram em vão. Inicialmente curioso, estava agora frenético, e quando voltei para casa, ao se adensar o crepúsculo, jurei aos cem deuses do bosque que algum dia forçaria *a qualquer custo* a passagem às escuras e gélidas profundezas que pareciam me chamar. O médico com barba grisalha que vem todos os dias a meu quarto, disse uma vez a um visitante que essa decisão marcou o começo de uma lamentável monomania, mas deixarei o julgamento final a meus leitores, quando eles souberem de tudo.

Os meses que se seguiram à minha descoberta foram gastos em fúteis tentativas de forçar o intrincado cadeado da cripta entreaberta e em investigações cuidadosamente empreendidas sobre a natureza e a história da construção. Com os ouvidos tradicionalmente receptivos de um menino, aprendi muito, embora um habitual recolhimento me impedisse de contar, a quem quer que fosse, sobre minha descoberta ou minha decisão. Talvez valha a pena mencionar que não fiquei absolutamente surpreso ou aterrorizado ao conhecer a natureza da cripta. Minhas ideias bastante originais sobre vida e morte levaram-me a associar vagamente o barro frio ao corpo vivo, e sentia que a nobre e sinistra família da mansão queimada estava, de certo modo, presente no interior do vão de pedra que procurava explorar. Histórias murmuradas sobre estranhos ritos e ímpios festins de tempos passados na antiga mansão provocaram-me um novo e poderoso interesse pela tumba, diante de cuja porta me sentava, horas a fio, todos os dias. Certa vez, atirei uma vela pela fresta da entrada, mas não consegui enxergar nada, exceto um lance de degraus de pedra úmidos conduzindo para baixo. O odor do lugar me repelia e fascinava. Sentia que já o conhecera anteriormente, num passado remoto além de toda lembrança; além até mesmo da minha materialização no corpo que agora possuo.

No ano seguinte ao que encontrei o túmulo, esbarrei numa tradução, corroída pelas traças, das *Vidas* de Plutarco no sótão atulhado de livros de minha casa. Lendo sobre a vida de Teseu, muito me impressionei com a passagem que dizia da grande pedra sob a qual o herói, então menino, haveria de encontrar as marcas de seu destino quando fosse suficientemente crescido para levantar seu enorme peso. A lenda teve o efeito de dissipar minha mais ávida impaciência para entrar na cripta, pois fez-me sentir que o momento ainda não era propício. Mais tarde, disse comigo mesmo, adquiriria a força e a habilidade que me permitiriam facilmente abrir a porta solidamente trancada; mas até lá eu teria que me conformar ao que parecia ser a vontade do Destino.

Assim, minhas vigílias ao lado do úmido portal tornaram-se menos assíduas e boa parte de meu tempo era gasto em buscas igualmente estranhas. Às vezes, levantava-me silenciosamente durante a noite e esgueirava-me por aqueles adros e cemitérios que me eram vedados por meus pais. O que fazia ali, não devo dizer, pois já não tenho certeza da realidade de certas coisas; mas sei que no dia seguinte ao daquelas andanças noturnas, eu frequentemente deixava meus próximos espantados com o conhecimento de assuntos quase esquecidos por muitas gerações. Foi depois de uma daquelas noites que choquei a comunidade com uma estranha conjectura sobre o enterro do rico e renomado Cavalheiro Brewster, um prócer da história local que havia sido enterrado em 1711 e cuja lápide, adornada com o desenho de uma caveira com ossos cruzados, ia lentamente se desfazendo em pó. Num rasgo de imaginação infantil, assegurei que o agente funerário, Goodman Simpson, não só havia roubado os sapatos com fivelas de prata, os calções de seda e as roupas de baixo de cetim do falecido antes do enterro, mas que o próprio Cavalheiro, não totalmente inanimado, dera duas voltas em seu caixão já coberto de terra, no dia posterior ao enterro.

Mas a ideia de entrar no túmulo nunca abandonava meus pensamentos, tendo sido, com efeito, estimulada pela inesperada descoberta genealógica de que meus próprios antepassados maternos possuíam ao menos um tênue vínculo com a família Hyde, supostamente extinta. Eu, último de minha descendência paterna, era também o último dessa linhagem mais antiga e misteriosa. Comecei a sentir que o túmulo era *meu*, e a aguardar, com candente ansiedade, o momento em que poderia cruzar a porta de pedra e descer aqueles limosos degraus mergulhados na escuridão. Adquirira então o hábito de ficar escutando atentamente pelo portal ligeiramente entreaberto, escolhendo a placidez da meia-noite como momento favorito para a estranha vigília. Quando atingi a maioridade, havia construído uma pequena clareira no mato diante da fachada manchada de limo da colina, permitindo que a vegetação circundante cercasse e se projetasse sobre o espaço como as paredes e o teto de um caramanchão silvestre. Esse caramanchão era meu templo, a porta trancada, meu santuário, e ali me estendia, deitado sobre o chão lodoso, meditando estranhos pensamentos e sonhando estranhos sonhos.

A noite da primeira revelação estava sufocante. Devo ter caído no sono de fadiga, pois foi com nítida sensação de despertar que ouvi as vozes. Dos tons e acentos, hesito em falar; de sua qualidade, não falarei; mas posso dizer que apresentavam misteriosas diferenças em vocabulário, pronúncia e modo de falar. Cada traço de dialeto da Nova Inglaterra, das sílabas ásperas dos colonos puritanos à retórica precisa de cinquenta anos atrás, parecia representado no fantasmagórico colóquio, embora só mais tarde tenha me dado conta disso. Na ocasião, com efeito, minha atenção se desviou desse assunto por outro fenômeno; um fenômeno tão fugaz que não posso jurar que tenha existido. Eu meio que imaginei, ao acordar, que uma *luz* fora apressadamente apagada dentro da profunda cripta. Não creio que tivesse ficado estupefato ou em pânico, mas sei que fiquei total e definitivamente *mudado* naquela noite. Ao chegar a casa, fui diretamente até uma arca apodrecida, no sótão, onde encontrei a chave com que, no dia seguinte, destranquei facilmente o obstáculo que havia infrutiferamente tentado invadir durante tantos anos.

Foi ao suave clarão do entardecer que penetrei, pela primeira vez, na cripta da encosta abandonada. Um feitiço descera sobre mim e mal posso descrever a exultação com que palpitava meu coração. Quando fechei a porta às minhas costas e desci aos pingos os degraus à luz de uma solitária vela, parecia conhecer o caminho, e embora a vela crepitasse com a exalação sufocante do lugar, sentia-me singularmente em casa na cediça atmosfera sepulcral. Olhando ao redor, avistei muitas lajes de mármore contendo esquifes, ou restos de esquifes. Alguns estavam lacrados e intactos, mas outros quase tinham desaparecido, deixando placas e alças de prata largadas entre curiosos montinhos de poeira esbranquiçada. Sobre uma placa li o nome de Sir Geoffrey Hyde, que viera de Sussex em 1640 e morrera ali alguns anos depois. Num conspícuo nicho, havia um esquife desocupado e muito bem conservado, adornado com um único nome que me provocou um sorriso e um calafrio. Um estranho impulso levou-me a galgar a ampla laje, apagar a vela e me deitar na caixa vazia.

Sob a claridade cinzenta do amanhecer, cambaleei para fora da cripta e tranquei a corrente da porta. Já não era mais um jovem, muito embora apenas vinte e dois invernos houvessem arrefecido minha forma corpórea. Os aldeões madrugadores, que me observaram enquanto caminhava para casa, olharam estranhamente para mim e se espantaram com os sinais de dissoluta libertinagem que viram em alguém cuja vida era sabidamente recatada e reclusa. Só me apresentei diante de meus pais depois de um longo e reparador repouso.

Dali em diante, eu frequentava a tumba todas as noites, vendo, ouvindo e fazendo coisas que não devo jamais recordar. Minha fala, sempre suscetível às influências ambientes, foi a primeira a sucumbir à mudança, e o repentino arcaísmo de dicção que adquiri foi logo percebido. Mais tarde, manifestou-se em minha conduta uma curiosa ousadia e impiedade, até eu alcançar, inconscientemente, a aparência de um homem mundano, a despeito de meu prolongado recolhimento. Minha língua, antes silenciosa, tornou-se volúvel, com o encanto fácil de um Chesterfield ou o ímpio cinismo de um Rochester. Eu exibia uma erudição peculiar, inteiramente diferente do saber fantástico, monacal, que tinha adquirido na juventude, e cobria as folhas em branco de meus livros com hábeis epigramas improvisados que traziam sugestões de Gay, Prior, e dos mais animados e chistosos versejadores neoclássicos. Certa manhã, durante o desjejum, estive perto do desastre ao declamar, com voz sensivelmente pastosa, uma efusiva hilaridade orgíaca do século XVIII, um pouco de chiste georgiano jamais registrado num livro, que correu mais ou menos assim:

> Vinde, rapazes, e as canecas trazei,
> Como a morte já vem, ao presente bebei;
> Um monte de carne no prato já tem,
> Pois comes e bebes é o que nos convém:
> Enchei pois a taça,
> Pois a vida logo passa;
> E mortos não bebem a seu rei nem a sua graça!

> Anacreonte possuía um nariz abrasado;
> Vivendo na farra, quem liga pr'um faro rosado?
> Por Deus que prefiro estar rubro e forte

Que branco qual lírio — nas garras da morte!
Vem Betty, mi'a dama,
Me beija e me ama;
Pois não há no inferno mulher com tal fama!

O Harry de pé, tá só que cambeteia,
Logo perdeu a peruca, sob a mesa ele tateia;
Enchei pois as taças, e passem de mão em mão —
Melhor sob a mesa que debaixo do chão!
Mais vale farrear
E a sede matar:
Debaixo da terra é mais duro brincar!

Abateu-me o demônio! E mal posso andar,
Duvido que possa me erguer e falar!
Sua Betty, senhorio, que espere por ora;
Vou dar pulo em casa que a esposa está fora!
Dê-me uma mão;
Tô muito cambão,
Mas fico contente de estar sobre o chão!

Foi a essa altura que concebi meu atual medo de incêndios e borrascas. Antes indiferente a essas coisas, tinha agora um horror indescritível delas, escondendo-me nos cantos mais recônditos da casa sempre que os céus ameaçavam uma exibição elétrica. Um de meus esconderijos favoritos, durante o dia, era o arruinado porão da mansão, que havia sido queimado, mas na minha imaginação figurava a construção como ela tinha sido originalmente. Em certa ocasião, assustei um aldeão conduzindo-o confiantemente a um porão inferior de baixa altura, cuja existência eu parecia conhecer, apesar de este porão não ser visto e ter sido esquecido durante várias gerações.

Finalmente aconteceu o que há muito eu temia. Meus pais, alarmados com os modos e a aparência alterados de seu único filho, começaram a espionar atentamente meus movimentos, ameaçando provocar um desastre. Eu não tinha falado a ninguém sobre minhas visitas à tumba, tendo-as guardado em segredo, com zelo religioso, desde a infância, mas agora era forçado a tomar cuidado para percorrer os meandros do vale arborizado para despistar algum possível espião. A chave da cripta, eu a trazia pendurada ao pescoço por um cordão, oculta da vista de todos. Nunca tirava da cripta alguma coisa que encontrasse entre suas paredes.

Certa manhã, quando saía da tumba úmida e trancava a corrente do portal com a mão pouco firme, avistei, num bosque adjacente, o rosto apavorado de um espião. Certamente o fim estava próximo, pois meu caramanchão fora descoberto e o alvo de minhas visitas noturnas revelado. O homem não me abordou, por isso me apressei para casa na tentativa de escutar secretamente o que poderia relatar a meu apreensivo pai. Estariam as minhas visitas além da porta encadeada em risco de serem proclamadas ao mundo? Imaginem meu deliciado espanto ao ouvir o espião informar meu pai, num cauteloso sussurro, *que eu passara a noite no caramanchão do lado de fora da tumba*, com os olhos baços de sono cravados na fresta onde a porta trancada pelo cadeado se entreabria! Que milagre fizera o espião se iludir daquela maneira? Convenci-me então de que um agente sobrenatural me protegera. Encorajado por esta circunstância enviada pelo céu, retomei minhas visitas à cripta com total liberdade, confiante de que ninguém poderia testemunhar minha entrada. Durante uma semana provei a plena satisfação daquele sepulcral convívio que não devo descrever, quando a *coisa* aconteceu e fui trazido para esta maldita morada de sofrimento e tédio.

Eu não devia ter me aventurado a sair naquela noite, pois a pestilência do trovão estava nas nuvens e uma fosforescência infernal se erguia do malcheiroso pântano no fundo do vale. O chamado do morto também era diferente. Em vez da cripta na colina, era o demoníaco ocupante do porão carbonizado no topo da encosta que me acenava com seus dedos invisíveis. Quando saía de um arvoredo no platô diante das ruínas, avistei, sob o enevoado luar, algo que vagamente sempre esperara. A mansão, desaparecida um século antes, projetava novamente sua altura imponente à visão extasiada, com todas as janelas faiscando com o resplendor de muitas velas. Rodavam, pelo extenso passeio, as carruagens da aristocracia de Boston, enquanto se aproximava a pé um numeroso grupo de elegantes empoados de mansões vizinhas. Misturei-me com esse grupo, embora soubesse que pertencia mais ao grupo dos anfitriões que ao dos convidados. No interior da mansão havia música, risos e taças de vinho em cada mão. Reconheci muitos rostos, embora pudesse tê-los identificado melhor se estivessem enrugados ou consumidos pela morte e pela decomposição. Em meio à multidão extravagante e despreocupada, eu era o mais bárbaro e o mais desbocado. Blasfêmias jocosas jorravam de meus lábios, e nos gracejos chocantes fazia pouco caso de qualquer lei divina, humana ou natural.

De repente, um ribombo de trovão, ressoando mais alto que a algazarra do obsceno festim, atravessou o telhado provocando um silêncio apavorado no turbulento grupo. Labaredas rubras e rajadas calcinantes de calor engolfaram a casa, e a ruidosa turba, tomada de terror pelo advento de uma calamidade que parecia transcender os limites da desgovernada natureza, fugiu, uivando, para a escuridão. Somente eu permaneci grudado em minha cadeira por um medo aterrador que nunca antes sentira. Foi então que um segundo horror se apossou de minha alma. Queimado vivo, transformado em cinzas, meu corpo disperso pelos quatro ventos, *jamais repousarei no sepulcro dos Hyde*! Não tinha um ataúde preparado para mim? Não tinha o direito de repousar, por toda a eternidade, entre os descendentes de Sir Geoffrey Hyde? Sim! Eu exigiria minha herança de morte ainda que minha alma saísse à procura, através dos tempos, de uma nova morada corporal para representá-la naquela laje vazia no nicho da cripta. *Jervas Hyde* jamais partilharia a triste sina de Palinuro!

Quando o espectro da casa em chamas se desfez, dei comigo gritando e me debatendo loucamente nos braços de dois homens, um deles o espião que me seguira ao túmulo. Chovia torrencialmente e no horizonte meridional viam-se os lampejos dos relâmpagos que pouco antes haviam passado sobre nossas cabeças. Meu pai, o rosto abatido de pesar, estava ao lado quando exprimi, aos gritos, meu desejo de ser colocado na tumba, admo-estando frequentemente meus captores para me tratarem com brandura. Um círculo enegrecido no chão do arruinado porão era a marca visível da queda de um violento raio; e, nesse local, um grupo de aldeões curiosos, portando lanternas, espreitava uma antiga caixa artesanal que o raio expusera.

Interrompendo minhas inócuas e inúteis contorções, fiquei observando os espectadores enquanto examinavam o tesouro encontrado e permitiam que eu partilhasse de suas descobertas. A caixa, cujas fechaduras haviam sido rompidas pelo raio que a desenterrara, continha muitos papéis e objetos de valor, mas eu só tinha olhos para uma coisa: a miniatura de porcelana de um jovem usando uma peruca do século XVIII cuidadosamente anelada e trazendo as iniciais "J.H.". O rosto era tal que, quando o mirei, poderia perfeitamente estar olhando para um espelho.

No dia seguinte, fui trazido para este quarto com janelas gradeadas, mas mantive-me informado de certas coisas por intermédio de um criado idoso e simplório, por quem nutrira grande afeição na infância e que, como eu, ama os cemitérios. O que ousei relatar de minhas experiências no interior da cripta provocou tão somente sorrisos consternados. Meu pai, que me visita com frequência, declara que em nenhum momento eu cruzei o portal acorrentado e jura que o enferrujado cadeado não havia sido tocado nos últimos cinquenta anos quando ele o examinou. Chega a dizer que toda a vila sabia de minhas visitas à tumba e que eu era frequentemente observado enquanto dormia no caramanchão do lado de fora da soturna fachada, com os olhos semiabertos cravados na fresta que dá para o interior. Contra essas afirmações, não tenho provas tangíveis a oferecer, pois minha chave do cadeado se perdeu durante a confusão daquela noite de horrores. As coisas estranhas do passado que aprendi durante aqueles encontros noturnos com o morto, ele as descarta como frutos de minhas prolongadas e onívoras consultas a antigos volumes da biblioteca familiar. Não fosse por meu velho criado Hiram, a essa altura eu já estaria inteiramente convencido de minha insânia.

Mas Hiram, muito leal, acreditou em mim, e fez aquilo que me impele a tornar público ao menos parte de minha história. Há uma semana, ele arrombou o cadeado que tranca a porta perpetuamente entreaberta da tumba e desceu, com uma lanterna, às sombrias profundezas. Sobre uma laje, em um nicho, encontrou um velho ataúde vazio cuja placa manchada exibe uma única palavra: *Jervas*. Naquele ataúde e naquela cripta, eles prometeram que serei enterrado.

(1917)

polaris

Pela janela norte de meu quarto brilha a Estrela Polar com misteriosa luz. Durante as diabólicas longas horas de escuridão, ela ali brilha. E na estação outonal, quando os ventos do norte imprecam e lamentam, e as árvores de folhas avermelhadas do pântano murmuram umas para as outras nas primeiras horas da madrugada sob a lua minguante, sento-me ao pé do caixilho e fico observando essa estrela. Descendo das alturas cambaleia a cintilante Cassiopeia à medida que as horas passam, enquanto a Ursa Maior assoma por trás das árvores do pântano vaporoso que se embalam ao sopro da viração noturna. Pouco antes da aurora, Arcturus pisca incendida acima do cemitério, sobre o outeiro, e a Cabeleira de Berenice tremula fantasmagórica e distante no misterioso leste; mas a Estrela Polar espreita ainda do mesmo lugar na escura abóbada, piscando horrendamente como um insano olho vigilante que se esforça para transmitir alguma estranha mensagem, que nada evoca, exceto que um dia teve alguma mensagem a transmitir. Às vezes, com tempo nublado, consigo dormir.

Recordo-me perfeitamente da noite da grande Aurora, quando brincavam sobre o pântano as repelentes fulgurações da diabólica luz. Depois do raio vieram nuvens, e então dormi.

E foi sob uma lua minguante que avistei a cidade pela primeira vez. Plácida e sonolenta, ela jazia sobre um estranho platô numa depressão entre estranhos picos. De mármore extasiante eram suas muralhas e suas torres, suas colunas, domos e pisos. Nas ruas de mármore, erguiam-se pilares de mármore cujos topos eram entalhados com as imagens de graves homens barbados. O ar estava tépido e calmo. E no alto, a cerca de dez graus do zênite, luzia a vigilante Estrela Polar. Mirei longamente a cidade, mas o dia não veio. Quando a rubra Aldebaran, que piscava mais próxima no céu, mas nunca se punha, havia se arrastado por um quarto do caminho do horizonte, avistei luz e movimento nas casas e nas ruas. Circulavam por ela formas curiosamente trajadas, mas ao mesmo tempo nobres e familiares, e, sob a lua, homens conversavam sabiamente numa língua que eu jamais conhecera. E quando a rubra Aldebaran se arrastara por mais da metade do horizonte, houve novamente escuridão e silêncio.

Quando despertei, eu não era mais como antes. Gravada em minha memória estava a visão da cidade, e dentro de minha alma surgia uma outra recordação mais vaga, de cuja natureza não estava bem certo. Dali em diante, nas noites nubladas em que conseguia dormir, via frequentemente a cidade; às vezes sob os quentes raios amarelos de um sol que nunca se punha, circulando próximo à linha do horizonte. E, nas noites claras, a Estrela Polar espreitava como nunca.

Gradualmente comecei a meditar sobre qual poderia ser o meu lugar naquela cidade no estranho platô entre estranhos picos. Inicialmente, contente de ver a cena como um observador etereamente presente, agora desejava definir minha relação com ela e abrir minha mente entre os homens solenes que palestravam cotidianamente nas praças públicas. Disse para mim mesmo: "Isto não é um sonho, pois de que outra maneira poderei provar a realidade maior daquela outra vida na casa de pedra e tijolo ao sul do sinistro pântano e do cemitério sobre o outeiro, onde a Estrela Polar espreita por minha janela do norte a cada noite?"

Certa noite, enquanto escutava a conversa na grande praça repleta de estátuas, senti uma mudança e percebi que pelo menos havia conseguido uma forma corpórea. Também já não era um estranho nas ruas de Olathoe, que fica no planalto de Sarkia, entre os picos Noton e Kadiphonek. Foi meu amigo Alos quem falou, e sua fala deleitou minha alma, pois era a fala de um homem íntegro e patriótico. Naquela noite chegaram notícias da queda de Daikos e do avanço dos Inutos, infernais demônios amarelos atarracados, que surgiram há cinco anos vindos do desconhecido oeste para saquear os confins de nosso reino e sitiar muitas de nossas cidades. Tendo tomado as fortificações no sopé das montanhas, seu caminho estava agora aberto para o planalto, a menos que cada cidadão pudesse resistir com a força de dez homens. Pois as criaturas atarracadas eram poderosas nas artes da guerra, e não tinham os escrúpulos de honra que vedavam a nossos homens altos e de olhos cinzentos de Lomar a conquista implacável.

Alos, meu amigo, era comandante de todas as forças do planalto e nele estavam depositadas as últimas esperanças de nossa terra. Nessa ocasião, ele falou dos perigos que deveriam ser enfrentados e exortou os homens de Olathoe, os mais bravos entre os lomarianos, a honrar as tradições de seus ancestrais que, forçados a se deslocar para o sul de Zobna antes do avanço do grande lençol de gelo (assim como nossos descendentes algum dia terão que fugir da terra de Lomar), varreram brava e vitoriosamente os Gnophkehs, peludos canibais com longas armas que se atravessaram em seu caminho. A mim, Alos negou a participação nas atividades bélicas, pois eu era frágil e sujeito a estranhos desmaios quando exposto a situações de tensão e fadiga. Mas meus olhos eram os mais perspicazes da cidade, apesar das longas horas que dispensava, todos os dias, ao estudo dos *Manuscritos Pnakóticos* e à sabedoria dos Patriarcas Zobnarianos. Meu amigo, não querendo condenar-me à inação, recompensou-me com um dever cuja importância não era inferior a nenhuma outra. Enviou-me para a torre de vigia de Thapnen para servir de *olhos* ao nosso exército. Se os Inutos tentassem tomar a cidadela pelo estreito passo por trás do pico Noton surpreendendo, assim, a guarnição, eu devia dar o sinal de fogo que preveniria os soldados de prontidão e salvaria a cidade do desastre iminente.

Galguei sozinho a torre, pois todo homem saudável era necessário nos desfiladeiros abaixo. Meu cérebro estava fortemente entorpecido de excitação e fadiga, já que não havia dormido durante muitos dias. Minha disposição, porém, era firme, pois amava minha terra natal de Lomar e a cidade de mármore de Olathoe, entre os picos Noton e Kadiphonek.

Mas, enquanto me quedava na mais alta câmara da torre, avistei a lua, rubra e sinistra, tremeluzindo através dos vapores que pairavam sobre o distante Vale de Banof. E por uma abertura no telhado cintilava a pálida Estrela Polar, flutuando como se estivesse viva e espreitando como um demônio tentador. Creio que seu espírito sussurrava maus conselhos, provocando-me uma traiçoeira sonolência com uma abominável promessa ritmada que repetia incessantemente:

> Dorme, guarda, até as esferas
> Terem rodopiado mil eras
> E que eu arda ao voltar
> Onde agora é o meu lugar.
> Novos astros irão aparecer
> Para no céu se estabelecer;
> Astros que louvam, acalantam
> E o suave olvido implantam:
> Só quando encerrar o meu giro
> O passado inquietará teu retiro.

Lutei inutilmente contra a sonolência, tentando relacionar essas estranhas palavras com algum conhecimento dos céus que aprendera nos *Manuscritos Pnakóticos*. Minha cabeça, pesada e toscanejando, caiu sobre o peito, e quando tornei a olhar para cima, era um sonho, com a Estrela Polar sorrindo para mim, através de uma janela, de cima das horrendas árvores balouçantes de um pântano onírico. E continuo sonhando.

Em minha vergonha e desespero, às vezes grito freneticamente implorando que as oníricas criaturas circundantes me despertem antes que os Inutos cruzem o passo atrás do pico Noton e tomem a cidadela de surpresa. Mas essas criaturas são demônios, pois riem para mim e dizem-me que não estou sonhando. Elas zombam de mim enquanto durmo e enquanto os atarracados inimigos amarelos podem estar rastejando silenciosamente para cair sobre nós. Faltei com meu dever e traí a cidade de mármore de Olathoe; fui desleal a Alos, meu amigo e comandante. Mas essas sombras de meus sonhos ainda zombam de mim. Dizem que não existe uma terra de Lomar, exceto em minhas fantasias noturnas; que nesses reinos onde brilha, no alto, a Estrela Polar, e a vermelha Aldebaran se arrasta perto do horizonte, nunca houve nada, por milhares de anos, exceto gelo e neve, e homem nenhum, salvo as atarracadas criaturas amarelas, fustigadas pelo frio, a quem chamam de "Esquimós".

E enquanto escrevo em culposa agonia, ansiando pela salvação da cidade cujo perigo cresce a cada instante, lutando inutilmente para me livrar desse sonho desnaturado com uma casa de pedra e tijolo ao sul de um pântano sinistro e um cemitério num outeiro, a Estrela Polar, funesta e monstruosa, espreita para baixo da negra abóbada, piscando horrendamente como um insano olho vigilante, que se esforça para transmitir alguma mensagem que nada evoca, exceto que algum dia teve uma mensagem a transmitir.

(1918)

além
da barreira
do sono

I have an exposition of sleep come upon me. *
Shakespeare

Frequentemente imagino se a maioria da humanidade algum dia parou para refletir sobre o significado ocasionalmente titânico dos sonhos e do obscuro mundo a que pertencem. Embora a maioria de nossas visões noturnas talvez não passe de pálidos e fantásticos reflexos de nossas experiências em estado de vigília — ao contrário do que diz Freud com seu pueril simbolismo —, resta ainda certo resíduo cujo caráter etéreo e invulgar não permite nenhuma interpretação comum, e cujo efeito vagamente excitante e inquietador sugere possíveis vislumbres momentâneos de uma esfera da existência mental não menos importante que a existência física, embora separada desta por uma barreira quase intransponível. Por experiência própria, não posso senão concordar que o homem, quando liberto da consciência terrestre, está na verdade vivendo outra existência, incorpórea, de natureza muito diferente da que conhecemos, e da qual permanecem apenas lembranças das mais fugazes e indistintas depois de acordarmos. Dessas reminiscências confusas e fragmentárias podemos inferir muito, mas provar pouco. Podemos supor que nos sonhos, vida, matéria e vitalidade, tais como a terra as conhece, não são necessariamente constantes; e que o tempo e o espaço não existem tais como nossos eus despertos os compreendem. Acredito, às vezes, que essa vida menos material é nossa vida mais verdadeira, e que

*Sinto-me tomado por uma grande exposição ao sono (Shakespeare, Sonhos de uma noite de verão, Ato IV, Cena I).

nossa vã presença sobre o globo terrestre é o fenômeno secundário ou meramente virtual.

Foi de um devaneio juvenil cheio de especulações desta natureza que despertei, certa tarde do inverno de 1900-1901, quando foi trazido para a instituição psiquiátrica estadual em que eu servia como interno, um homem cujo caso, desde então, tem me perseguido incessantemente. Seu nome, rezam os registros, era Joe Slater, ou Slaader, e sua aparência, a de um típico habitante da região dos Montes Catskill, um desses estranhos, repulsivos rebentos de uma primitiva linhagem colonial camponesa, cujo isolamento de quase três séculos nas fortalezas montanhosas de uma zona rural pouco frequentada, os levou a mergulhar numa espécie de bárbara degeneração, em vez de progredirem como seus irmãos mais bem situados dos distritos densamente povoados. Entre essa gente estranha, que corresponde precisamente ao elemento decadente da "escória branca" no Sul, não existe lei nem moral, e sua condição mental é provavelmente inferior à de qualquer outro segmento da população americana nativa.

Joe Slater, que chegou à instituição sob a custódia vigilante de quatro policiais estaduais e foi descrito como portador de um caráter altamente perigoso, certamente não apresentava evidências de sua índole ameaçadora quando o vi pela primeira vez. Embora estivesse muito acima da estatura média e tivesse uma compleição robusta, apresentava uma absurda aparência de inofensiva estupidez devido ao azul pálido e o aspecto sonolento de seus pequenos olhos aquosos, ao descuidado tufo de barba amarela jamais aparado e à frouxidão de seu grosso lábio inferior caído. Sua idade era desconhecida, pois em seu meio não existiam registros familiares nem laços de família permanentes, mas pelas entradas do cabelo na testa e pela condição lamentável de seus dentes, o cirurgião-chefe do serviço médico registrou-o com a idade aproximada de quarenta anos.

Dos registros médicos e judiciais ficamos sabendo tudo que pôde ser reunido sobre seu caso: o homem, um vagabundo, caçador e apanhador de animais, sempre fora considerado estranho por seus antigos companheiros. Dormia, à noite, habitualmente mais que o normal, e ao acordar frequentemente contava coisas desconhecidas de um modo tão bizarro que chegava a causar medo mesmo aos corações de uma ralé sem imaginação. Não que a forma de sua linguagem fosse absolutamente invulgar, pois ele só falava no degradado patoá de seu meio, mas o tom e o teor de suas expressões continham tão misteriosa selvageria que ninguém conseguia escutá-lo sem apreensão. Ele mesmo geralmente ficava tão aterrorizado e perplexo quanto seus ouvintes, e uma hora depois de ter acordado, esquecia tudo que havia dito, ou, pelo menos, tudo que o levara a dizer o que disse, recaindo em sua normalidade passiva e cordial, como a dos outros montanheses.

Ao que parece, à medida que Slater foi envelhecendo, suas aberrações matinais foram aumentando de frequência e violência até ocorrer, cerca de um mês antes de sua chegada à instituição, a horripilante tragédia que provocara sua detenção pelas autoridades. Certo dia, perto do meio-dia, depois de um sono profundo após uma bebedeira de uísque por volta das cinco da tarde anterior, o homem se erguera bruscamente, ululando de uma forma tão aterradora e sobrenatural que atraíra vários vizinhos a sua cabana — uma pocilga imunda onde morava com uma família tão indescritível quanto ele próprio. Correndo para fora, pela neve, ele erguia os braços, saltitando, gritando repetidamente sua determinação em alcançar uma "cabana grande, grande, com brilho no telhado, e nas paredes, e no piso, e a música alta e estranha ao longe". Quando dois homens de estatura mediana tentaram contê-lo, desvencilhou-se deles com uma força e uma fúria maníacas, gritando seu desejo e necessidade de encontrar e matar uma certa "coisa que reluz, e chacoalha, e ri". Finalmente, depois de derrubar um de seus captores com um soco inesperado, atirou-se sobre o outro num êxtase diabólico e sanguinário uivando demoniacamente que "saltaria bem alto e abriria caminho a fogo através de qualquer coisa que tentasse detê-lo".

A família e os vizinhos, tomados de pânico, haviam então fugido, e quando os mais ousados retornaram, Slater tinha partido, deixando para trás uma irreconhecível massa pastosa do que, menos de uma hora antes, havia sido um homem vivo. Nenhum montanhês ousou persegui-lo, e é bem provável que teriam gostado que morresse de frio. Mas quando, muitos dias depois, ouviram seus gritos vindos de uma ribanceira distante, perceberam que ele, de algum modo, conseguira sobreviver, e que sua remoção seria necessária. Formou-se, então, um grupo de salvamento armado, cujo propósito (fosse qual fosse originalmente) tornou-se o de um destacamento policial, depois que um dos famosos e raros soldados da guarda montada estadual avistara o grupo por acaso, interrogara-o e, finalmente, juntara-se a ele.

No terceiro dia, Slater foi encontrado inconsciente no oco de uma árvore e levado para a cadeia mais próxima, onde psiquiatras de Albany o examinaram tão logo recuperou os sentidos. A eles, contou uma história simples. Disse que fora dormir, certa tarde, perto do entardecer, depois de beber demais. Ao despertar, vira-se de pé sobre a neve, com as mãos sujas de sangue, ao lado de sua cabana, com o cadáver destroçado de seu vizinho Peter Slader a seus pés. Horrorizado, correu para os bosques numa vaga tentativa de fugir daquela cena que devia ter sido o seu crime. Além disso, não parecia saber mais nada, nem a experiente inquirição de seus interrogadores conseguiu extrair qualquer fato adicional.

Naquela noite, Slater dormiu tranquilamente, despertando na manhã seguinte sem nenhuma característica especial, salvo por certa alteração de expressão. O Doutor Barnard, que estivera observando o paciente, pensou ter notado nos pálidos olhos azuis um brilho peculiar, e nos lábios flácidos, um enrijecimento quase imperceptível, como que por obra de uma determinação inteligente. Quando interrogado, porém, Slater recaiu em sua habitual letargia de montanhês e só reiterou o que havia dito no dia anterior.

Na terceira manhã ocorreu o primeiro dos assaltos psicóticos do homem. Depois de um sono um tanto agitado, ele irrompeu num furor tão forte que foi necessário o esforço conjunto de quatro homens para prendê-lo numa camisa de força. Os psiquiatras ouviram atentamente suas palavras, pois a curiosidade deles havia sido aguçada pelas histórias sugestivas, mas altamente contraditórias e incoerentes, de sua família e seus vizinhos. Slater tresvariou por mais de quinze minutos, balbuciando em seu dialeto interiorano sobre edifícios verdes de luz, oceanos de espaço, música estranha, montanhas e vales sombreados. Mas insistia sobretudo em uma misteriosa entidade ardente que balançava, ria e zombava dele. Essa imensa, vaga entidade parecia ter-lhe feito um terrível mal, e matá-la numa triunfante vingança era o seu desejo soberano. Para encontrá-la, disse, voaria por abismos de vazio *queimando* cada obstáculo que obstruísse seu caminho. Assim transcorria seu relato até que, abruptamente, ele parou. A chama da loucura desapareceu de seus olhos, e com obtusa perplexidade olhou para seus inquisidores e perguntou o motivo de estar amarrado. O Dr. Barnard desafivelou a camisa de força e só a recolocou à noite, persuadindo Slater a usá-la por sua própria vontade, para seu próprio bem. O homem já havia admitido, então, que às vezes falava estranhamente, embora não soubesse por quê.

No intervalo de uma semana, houve dois novos ataques com os quais os médicos pouco aprenderam. Eles especularam bastante sobre a *fonte* das visões de Slater, pois como ele não sabia ler nem escrever, e aparentemente nunca ouvira uma lenda ou conto de fada, sua fabulosa imaginação era bastante inexplicável. Ficou especialmente claro que aquilo não poderia ter saído de nenhum mito ou ficção conhecidos, pelo fato de que o desventurado lunático só se expressava por sua maneira muito própria e simples. Ele delirava sobre coisas que não compreendia e não conseguia interpretar; coisas que alegava ter experimentado, mas que não podia ter conhecido por meio de nenhum relato normal ou ordenado. Os alienistas logo concordaram que a base do problema estaria em sonhos anormais, sonhos cuja vivacidade poderia, durante algum tempo, dominar completamente a mente desperta desse homem essencialmente primitivo. Com as formalidades de praxe, Slater foi julgado por assassinato, inocentado com base na insanidade e condenado à internação na instituição onde eu exercia tão humilde cargo.

Já disse que sou um incansável especulador sobre assuntos relacionados ao mundo onírico e daí se pode avaliar o zelo com que me apliquei ao estudo do novo paciente, tão logo me inteirei completamente dos fatos de seu caso. Ele parecia votar-me alguma simpatia, derivada, certamente, do interesse que eu não conseguia esconder e da maneira gentil com que o interrogava. Não que alguma vez me houvesse reconhecido durante seus ataques, quando me debruçava ansiosamente sobre suas caóticas, mas cósmicas imagens verbais. Contudo, reconhecia-me em seus momentos de paz, quando se acomodava ao pé da janela gradeada tecendo cestos de palha e de ramos de salgueiro, meditando, talvez, na liberdade montanhesa que jamais voltaria a gozar. Sua família nunca vinha visitá-lo; provavelmente tinha encontrado um novo chefe temporário, conforme os costumes do decadente povo montanhês.

Aos poucos, comecei a sentir uma fantástica admiração pelas idealizações malucas e fabulosas de Joe Slater. O homem, em si, era lastimavelmente primário em mentalidade e linguagem, mas suas visões titânicas, ardentes, embora descritas num desconjuntado dialeto bárbaro, eram seguramente coisas que somente um cérebro superior, ou mesmo excepcional, poderia conceber.

Eu me perguntava constantemente como a estólida imaginação de um degenerado dos Montes Catskill poderia conjurar visões que revelam uma centelha de gênio? Como poderia um estúpido interiorano ter obtido tantas noções desses mundos vibrantes de sobrenatural esplendor e amplidão sobre os quais Slater vociferava em seu delírio? Cada vez mais eu me inclinava a acreditar que se escondia na lamentável personalidade que se recolhia diante de mim o desordenado cerne de algo além da minha compreensão; algo infinitamente além da compreensão de meus mais experientes, mas menos imaginativos, colegas médicos e cientistas.

No entanto, não conseguia extrair nada de definitivo do homem. A soma de todas as minhas investigações foi que, numa espécie de mundo onírico semicorpóreo, Slater errava ou flutuava por prodigiosos e resplandecentes vales, campinas, jardins, cidades e palácios de luz numa região infinita e desconhecida do homem; que ali ele não era um camponês nem um degenerado, mas sim uma criatura com existência importante e ativa, circulando com orgulho e altivez, afrontado apenas por um certo inimigo mortal que parecia ser uma criatura de estrutura visível, mas etérea, que não parecia ter forma humana, pois Slater nunca se referia a ela como um *homem*, ou algo afim, mas como *coisa*. Essa *coisa* fizera a Slater alguma maldade não mencionada, mas hedionda, da qual o maníaco (se era mesmo maníaco) desejava ardentemente se vingar.

Pelo modo como Slater aludiu a suas relações, julguei que ele e a *coisa* luminosa haviam se defrontado em igualdade de condições; que em sua existência onírica ele próprio era uma *coisa* luminosa da mesma espécie que seu inimigo. Essa impressão era reforçada por suas frequentes referências a *voar pelo espaço* e *queimar* tudo que tentasse se intrometer em seu caminho. Entretanto, essas concepções eram formuladas com palavras grosseiras, inteiramente inadequadas para transmiti-las, circunstância que me levou a concluir que, se realmente existia um mundo onírico, a linguagem oral não seria ali o meio para a transmissão de ideias. Estaria a alma-sonial que habitava esse corpo inferior lutando desesperadamente para dizer coisas que a linguagem simples e deficiente da estupidez não conseguia expressar? Estaria eu diante de emanações intelectuais que poderiam explicar o mistério se as pudesse identificar e compreender? Não falei com os médicos mais velhos sobre essas coisas, pois a meia-idade é cética, cínica e avessa a aceitar ideias novas. Ademais, o chefe da instituição já me advertira recentemente, com seu modo paternal, que eu estava trabalhando demais, que minha mente precisava de repouso.

De há muito acreditava que o pensamento humano consiste, basicamente, de movimento atômico e molecular, conversível em ondas do éter ou energia radiante, como o calor, a luz e a eletricidade. Essa crença bem cedo me levou a contemplar a possibilidade da telepatia ou comunicação mental por meio de uma aparelhagem adequada, e em meus tempos de universidade havia preparado um conjunto de instrumentos de transmissão e recepção parecidos com a incômoda aparelhagem usada em telegrafia sem fio naquele primitivo período anterior à existência do rádio. Testei-o com um colega e, não obtendo resultados, empacotei-o com outras quinquilharias científicas para algum possível uso futuro.

Agora, em meu intenso desejo de sondar a vida onírica de Joe Slater, recobrei esses instrumentos e gastei vários dias para recolocá-los em funcionamento. Quando ficaram novamente inteiros, não perdi tempo em testá-los. A cada explosão de violência de Slater, ajustava o transmissor em sua testa e o receptor em minha própria, fazendo contínuos ajustes delicados para vários comprimentos de onda hipotéticos de energia intelectual. Não tinha ideia de como as impressões de pensamentos provocariam, se a transmissão fosse bem-sucedida, uma resposta inteligente em meu cérebro, mas tinha certeza de que poderia detectá-las e interpretá-las. Assim, prossegui com meus experimentos sem informar a ninguém de sua natureza.

Foi no dia 21 de fevereiro de 1901 que o fato se deu. Quando olho para o passado, percebo o quanto tudo isso parece irreal, e às vezes fico imaginando se o velho Doutor Fenton não estava certo em atribuir tudo à excitação de minha imaginação. Recordo que me escutou com grande bondade e paciência quando lhe contei, mas em seguida receitou-me um calmante e arranjou-me umas férias de meio ano, para as quais parti na semana seguinte.

Naquela noite fatídica, fiquei loucamente confuso e perturbado, pois a despeito dos excelentes cuidados que estava recebendo, Joe Slater estava evidentemente morrendo. Talvez por falta da liberdade das montanhas, ou talvez a desordem em seu cérebro tivesse se aguçado demais para seu físico moroso. Em todo caso, a chama da vitalidade bruxuleava fracamente em seu corpo decadente. Ele estava letárgico, perto do fim, e quando a escuridão desceu, caiu num sono agitado.

Não afivelei a camisa de força como de costume quando ele dormiu, pois estava fraco demais para oferecer perigo, mesmo que acordasse em desordem mental, uma última vez, antes de falecer. Mas coloquei em sua cabeça e na minha os dois terminais de meu "rádio" cósmico, com a derradeira esperança de que uma primeira e última mensagem do mundo onírico surgisse naquele breve tempo restante. Na cela, em nossa companhia, estava um enfermeiro, um sujeito medíocre que não entendia a finalidade do aparelho e nem se deu ao incômodo de indagar minhas intenções. Com o passar das horas, vi sua cabeça pender adormecida, mas não o perturbei. Eu próprio, embalado pelas respirações ritmadas do homem saudável e do moribundo, devo ter cabeceado de sono pouco depois.

Foi o som da sobrenatural melodia lírica que me despertou. Acordes, vibrações e êxtases harmônicos ecoavam vivamente por todos os lados enquanto explodia, diante de minha visão extasiada, o fabuloso espetáculo de extrema beleza. Muralhas, colunas e arquitraves de fogo vivo ardiam fulgentes em torno do ponto em que eu parecia flutuar no ar, estendendo-se para cima em direção a uma cúpula abobadada, infinitamente alta, de indescritível esplendor. Fundindo-se nessa exibição de suntuosa magnificência, ou melhor, suplantando-a, às vezes, em rotação caleidoscópica, surgiam vislumbres de amplas planícies e belos vales, altas montanhas e deliciosas grutas, cobertos com todo o gracioso atributo de cenário que meus olhos deleitados poderiam conceber, embora formados inteiramente por alguma entidade plástica, etérea, resplandecente, cuja consistência compartia tanto o mundo espiritual quanto o material. Enquanto olhava, percebi que meu próprio cérebro detinha a chave dessas encanta-doras metamorfoses, pois cada visão que me aparecia era aquela que minha irrequieta mente mais desejava ver. Sentia-me em casa nesse reino celestial, pois cada aparição e cada som me eram familiares, como havia sido há incontáveis eternidades antes, e assim seria por outras tantas eternidades por vir.

Então, a aura resplandecente de meu irmão de luz aproximou--se e entabulou conversa comigo, de alma para alma, em silencioso e perfeito intercâmbio de pensamento. O momento era de triunfo iminente, pois não estava meu ser-companheiro escapando, finalmente, de uma periódica servidão degradante; escapando para sempre e preparando-se para perseguir o odiado opressor até os mais remotos campos do éter e sobre ele executar uma flamante vingança cósmica que abalaria as esferas? Assim flutua-mos por um momento, quando percebi um leve escurecimento e desvanecimento dos objetos que nos cercavam, como se alguma força estivesse me chamando à Terra, para onde eu menos dese-java ir. A forma perto de mim parecia sentir a mudança também, pois foi gradualmente encerrando sua fala, preparando-se para deixar a cena e desaparecendo de minha vista com menor rapidez que os outros objetos. Mais alguns pensamentos foram trocados e eu soube que o luminoso e eu estávamos sendo reconduzidos à servidão, embora, para meu irmão de luz, aquela fosse a última vez. Com a miserável carapaça terrena quase inteiramente gasta, em menos de uma hora meu companheiro estaria livre para perseguir o opressor por toda a Via Láctea e, além de suas estrelas, até os verdadeiros confins do infinito.

Um choque preciso separa minha impressão final da cena luminosa de meu súbito e envergonhado despertar e, ao endireitar-me em minha cadeira, vi a figura moribunda sobre o leito mover-se hesitantemente. Joe Slater estava realmente despertando, provavelmente pela última vez. Quando olhei mais de perto, vi que brilhavam em suas faces pálidas pontos coloridos que ali nunca tinham existido. Os lábios também pareciam incomuns, firmemente apertados, como que movidos por uma força maior que a de Slater. O rosto todo começou finalmente a ficar tenso e a cabeça virava incessantemente, com os olhos fechados.

Não acordei o enfermeiro adormecido, mas reajustei a faixa ligeiramente desarrumada que prendia meu "rádio" telepático em torno da cabeça, na intenção de captar alguma mensagem final que o sonhador quisesse transmitir. De repente, a cabeça virou velozmente em minha direção e os olhos se abriram, levando-me a olhar com espanto aquilo. O homem que havia sido Joe Slater, o decadente dos Catskill, fitava-me com um par de olhos luminosos e arregalados cujo azul parecia ter sutilmente escurecido. Nenhuma mania ou degeneração era visível naquele olhar e senti, sem a menor sombra de dúvida, que estava olhando um rosto por trás do qual havia uma mente ativa de ordem superior.

A essa altura, meu cérebro tomou consciência de uma forte influência externa agindo sobre nós. Fechei os olhos para concentrar meus pensamentos mais profundamente e fui recompensado com o conhecimento positivo de que *a mensagem mental que havia tanto tempo buscava, finalmente chegara*. Cada ideia transmitida formava-se rapidamente em minha mente, e, embora nenhuma linguagem fosse utilizada, minha habitual associação de concepção e expressão era tão formidável que eu parecia estar recebendo as mensagens em linguagem comum e fluente.

"*Joe Slater está morto*", surgiu a voz petrificante de um agente de além da barreira do sono. Meus olhos abertos procuraram o leito de sofrimento com curioso horror, mas os olhos azuis ainda observavam tudo fixa e calmamente, e o semblante ainda estava animado pela inteligência. "Ele está melhor morto, pois era indigno de suportar o intelecto ativo da entidade cósmica. Seu corpo bruto não poderia suportar os necessários ajustes entre a vida etérea e a vida planetária. Ele era animalesco demais, humano de menos. No entanto, foi por intermédio de sua deficiência que conseguiste me descobrir, pois as almas cósmicas e as planetárias nunca deveriam se encontrar. Ele tem estado em minha tormentosa e diurna prisão por quarenta e dois de seus anos terrestres."

"Sou uma entidade como aquela em que tu mesmo te transformas na liberdade do sono sem sonhos. Sou teu irmão de luz e flutuei contigo nos vales refulgentes. Não me é permitido informar teu eu-terrestre desperto sobre teu verdadeiro eu, mas somos todos errantes nos vastos espaços e viajantes em muitas eras. No próximo ano, poderei estar no Egito que tu chamas antigo, ou vivendo no cruel império de Tsan Chan que deverá existir daqui a três mil anos. Tu e eu deslizamos para os mundos que giram em torno da rubra Arcturus, e habitamos os corpos dos insetos-filósofos que rastejam orgulhosamente sobre a quarta lua de Júpiter. Quão pouco o eu-terrestre conhece a vida e sua extensão! Quão pouco, na verdade, ele deve saber para sua própria tranquilidade!"

"Do opressor, não posso falar. Vós, na Terra, sentistes involuntariamente sua distante presença, vós que, sem o saber, destes descuidadamente ao farol maldito o nome de *Algol, a Estrela-Demônio*. É para encontrar e conquistar o opressor que tenho me esforçado inutilmente há muitas eras, impedido por dificuldades corporais. Esta noite irei como uma Nêmesis, carregando comigo apenas, e ardentemente, a vingança cataclísmica. *Observe-me no céu perto da Estrela-Demônio.*"

"Não posso mais falar, pois o corpo de Joe Slater está esfriando e enrijecendo, e o cérebro rude está parando de vibrar, como desejo. Foste meu único amigo neste planeta e a única alma a sentir e procurar por mim dentro da repugnante forma que jaz sobre este leito. Vamos nos encontrar de novo talvez nas névoas resplandecentes da Espada de Orion; talvez num escuro planalto da Ásia pré-histórica; talvez em sonhos imemoráveis esta noite; talvez em alguma outra forma a muitas eras daqui, quando o sistema solar houver desaparecido."

Neste ponto, as ondas mentais repentinamente cessaram, os olhos pálidos do sonhador — ou devo dizer do homem morto? — começaram a ficar vítreos. Em estado semiletárgico, debrucei-me sobre o leito e medi seu pulso, mas ele estava frio, parado, sem pulsação. As faces amareladas novamente empalideceram e os lábios grossos penderam abertos, revelando os dentes repulsivamente apodrecidos do degenerado Joe Slater. Estremeci, estendi um lençol sobre o rosto hediondo e despertei o enfermeiro. Depois, deixei a cela e fui silenciosamente para o meu quarto. Tive um impulso instantâneo e irreprimível de dormir, e caí num sono de cujos sonhos não me recordo.

O clímax? Que relato científico pode se vangloriar desse efeito retórico? Simplesmente anotei certas coisas que me pareceram fatos, permitindo que você as analise da maneira que quiser. Como já admiti, meu superior, o velho Doutor Fenton, nega a realidade de tudo que lhe relatei. Ele garante que eu estava alquebrado pela tensão nervosa e muito necessitado das férias prolongadas com tudo pago, que tão generosamente me ofereceu. Ele me garante, por sua honra profissional, que Joe Slater não passava de um paranoico em baixo grau, cujas ideias fantásticas devem ter vindo dos toscos relatos folclóricos que circulam de geração a geração mesmo nas mais decadentes comunidades. Tudo isso ele me disse, mas não consigo esquecer o que vi no céu naquela noite em que Slater morreu. Para não pensarem que sou uma testemunha tendenciosa, outra pena deve acrescentar este testemunho final que talvez possa fornecer o clímax que esperam. Citarei *verbatim* o seguinte relato sobre a estrela *Nova Persei* das páginas desta eminente autoridade astronômica, o Professor Garrett P. Serviss:

"Em 22 de fevereiro de 1901, uma maravilhosa estrela nova foi descoberta pelo Doutor Anderson, de Edimburgo, *não muito longe de Algol*. Nenhuma estrela era visível naquele ponto antes. No espaço de vinte e quatro horas, a desconhecida se tornou tão brilhante que suplantou o brilho de Capella. Em uma semana, ou duas, ela visivelmente enfraquecera, e no curso de alguns meses mal podia ser discernida a olho nu."

(1919)

memória

No Vale de Nis, a maldita lua minguante brilha fina, rasgando com frágeis chifres um caminho para seu clarão através da folhagem letal das grandes upas-tieuté.[1] E nas profundezas do vale, onde a luz não alcança, movem-se formas que não foram feitas para serem vistas. Alinhado está o relvado em cada encosta, onde vinhas malignas e trepadeiras rastejam em meio às pedras de palácios em ruínas, enroscando-se em colunas partidas e estranhos monólitos, e estendendo-se por pisos de mármore assentados por mãos ignotas. E nas árvores que crescem gigantescas em pátios arruinados, saltitam macaquinhos, enquanto venenosas serpentes e inomináveis criaturas escamadas se contorcem para dentro e para fora de profundas criptas subterrâneas.

Enormes são as pedras que dormem cobertas por lençóis de musgo úmido, e poderosas são as paredes de onde elas tombaram. Seus construtores as ergueram para durar, e na verdade elas ainda servem nobremente; pois debaixo delas faz sua morada o sapo cinzento.

No ponto mais profundo do vale corre o rio Mhen,[2] cujas águas são lodosas e repletas de ervas daninhas. De ocultas fontes ele nasce, e em direção a subterrâneas grutas flui, para que o

---

[1] No original, *upas-tree*, ou seja, *árvore-veneno* ou ainda *upas-antiar*, *upas-tieuté* ou apenas *antiar*; nome vulgar da árvore da família das moráceas, *Antiaris toxicaria*, que cresce na Malásia, e possui uma seiva muito venenosa, conforme o dicionário *Caldas Aulete* (1956).

[2] No original, *river Than* (rio Than), traduzido aqui como *Mhen* para efeitos de rima à frente.

Demônio do Vale não saiba por que suas águas são rubras, nem para onde correm.

O Gênio que habita os raios lunares falou para o Demônio do Vale: "Sou velho e esqueço muito. Conte-me os feitos, e o aspecto e o nome dos que construíram essas coisas de Pedra." E o Demônio replicou: "Sou a Memória, e sou versado no conhecimento do passado, mas também sou muito velho. Essas criaturas, como as águas do rio Mhen, não eram para ser compreendidas. De seus feitos não me recordo, pois foram passageiros. Seu aspecto, lembro-me vagamente, era parecido com o dos macaquinhos nas árvores. De seu nome, lembro-me claramente, pois rimava com o do rio. Essas criaturas do passado chamavam-se Homem."

Então o Gênio deslizou de volta para a fina lua de chifres, e o Demônio olhou atentamente para um macaquinho numa árvore que crescia num pátio em ruínas.

(1919)

o que
vem com
a Lua

Odeio a lua, tenho medo dela, pois quando ela brilha sobre certas cenas familiares e amadas, às vezes as torna inusitadas e hediondas.

Foi no verão espectral, quando a lua brilhava sobre o velho jardim onde eu passeava; o verão espectral de flores narcóticas e úmidos mares de folhagem provocando sonhos multicores e selvagens. E enquanto caminhava margeando a rasa corrente cristalina, vi estranhas ondulações com as cristas amareladas de luz, como se aquelas plácidas águas fossem arrastadas em imperiosas correntes para estranhos oceanos fora do mundo. Silenciosas e faiscantes, brilhantes e malignas, aquelas águas amaldiçoadas pela lua corriam não sei para onde, enquanto nas margens verdejantes brancas flores de lótus esvoaçavam uma a uma levadas pelo narcótico vento noturno, e caíam desconsoladas na correnteza, girando vertiginosamente para longe, por baixo da escavada ponte arqueada, e olhando para trás com a sinistra resignação das impassíveis faces mortas.

Enquanto corria ao longo da margem esmagando flores adormecidas com pés descuidados, enlouquecido pelo medo das coisas desconhecidas e seduzido pelas faces mortas, vi que o jardim não tinha fim sob aquele luar, pois onde havia muros durante o dia, agora se estendiam apenas novas paisagens de árvores e trilhas, flores e arbustos, ídolos de pedra e pagodes, e as ondas amareladas da correnteza cruzando margens gramadas e passando por baixo de grotescas pontes de mármore. E os lábios das mortas faces-de-lótus murmuravam tristemente e convidavam-me a prosseguir, e não cessei meus passos até que o regato virasse um rio que, em meio a pântanos de juncos ondulantes e praias de areias cintilantes, deságua na costa de um vasto e inominado oceano.

Brilhava sobre aquele mar a hedionda lua, e de suas ondas mudas exalavam misteriosos perfumes. E, enquanto olhava as faces-de-lótus desaparecerem, ansiava por redes que me permitissem capturá-las e aprender com elas os segredos que a lua trouxera para a noite. Mas quando a lua desceu para o oeste e a maré calma refluiu da praia sombria, eu vi, sob aquela luz, antigas flechas quase descobertas pelas ondas e colunas brancas adornadas com festões de algas verdes. E sabendo que para este lugar submerso vieram todos os mortos, estremeci e não quis mais falar com as faces-de-lótus.

No entanto, quando enxerguei no horizonte marinho o negro condor descer do céu para pousar num vasto recife, de bom grado eu o teria interrogado e perguntado por aqueles que eu conhecera quando estavam vivos. Isso eu lhe teria perguntado se não estivesse tão longe, mas ele estava muito longe e não podia ser absolutamente visto quando ao se aproximava daquele gigantesco recife.

Observei então a maré vazar sob aquela lua poente, e vi cintilando as flechas, as torres e os telhados daquela cidade morta gotejante. E enquanto olhava, minhas narinas tentaram se fechar para o mau cheiro dos mortos do mundo que encobria os perfumes; pois realmente acumulara-se nesse lugar deslocado e esquecido toda a carne dos cemitérios para os túrgidos vermes marinhos roerem e se fartarem.

Sobre tais horrores pairava agora a maligna lua muito baixa no céu, mas os túrgidos vermes marinhos não precisavam da lua para se alimentar. E enquanto eu olhava as ondulações que revelavam a convulsão dos vermes sob sua superfície, senti um novo arrepio vindo de longe, do lugar para onde o condor voara, como se minha carne tivesse captado um horror antes de meus olhos o verem.

Não se arrepiara sem motivo minha pele, pois, ao erguer os olhos, vi que as águas haviam recuado para muito longe, deixando a descoberto boa parte do vasto recife cuja borda já havia enxergado. E, quando percebi que o recife era apenas a negra coroa de basalto de um fabuloso ídolo, cuja monstruosa testa agora se expunha sob o tênue clarão do luar, e cujas ignóbeis patas deviam escarvar o lodo infernal muitas milhas abaixo, gritei e gritei, temendo que a face oculta se erguesse acima das águas, e temendo que os olhos ocultos me fitassem depois da ocultação daquela vigilante e traiçoeira lua amarela.

E para escapar dessa coisa implacável, mergulhei contente e sem hesitação nas rasas águas malcheirosas onde, em meio a paredes arruinadas e ruas submersas, gordos vermes marinhos se regalam com os mortos do mundo.

(1922)

Nyarlathotep

Nyarlathotep... o rastejante caos... eu sou o último... falarei a ermo auditório...

Não me lembro claramente quando começou, mas foi há meses. A tensão geral era terrível. A uma temporada de agitações políticas e sociais somou-se um estranho e nascente temor de um perigo físico hediondo; um perigo disseminado e abrangente, um perigo só imaginável nas mais terríveis fantasmagorias noturnas. Lembro-me que as pessoas circulavam com faces pálidas e preocupadas, sussurrando avisos e profecias que ninguém ousava conscientemente repetir ou admitir para si mesmo que tinha ouvido. Pairava a sensação de uma culpa monstruosa sobre a terra, e soprando dos abismos interestelares se alastravam ventos gélidos que faziam os homens tiritar em lugares escuros e solitários. Havia uma diabólica alteração no curso das estações — o calor do outono alarmantemente permanecia, e todos sentiam que o mundo e, talvez, o universo, saíra do controle dos deuses ou forças conhecidos para o de deuses ou forças desconhecidos.

E foi então que Nyarlathotep partiu do Egito. Quem era, ninguém saberia dizer, mas era de antiga linhagem nativa e parecia um Faraó. Os felás se curvavam quando o viam, mesmo sem saber por quê. Dizia ter saído da escuridão de vinte e sete séculos e ter ouvido mensagens de regiões de fora deste planeta. Para os mundos civilizados veio Nyarlathotep, trigueiro, esbelto e sinistro, comprando sempre estranhos instrumentos de vidro e metal e os combinando em instrumentos ainda mais estranhos. Falava muito das ciências — de eletricidade e psicologia — e fazia exibições de poder que deixavam seus espectadores boquiabertos, mas que elevavam sua fama a uma grandeza incomparável. Os homens aconselhavam uns aos outros para verem Nyarlathotep, e estremeciam. E aonde quer que Nyarlathotep fosse, o repouso acabava, pois as primeiras horas da madrugada eram preenchidas por gritos de pesadelos. Nunca antes os gritos de pesadelos haviam constituído um tal problema público; agora os sábios quase desejavam poder proibir o sono nas primeiras horas da madrugada para os gritos das cidades não perturbarem, de maneira tão terrível, a pálida e compassiva lua que brilhava sobre águas verdes deslizando sob pontes e velhos campanários em ruínas projetados contra um céu doentio.

Lembro-me de quando Nyarlathotep chegou à minha cidade — a grande, a antiga, a terrível cidade de incontáveis crimes. Meu amigo havia me falado sobre ele e sobre o incitante fascínio e encanto de suas revelações. Eu ardia de curiosidade para explorar seus mais recônditos mistérios. Meu amigo dissera que causavam um horror e uma comoção superiores às minhas mais febris fantasias; que aquilo que fora projetado numa tela na sala escurecida profetizava coisas que ninguém, exceto Nyarlathotep, ousaria profetizar; e que suas faíscas elétricas extraíam dos homens aquilo que nunca antes havia sido extraído, mesmo o que se revela apenas em seus olhos. E circulavam muitos boatos, os quais eu ouvia, de que aqueles que conheciam Nyarlathotep tinham visões que os outros não tinham.

Transcorria o tépido outono quando saí pela noite com as multidões impacientes para ver Nyarlathotep; pela noite sufocante e subindo intermináveis escadas até o asfixiante recinto. E, sombreadas numa tela, vi formas encapuzadas em meio a ruínas e diabólicas faces amarelas espiando por trás de monumentos caídos. E vi o mundo lutando contra a escuridão, contra as ondas de destruição vindas do derradeiro espaço, rodopiando, se agitando, se contorcendo em torno de um sol que enfraquecia e esfriava. Então as centelhas brincaram assombrosamente ao redor das cabeças dos espectadores, e cabelos arrepiaram-se quando sombras, de um grotesco indescritível, saíram e se acocoraram sobre suas cabeças. E quando eu, que era mais desapaixonado e instruído que o resto, murmurei um balbuciado protesto sobre "impostura" e "eletricidade estática", Nyarlathotep nos expulsou pelas vertiginosas escadas até as quentes, desertas e abafadas ruas da meia-noite. Gritei bem alto que *não* estava com medo, que jamais poderia ter medo, e outros gritaram comigo solidariamente. Juramos uns para os outros que a cidade *era* exatamente a mesma e ainda viva; e quando as luzes elétricas começaram a se apagar, maldissemos a companhia de eletricidade vezes sem conta e rimos das caretas esquisitas que fizemos.

Creio que sentimos alguma coisa descendo da lua esverdeada, pois quando começamos a depender de sua luz, nos organizamos em curiosas fileiras involuntárias em marcha e parecíamos saber o nosso destino, mesmo sem ousar pensar nele. A certa altura, olhamos para o calçamento e percebemos os blocos soltos e desarranjados pelo mato, com o pouco que sobrara de um trilho de metal enferrujado indicando por onde circularam os bondes. E vimos um bonde, abandonado, sem vidraças, dilapidado e meio caído. Correndo o olhar pelo horizonte, não conseguimos avistar a terceira torre junto ao rio e percebemos que a silhueta da segunda torre estava com seu topo partido. Dividimo-nos então em colunas estreitas, cada uma delas parecendo ser puxada numa direção diferente. Uma desapareceu na viela estreita à esquerda, deixando apenas o eco de um pavoroso gemido. Outra enveredou pela entrada da estação coberta pelo mato, uivando com um riso insano. Minha própria fileira foi sugada para o campo aberto e senti então um calafrio estranho ao tépido outono; pois, enquanto marchávamos pelo pântano sombrio, vimos à nossa volta a infernal cintilação lunar de neves diabólicas. Neves misteriosas, sem pegadas, varridas aos flocos numa única direção, que terminava numa garganta ainda mais escurecida por seus paredões cintilantes. A coluna parecia realmente muito estreita quando enveredou penosamente pelo desfiladeiro. Eu me demorei para trás, pois a soturna fenda na neve esverdeada pela luz era aterrorizante, e pensei ter ouvido as reverberações de um perturbador lamento quando meus companheiros desapareceram; mas meu poder de me retardar era fraco. Como que atraído pelos que já haviam ido, meio que flutuei entre as titânicas montanhas de neve, tremendo e apavorado, no invisível vórtice do inimaginável.

Gritantemente senciente, silenciosamente delirante, apenas os deuses podem dizer. Uma doentia, delicada sombra se contorcendo em mãos que não são mãos e precipitada cegamente por espectrais meias-noites de criação putrefata, cadáveres de mundos extintos com chagas que foram cidades, ventos sepulcrais que varrem as pálidas estrelas fazendo-as piscar. Além dos mundos, vagos fantasmas de coisas monstruosas, colunas entrevistas de templos ímpios repousando sobre inomináveis rochas abaixo do espaço e se lançando para os vertiginosos vazios acima das esferas de luz e escuridão. E em todo esse repulsivo cemitério do universo, o enlouquecedor rufo surdo de tambores e o fino e monótono sopro de flautas ímpias vindo de câmaras escuras, inconcebíveis, além do Tempo; o odioso rufo e sopro ao qual dançam vagarosamente, canhestramente e absurdamente os gigantescos, tenebrosos, deuses supremos — as cegas, mudas, irracionais gárgulas cuja alma é Nyarlathotep.

(1920)

ex
oblivione

Quando se aproximaram meus últimos dias e as repulsivas ninharias da existência começaram a empurrar-me para a loucura como as pequenas gotas d'água que os torturadores deixam cair incessantemente sobre um ponto do corpo de sua vítima, eu amava o radiante refúgio do sono. Descobria em meus sonhos um pouco da beleza que inutilmente buscara na vida, e errava por velhos jardins e bosques encantados.

Certa vez, quando o vento era ameno e perfumado, escutei o chamado do Sul, e velejei incessante e langorosamente sob um céu de maravilhosas estrelas.

Certa vez, quando suave chuva caía, deslizei numa barca por um regato subterrânea protegida dos raios solares até alcançar um outro mundo de crepúsculos violáceos, caramanchões iridescentes e roseirais perenes.

E certa vez, caminhei por um vale dourado que conduzia a ruínas e bosques sombreados até encontrar um imponente muro reverdecido por antigas trepadeiras e atravessado por um pequeno portão de bronze.

Muitas vezes caminhei por este vale, demorando-me cada vez mais na meia-luz espectral, onde árvores gigantes se entrelaçavam e contorciam grotescamente e o úmido solo cinzento se estendia de tronco a tronco deixando a descoberto, às vezes, as pedras manchadas de limo de templos soterrados. E o alvo de minhas fantasias era sempre o enorme muro coberto de trepadeiras com o pequeno portão de bronze.

Depois de algum tempo, à medida que os dias de vigília iam ficando cada vez menos suportáveis por sua monotonia e mesmice, eu frequentemente deslizava numa paz opiácea pelo vale e os bosques sombreados, e imaginava como poderia trazê-los para minha morada eterna para não precisar mais rastejar de volta a um mundo insensível, despido de interesse e novas cores. E, enquanto olhava para o pequeno portão na imponente muralha, sentia existir além dele um país de sonho do qual, uma vez que ali entrasse, não haveria retorno.

Assim, todas as noites, no sono, eu me esforçava para encontrar o ferrolho oculto do portão no velho muro coberto de hera, embora estivesse extremamente bem escondido. E me dizia que o reino além-muro não era simplesmente mais perene; era também mais gracioso e radiante.

Então encontrei, certa noite, na cidade onírica de Zakarion, um papiro amarelado coberto com os pensamentos de sábios--do-sonho que havia muito habitavam aquela cidade, e que eram sábios demais para terem nascido no mundo da vigília. Ali estavam gravadas muitas coisas sobre o mundo sonial, e entre elas, notícias de um vale dourado e um bosque sagrado com templos, e um alto muro atravessado por um pequeno portão de bronze. Ao ver essa informação, soube que dizia respeito às cenas que frequentava e li atentamente o papiro amarelado.

Alguns sábios-do-sonho escreviam graciosamente sobre as maravilhas existentes além do intransponível portão, mas outros falavam de horrores e desilusão. Eu não sabia em quem acreditar, mas estava cada vez mais ansioso para entrar para sempre na terra desconhecida, pois a dúvida e o mistério são a isca das iscas, e nenhum novo horror pode ser mais terrível que a tortura diária da banalidade. Assim, quando fiquei sabendo de uma droga que destrancaria o portão e me permitiria cruzá-lo, resolvi ingeri-la na próxima vez que acordasse.

Na noite passada, engoli a droga e flutuei oniricamente para o vale dourado e os bosques sombreados, e, quando cheguei desta vez ao antigo muro, vi que o pequeno portão de bronze estava entreaberto. Vinha do outro lado um brilho que iluminava fantasticamente as gigantescas árvores retorcidas e o topo dos templos enterrados, e deslizei melodiosamente para a frente na expectativa das glórias da terra de onde jamais deveria retornar.

Mas, à medida que o portão se abria e o feitiço da droga e do sonho me impeliam para a frente, percebi que todas as visões e glórias estavam se extinguindo, pois naquele novo reino não havia nem terra, nem mar, apenas o branco vazio do espaço infinito e despovoado. Assim, mais feliz do que jamais esperara ficar, dissolvi-me novamente no infinito do cristalino olvidamento natal do qual a funesta Vida havia me tirado por uma breve e desolada hora.

(1921)

os
gatos de
ulthar

Conta-se que em Ulthar, que fica além do rio Skai, ninguém mata gatos; e nisso posso perfeitamente acreditar quando observo aquele que está acomodado, ronronando, diante do fogo. Pois o gato é enigmático e afeito a coisas estranhas que os homens não podem ver. Ele é a alma do antigo Egito e depositário das histórias das cidades esquecidas de Meroé e Ophir. Ele é da estirpe dos senhores da selva e herdeiro dos segredos da venerável e sinistra África. A Esfinge é sua prima e ele fala a sua língua, mas ele é mais antigo que a Esfinge e se recorda daquilo que ela já esqueceu.

Em Ulthar, antes de os habitantes terem banido para sempre a matança de gatos, habitava um velho aldeão e sua mulher que se divertiam apanhando e matando gatos de seus vizinhos. Por que o faziam, não sei, salvo que muitos odeiam a voz do gato na noite, e ficam doentes de raiva quando eles correm furtivamente por pátios e jardins ao crepúsculo. Mas seja qual for o motivo, esses dois velhos se divertiam apanhando e matando qualquer gato que se aproximasse de sua choupana; e pelos sons ouvidos depois de escurecer, muitos aldeões imaginavam que a maneira de matá-los era extremamente peculiar. Mas os aldeões não discutiam essas coisas com o velho e sua mulher, seja pela expressão habitual nas faces murchas dos dois, seja porque sua choupana era muito pequena e ficava sinistramente escondida sob os carvalhos luxuriantes que cresciam no fundo de um descuidado quintal. Na verdade, quanto mais os donos de gatos odiavam essa estranha dupla, mais a temiam. E, em vez de censurar os dois como assassinos brutais, simplesmente cuidavam para que nenhum estimado gatinho ou um caçador de ratos se desgarrasse na direção da choupana distante sob as árvores sombrias. Quando, por um descuido inevitável, algum gato desaparecia e ruídos eram ouvidos depois de escurecer, seu dono lamentava impotente ou se consolava agradecendo ao Destino por não ter sido um de seus filhos que desaparecera daquele modo. Pois os habitantes de Ulthar eram simplórios e não sabiam de onde tinham vindo os gatos.

Certo dia, uma caravana de estranhos viajantes do Sul percorreu as estreitas ruas pavimentadas de pedregulhos de Ulthar. Escuros viajantes eram eles, e diferentes dos outros viajores que passavam pela aldeia duas vezes por ano. No mercado, liam a sorte em troca de prata e compravam vistosas contas dos mercadores. De qual terra teriam vindo esses viajantes, ninguém saberia dizer, mas viu-se que eram dados a estranhas orações e que haviam pintado nas laterais de suas carroças figuras estranhas com corpos humanos e cabeças de gatos, falcões, carneiros e leões. E o líder da caravana usava um ornato na cabeça com dois chifres e um curioso disco entre eles.

Havia nessa singular caravana um menino, órfão de pai e mãe, que possuía apenas um gatinho preto para acariciar. A peste não fora boa com ele, embora lhe houvesse deixado aquela pequenina coisa peluda para mitigar seu sofrimento; e quando se é muito novo, pode-se encontrar grande consolo nas alegres traquinagens de um gatinho preto. Assim, o menino que a gente escura chamava de Menes, mais sorria que chorava quando se sentava brincando com seu gracioso gatinho nos degraus de uma carroça curiosamente decorada.

No terceiro dia da estada dos viajantes em Ulthar, Menes não conseguiu encontrar seu gatinho, e quando soluçou alto no mercado, alguns aldeões lhe contaram do velho e sua mulher, e dos sons escutados à noite. E quando ele ouviu essas coisas, seus soluços cederam lugar à meditação e, finalmente, à oração. Ele esticou os braços para o sol e rezou numa língua que nenhum aldeão conseguia entender, embora os aldeões não se esforçassem muito para entender, pois sua atenção estava quase inteiramente concentrada no céu e nas estranhas formas que as nuvens estavam assumindo. Era muito singular, mas à medida que o menino pronunciava sua súplica, pareciam formar-se sobre sua cabeça sombrias figuras nebulosas de coisas exóticas, de criaturas híbridas coroadas por discos ladeados de chifres. A natureza está cheia dessas miragens para impressionar as pessoas dadas à imaginação.

Naquela noite, os viajantes deixaram Ulthar e nunca mais foram vistos. E os moradores ficaram confusos ao perceber que não foi possível encontrar nenhum gato em toda a aldeia. De cada lar, o gato familiar havia desaparecido; gatos grandes e pequenos, pretos, cinzentos, malhados, amarelos e brancos. O velho Kranon, burgomestre, jurou que a gente escura havia levado os gatos em vingança pela morte do gatinho de Menes, e amaldiçoou a caravana e o menino. Mas Nith, o magro notário, declarou que o velho aldeão e sua mulher eram os suspeitos mais prováveis, pois seu ódio a gatos era notório e cada vez mais ousado. Ainda assim, ninguém ousou se queixar ao sinistro casal, nem mesmo quando o pequeno Atal, filho do estalajadeiro, jurou ter visto, ao crepúsculo, todos os gatos de Ulthar naquele maldito quintal debaixo das árvores, andando compassada e solenemente em círculo, em torno da choupana, em duas filas lado a lado, como que realizando algum desconhecido rito dos animais. Os aldeões não sabiam até onde acreditar num menino tão pequeno, e, embora temessem que o casal maligno houvesse encantado os gatos para levá-los à morte, preferiram não repreender o velho aldeão até o encontrarem fora de seu escuro e repelente quintal.

Assim, Ulthar foi dormir com inútil cólera; e quando as pessoas acordaram ao alvorecer — imaginem! — cada gato estava de volta a seu costumeiro lar! Grandes e pequenos, pretos, cinzentos, malhados, amarelos e brancos; não faltava nenhum. Muito lustrosos e gordos pareciam os gatos, e melodiosos em seu ronronante contentamento. Os cidadãos conversaram sobre o caso e muito se maravilharam. O velho Kranon insistiu novamente de que havia sido a gente escura que os levara, pois os gatos não voltariam vivos da choupana do velho e de sua mulher. Mas todos concordaram em uma coisa: que a recusa de todos os gatos em comer suas porções de carne e beber seus pires de leite era extremamente curiosa. E por dois dias inteiros, os lustrosos, indolentes gatos de Ulthar não tocaram em comida, mas apenas cochilaram ao lado do fogo ou ao sol.

Passou-se toda uma semana até os aldeões notarem que não apareciam luzes nas janelas da choupana sob as árvores depois de escurecer. Então o magro Nith observou que ninguém havia visto o velho e sua mulher desde a noite em que os gatos se foram. Mais uma semana se passou e o burgomestre decidiu superar seus temores e bater à porta da morada curiosamente silenciosa, como uma questão de dever, muito embora, ao fazê-lo, tenha tido o cuidado de levar consigo Shang, o ferreiro, e Thul, o cortador de pedras, como testemunhas. E quando arrombaram a frágil porta, encontraram apenas isto: dois esqueletos humanos perfeitamente descarnados no chão de terra e alguns besouros estranhos rastejando nos cantos escuros.

Depois disso houve muito falatório entre os habitantes de Ulthar. Zath, o oficial de justiça investigador, discutiu longamente com Nith, o magro notário; e Kranon e Shang e Thul foram assoberbados de perguntas. Até mesmo o pequeno Atal, filho do estalajadeiro, foi muito interrogado e recebeu uma guloseima como recompensa. Falaram do velho aldeão e sua mulher, da caravana de viajantes escuros, do pequeno Menes e seu gatinho preto, da oração de Menes e do céu durante aquela oração, dos feitos dos gatos na noite em que a caravana partiu e do que foi posteriormente descoberto na choupana debaixo das árvores sombrias naquele repelente quintal.

E, no final, os moradores aprovaram aquela notável lei que é relatada pelos negociantes em Hatheg e discutida pelos viajantes em Nir; a saber: que em Ulthar homem nenhum pode matar um gato.

(1920)

HYPNOS

Para S.L.

A propósito do sono, essa sinistra aventura de todas as nossas noites, podemos dizer que os homens vão para a cama diariamente com uma audácia que seria incompreensível se não soubéssemos que resulta da ignorância do perigo.
Baudelaire[*]

Possam os deuses piedosos, se realmente existirem, guardar essas horas em que nenhum poder da vontade ou droga que a engenhosidade humana invente consegue me manter longe do abismo do sono. A morte é clemente, pois dela não há retorno, mas aquele que voltou transtornado e consciente dos mais profundos recônditos da noite, não encontrará a paz, nunca mais. Tolo que fui de mergulhar com tão imprópria ansiedade em mistérios que homem nenhum deveria penetrar; tolo ou deus era ele — meu único amigo, que me conduziu e me antecedeu, e que, no final, viveu terrores que ainda poderão ser meus.

Conhecemo-nos, bem me lembro, numa estação da estrada de ferro, estando ele cercado por uma multidão de populares curiosos. Estava inconsciente, tendo entrado numa espécie de convulsão que emprestou uma estranha rigidez a seu corpo esguio, vestido de preto. Creio que beirava os quarenta, pois rugas profundas sulcavam seu rosto pálido e encovado, embora oval e realmente belo; e manchas cinzentas riscavam seus abundantes cabelos ondulados e a curta barba cerrada que já haviam sido do mais profundo negrume. Sua testa era branca como o mármore de Pentélico, divinamente alta e longa.

Pensei comigo mesmo, com todo o fervor de um escultor, que aquele homem era a própria estátua de um fauno da antiga

---

[*] Dedicado a seu amigo, também escritor, Samuel Loveman (1887-1976). Epígrafe extraída de *Escritos íntimos - Projéteis*, de Charles Baudelaire (1821-1867), poeta francês cuja principal obra é *As flores do mal*.

Hélade, desenterrada das ruínas de um templo e trazida, de algum modo, à vida, em nossa época sufocante só para sentir a frieza e a tensão desses tempos devastadores. E quando ele abriu seus imensos, profundos olhos negros selvagemente luminosos, soube que doravante seria meu amigo — o único amigo de alguém que jamais tivera um amigo antes —, pois percebi que aqueles olhos deviam ter perscrutado a grandiosidade e o terror de reinos além da consciência e da realidade normais; reinos que eu acalentava na imaginação, mas em vão buscava. Assim, quando dispersei a multidão, disse-lhe que devia vir para casa comigo e ser meu mestre e meu guia nos mistérios insondáveis, e ele assentiu sem dizer uma palavra. Mais tarde descobri que sua voz era música — a música de violas profundas e de esferas cristalinas. Conversávamos frequentemente à noite, e durante o dia, enquanto eu cinzelava seu busto e entalhava em marfim cabeças em miniaturas para imortalizar suas diferentes expressões.

De nossas pesquisas é impossível falar, já que mantinham um nexo muito tênue com qualquer coisa do mundo, tal como os viventes o concebem. Eram daquele universo mais vasto e mais apavorante de sombrias entidades e consciências, que jazem mais profundas que a matéria, o tempo e o espaço, e de cuja existência apenas suspeitamos em certas formas de sono — aqueles raros sonhos além dos sonhos que nunca ocorrem a pessoas comuns, e apenas uma ou duas vezes em toda a vida do homem imaginativo. O cosmos de nosso saber em vigília, que nasce de um universo tão grande como a bolha que se forma no cachimbo de um bufão, apenas toca esses raros sonhos tal como uma bolha toca sua sardônica fonte quando sugada de volta ao capricho do bufão. Homens instruídos suspeitam disso um pouco, e o ignoram no fundamental. Sábios interpretaram sonhos, e os deuses riram. Certo homem de olhos orientais disse que todo o tempo e o espaço são relativos, e os homens riram. Mas até mesmo esse homem de olhos orientais não fez mais do que suspeitar. Eu desejava e tentava mais do que suspeitar, e meu amigo tentou e parcialmente conseguiu. Então, tentamos os dois juntos, e, com exóticos narcóticos, cortejamos sonhos terríveis e proibidos naquele estúdio no alto da torre de um velho solar da venerável Kent.

Entre as agonias desses dias subsequentes, está aquele que é o maior dos tormentos — a incapacidade de expressão. O que vi e conheci naquelas horas de exploração ímpia jamais poderá ser contado — por falta de símbolos ou proposições em qualquer língua. Digo isso porque, da primeira à última, nossas descobertas pertencem apenas à natureza das sensações; sensações desprendidas de qualquer impressão que o sistema nervoso do homem comum seja capaz de receber. Eram sensações, embora trouxessem dentro de si componentes inacreditáveis de tempo e espaço — coisas que, no fundo, não possuem nenhuma existência definida e distinta. A expressão humana pode transmitir melhor o caráter geral de nossas experiências, chamando-as de mergulhos ou voos, pois em todo período de revelação, alguma parte de nossas mentes com ousadia se separa de tudo que é real e presente, lançando-se etérea por abismos fabulosos, sombrios e povoados pelo medo, cruzando, ocasionalmente, certos obstáculos bem marcados e típicos, descritíveis como desagradáveis nuvens viscosas de vapores apenas.

Nesses voos etéreos e tenebrosos, às vezes íamos isoladamente, às vezes juntos. Quando íamos juntos, meu amigo sempre se adiantava; eu podia sentir sua presença, apesar da ausência de forma, através de uma espécie de memória pictórica em que seu rosto me aparecia, dourado por uma estranha e assustadora luz, com sua beleza irreal, as faces estranhamente juvenis, os olhos ardentes, a fronte olímpica sombreada pelo cabelo e barba crescidos.

Da passagem do tempo não guardamos nenhum registro, pois o tempo tornara-se uma mera ilusão para nós. Sei apenas que deve ter havido alguma coisa muito singular envolvida, pois chegamos a nos maravilhar com o fato de não envelhecermos. Nossa fala era profana e terrivelmente ambiciosa — nenhum deus ou demônio poderia ter aspirado a descobertas e conquistas como as que planejamos em sussurros. Estremeço ao mencioná-las e não ouso ser explícito; mas direi aquilo que meu amigo colocou no papel certa vez, um desejo que não ousava pronunciar, e que me fez queimá-lo e olhar apavorado pela janela para o reluzente céu noturno. Sugerirei — apenas sugerirei — que ele tinha planos que comportavam o domínio do universo visível, e mais: planos pelos quais a Terra e as estrelas se moveriam sob seu comando e o destino de todas as coisas vivas lhe pertenceria. Eu afirmo — juro — que não tomei parte nessas aspirações extremas. Qualquer coisa que meu amigo possa ter dito ou escrito em contrário deve estar errado, pois não sou suficientemente audaz para me arriscar por essas esferas não mencionáveis, único caminho para o sucesso.

Houve uma noite em que ventos de espaços desconhecidos nos rodopiaram irresistivelmente para vácuos infinitos além do pensamento e da existência. Percepções da mais insana e indizível sorte nos tomaram; percepções de infinito que na ocasião nos inundaram de alegria, embora estejam agora um pouco perdidas em minha memória e parcialmente incapazes de ser apresentadas a outros. Barreiras viscosas eram rasgadas em rápida sucessão, e, finalmente, senti que havíamos sido levados a reinos mais longínquos do que qualquer outro que atingíramos anteriormente.

Meu amigo ia muito adiante de mim quando mergulhamos naquele espantoso oceano de éter virgem, e pude observar a sinistra exultação de seu etéreo, luminoso e memorável semblante extremamente juvenil. Repentinamente, essa face se fechou e rapidamente desapareceu, e, num instante, vi-me projetado contra uma barreira que não conseguia transpor. Era como as outras, mas incalculavelmente mais densa; uma massa viscosa e grudenta, se é que esses termos podem se aplicar a qualidades análogas num âmbito imaterial.

Senti que havia sido detido por uma barreira que meu amigo e guia havia conseguido transpor. Esforçando-me novamente, saí do entorpecido sonho e abri meus olhos físicos para o estúdio, em cujo canto oposto reclinava a forma pálida e ainda inconsciente de meu companheiro de sonhos, estranhamente transtornado e selvagemente belo sob o clarão auriverde do luar sobre seu semblante de mármore.

Então, depois de um curto intervalo, o vulto no canto se mexeu; e que os céus tenham compaixão para que eu nunca mais veja ou ouça algo semelhante ao que se passou em minha frente. Não consigo descrever a selvageria com que ele gritou, ou que estarrecedoras infernais visões luziram fugazmente em seus olhos negros enlouquecidos de pavor. Só posso dizer que desmaiei e não me movi até ele próprio se recompor e me sacudir em sua ânsia por uma companhia para mantê-lo afastado do horror e da desolação.

Este foi o fim de nossas pesquisas voluntárias nas cavernas do sonho. Amedrontado, abalado e impressionado, meu amigo, que havia transposto a barreira, preveniu-me para jamais me aventurar novamente naqueles reinos. O que tinha visto, não ousou me contar, mas disse saber que devíamos dormir o menos possível, mesmo que fosse preciso usar algum narcótico para nos manter despertos. Que ele estava certo, logo fiquei sabendo pelo indescritível medo que me envolvia sempre que a consciência fraquejava.

Após cada curto e inevitável sono, eu parecia mais velho, enquanto meu amigo envelhecia com uma rapidez quase estarrecedora. É terrível ver surgirem as rugas e o cabelo alvejar quase diante dos próprios olhos. Nosso modo de vida se alterara completamente. Antigamente um recluso, até onde sei — seu verdadeiro nome e origem jamais saíram de seus lábios —, meu amigo tornara-se agora inquieto em seu medo de solidão. À noite não ficava só, mas nem a companhia de algumas pessoas o tranquilizava. Obtinha seu único alívio nas mais generalizadas e turbulentas orgias, de forma que poucas reuniões de jovens e farristas nos eram desconhecidas.

Nossa aparência e idade pareciam provocar, na maior parte das vezes, uma zombaria que me aborrecia profundamente, mas meu amigo considerava isso um mal menor que a solidão. Ele temia especialmente sair de casa sozinho, com as estrelas brilhando, e quando era obrigado a isso, olhava furtivamente para o céu a todo momento, como se estivesse sendo caçado por alguma coisa monstruosa. Nunca olhava para o mesmo lugar do céu — parecia olhar para lugares diferentes em momentos diferentes. Nas noites de primavera, era para uma posição baixa do céu, a nordeste. No verão, quase sobre a cabeça. No outono, para noroeste. No inverno, para o leste, mas quase sempre às primeiras horas da madrugada.

As noites de meados do inverno pareciam menos terríveis para ele. Somente dois anos depois relacionei seu medo com algo em particular; então comecei a observar que ele devia estar olhando para um ponto especial da abóbada celeste cuja posição, em momentos diferentes, correspondia à direção de seu olhar — um ponto aproximadamente assinalado pela constelação Coroa Boreal.

Tínhamos agora um estúdio em Londres, sempre juntos, mas sem nunca discutir os dias em que tentáramos devassar os mistérios do mundo sobrenatural. Estávamos envelhecidos e enfraquecidos pelas drogas, dissipações e tensões nervosas, e o cabelo e a barba ralos de meu amigo tinham ficado da cor da neve. Nossa libertação do sono prolongado era surpreendente, pois raramente sucumbíamos, por mais de uma hora ou duas de cada vez, à sombra que tomara corpo numa ameaça tão aterrorizante.

Veio então um janeiro de chuvas e neblinas, quando o dinheiro escasseou e ficou difícil comprar drogas. Todas as minhas estátuas e cabeças de marfim haviam sido vendidas e eu não tinha meios para comprar novos materiais, nem força para trabalhá-los, se os tivesse. Sofremos terrivelmente até que, certa noite, meu amigo mergulhou num sono profundo do qual não conseguia despertá-lo. Consigo recordar a cena agora: o desolado sótão mergulhado numa escuridão de breu sob os beirais do telhado açoitados pela chuva; o tiquetaquear de nosso solitário relógio de parede; o imaginado tiquetaquear de nossos relógios de bolso pousados sobre o toucador; o rangido de um postigo destrancado em alguma parte remota da casa; certos longínquos ruídos citadinos abafados pela neblina e pela distância; e, pior de tudo, a profunda, sinistra, compassada respiração de meu amigo no sofá, uma respiração ritmada que parecia compassar momentos de sublime terror e agonia para seu espírito enquanto ele vagava por esferas proibidas, impensadas e terrivelmente remotas.

A tensão de minha vigília tornou-se opressiva e uma sucessão selvagem de impressões e associações triviais infiltrou-se em minha mente desvairada. Ouvi um relógio bater em alguma parte, não o nosso, pois não era carrilhão, e minha mórbida fantasia viu nisso um novo ponto de partida para divagações. Relógios, tempo, espaço, infinito, e então minha imaginação reverteu para o ambiente local quando refleti que, naquele mesmo momento, além do telhado e da neblina e da chuva e da atmosfera, a Coroa Boreal estava se erguendo a nordeste. A Coroa Boreal que meu amigo parecia temer e cujo cintilante semicírculo de estrelas devia estar, naquele mesmo instante, brilhando invisível nos imensuráveis abismos de éter. De repente, meus ouvidos febrilmente excitados pareceram detectar um componente novo e inteiramente distinto na suave mistura de sons magnificados pela droga — um gemido baixo e diabolicamente insistente vindo de muito longe; sussurrando, protestando, zombando, chamando, *do nordeste*.

Mas não foi aquele gemido distante que me privou das faculdades e colocou sobre minha alma um selo de pavor que jamais me deixará por toda a vida; nem foi aquilo que motivou os uivos e provocou as convulsões que fizeram os inquilinos e a polícia arrombarem a porta. Não foi o que ouvi e sim o que vi, pois naquele quarto escuro, acortinado, trancado e açoitado, surgiu, no sombrio canto do lado nordeste, um pavoroso raio de luz vermelho-dourado — um raio que não trazia consigo um clarão para dissipar a escuridão, mas incidia apenas sobre a cabeça recostada do transtornado amigo adormecido, extraindo dela em hedionda duplicação o luminoso e curiosamente juvenil semblante memorável, tal como eu o conhecera nos sonhos do espaço abismal e no desabrido tempo, quando meu amigo transpusera a barreira rumo às mais secretas, recônditas e proibidas cavernas do pesadelo.

Enquanto olhava, vi a cabeça se erguer, os olhos negros, líquidos e fundos, arregalados de terror, e os finos lábios arroxeados se abrirem como que esboçando um grito pavoroso demais para ser emitido. Havia naquela face espectral e flexível, enquanto ela brilhava etérea, luminosa e rejuvenescida na escuridão, um medo mais profundo, avassalador e dilacerante do que o céu e a terra jamais me revelaram.

Nenhuma palavra foi proferida em meio ao som distante que se aproximava cada vez mais; mas enquanto acompanhava o olhar insano do semblante memorável percorrendo o maldito raio de luz até sua fonte, fonte de onde vinha também o lamento, vi ainda, por um instante, o que ele enxergava, e caí com os ouvidos retinindo naquele ataque de uivante epilepsia que atraiu os inquilinos e a polícia. Jamais consegui relatar, por mais que tentasse, o que realmente havia visto; nem conseguiria o plácido rosto contar, pois embora deva ter visto mais do que eu, jamais tornará a falar. Mas sempre me protegerei do zombeteiro e insaciável Hypnos, senhor do sono, do céu noturno, e das loucas ambições do conhecimento e da filosofia.

Exatamente o que aconteceu, não se sabe, pois não só minha mente ficou desarvorada pela coisa estranha e odiosa, como os outros foram corrompidos por um esquecimento que outra coisa não pode ser senão loucura. Eles disseram, não sei por que razão, que eu nunca tivera um amigo e que a arte, a filosofia e a insânia haviam preenchido toda minha trágica existência. Os locatários e a polícia naquela noite me confortaram, e o médico administrou-me algo para me acalmar, mas ninguém percebeu que um caso funesto havia ocorrido. Meu fulminado amigo não lhes causou pena, mas o que eles encontraram no sofá do estúdio fez com que glorificassem de tal modo que me enojou, e me atribuíssem uma fama que rejeito desesperadamente quando me sento por horas — calvo, de barba grisalha, encolhido, entorpecido, narcoalucinado e alquebrado — adorando e orando ao objeto que encontraram.

Pois eles negam que eu tenha vendido a última de minhas estátuas e apontam extáticos para a coisa que o brilhante raio de luz deixou fria, petrificada e muda. É tudo que resta de meu amigo, o amigo que me levou à loucura e à perdição; uma cabeça de mármore tão divina que somente a antiga Hélade poderia criar; jovem, de uma juventude extratemporal, com uma bela face barbada, curvos lábios sorridentes, testa olímpica e densas madeixas onduladas coroadas de papoulas. Eles dizem que esse assustador memorável rosto é moldado conforme o meu próprio rosto, tal como era aos meus vinte e cinco anos; mas sobre a base de mármore está gravado um único nome em caracteres áticos — ΎΠΝΟΣ— HYPNOS.

(1922)

Nathicana

Foi no pálido jardim de Zais;
Os nevoentos jardins de Zais,
Onde enflora o argênteo nephalote,
Que fragrante a meia-noite anuncia.
Ali dormem cristalinos lagos,
E regatos que escorrem silentes;
Doces riachos das grutas de Kathos
Do crepúsculo, o berço sereno.
E cruzando por lagos, regatos
Ficam pontes de puro alabastro,
Brancas pontes gentis cinzeladas
Com figuras de fadas e duendes.
Brilham ali sóis estranhos, planetas
E estranha é a crescente Banapis
Que se põe nas colinas relvosas
Onde adensa, na tarde, o crepúsculo.
Ali baixam os vapores do Yabon;
Alvos, lassos vapores do Yabon;
Foi ali, na voragem das névoas
Que avistei a divinal Nathicana;
De grinalda, virginal Nathicana;
Negras mechas, esguia Nathicana;
Olhos negros, lábios rubros Nathicana;
Voz argêntea da doce Nathicana;

Vestes alvas da amada Nathicana.
E minha amada ficou para sempre,
Desde o tempo em que tempo não havia;
Desde o tempo em que estrelas não havia
E que nada existia salvo o Yabon.
E vivemos em paz pelos tempos,
Inocentes crianças de Zais,
Percorrendo caminhos e arcadas,
Coroadas com a alva nephalote.
Quanta vez ao crepúsculo vogamos
Sobre pastos, colinas floridas
Alvejadas pela humilde astalthon;
A humilde e graciosa astalthon,
E sonhamos num mundo de sonhos
Belos sonhos, mais belos que o Éden;
Sonhos puros, mais reais que a razão!
E por eras sonhamos, nos amamos,
Até a horrenda estação de Dzannin;
Remaldita estação de Dzannin;
Onde rubros eram os sóis, os planetas,
Rubra ardia a crescente Banapis,
Rubros vinham os vapores do Yabon.
Encarnavam-se as flores, os regatos
Sob as pontes, os lagos serenos,
E até mesmo o suave alabastro
Refletia escarlates sinistros
Tal que as fadas e duendes entalhados
Espreitavam encarnados das sombras.
Vermelhou-se-me agora a visão.
E pela densa cortina espreitando
Louco vi a etérea Nathicana;
A inocente, sempre alva Nathicana
Adorada, intocada Nathicana.

Mas cumuladas vertigens de insânia
Enevoaram-me a difícil visão;
A maldita, avermelhante, visão
Refazendo o mundo em meu olhar;
Novo mundo escarlate e sombrio,
Um horrendo estupor, o viver.
Mergulhado no estupor do viver
Vejo claros fantasmas da beleza;
Ocos, falsos fantasmas da beleza
Mascarando as maldades de Dzannin.
Eu os vejo com infinita saudade,
Tal e qual minha amada os vê:
Mas seu mal brilha em seus olhos turvos;
Seu pungente, impiedoso mal,
Mal maior que o de Thaphron ou Latgoz,
Mais cruel pois que oculto no belo.
E somente no sono da meia-noite
Vejo a dama perdida, Nathicana,
Vejo a pálida, pura Nathicana
Desfazendo-se ao olhar sonhador.
E incansável procuro por ela;
E procuro entre goles de Plathotis,
Fermentado no vinho de Astarte,
Engrossados por lágrimas incessantes.
Eu anseio pelos jardins de Zais;
Jardins belos, perdidos, de Zais
Onde o alvo nephalote floresce,
Da meia-noite o arauto fragrante.
O fatal sorvo final vou urdindo;
Sorvo tal que deleite os demônios;
Sorvo tal que a vermelhidão encerre;
O horrível estupor que é o viver.
Muito em breve, se a mistura for certa,

Vermelhidão e insânia se irão,
E apodrecerão no negror verminoso
Vis cadeias que me escravizavam.
E os jardins de Zais novamente
Serão alvos em minha magoada visão,
E ali, entre os vapores do Yabon
Estará a divinal Nathicana;
Revivida a imortal Nathicana
Outra igual, entre os vivos, não há.

(1927)

do além

Foi de um horror inimaginável a transformação por que passou meu melhor amigo, Crawford Tillinghast. Eu não o via desde aquele dia, dois meses e meio antes, em que me relatara o rumo de suas pesquisas físicas e metafísicas, quando reagira a minhas demonstrações de espanto e quase apavoradas expulsando-me de seu laboratório e de sua casa numa explosão de cego furor. Soubera que ele agora permanecia trancado durante a maior parte do tempo com aquela execrável máquina elétrica no laboratório do sótão, comendo pouco e impedindo o acesso até mesmo aos criados; mas não pensara que um breve período de dez semanas pudesse alterar e desfigurar de tal forma uma criatura humana. Não é nada agradável ver uma pessoa robusta emagrecer subitamente, e é ainda pior quando a pele, antes esticada, fica amarelada ou macilenta, os olhos fundos, enegrecidos e sinistramente brilhantes, a testa enrugada, riscada de veias, e as mãos trêmulas e contraídas. E quando se soma a isso um repelente desalinho, uma desordem selvagem no vestir, um emaranhado de cabelos pretos de raízes embranquecidas e uma descuidada barba branca por fazer num rosto antes sempre escanhoado, o efeito acumulado é muito chocante. Mas tal era o aspecto de Crawford Tillinghast na noite em que sua mensagem confusa me trouxe até sua porta depois de semanas de exílio; tal era o espectro trêmulo que veio me receber, de vela na mão, e olhando furtivamente por sobre os ombros como se estivesse apavorado com coisas invisíveis no interior da antiga, solitária e recuada casa na rua Benevolent.

Foi um erro Crawford Tillinghast ter estudado ciência e filosofia. Essas matérias deviam ser deixadas para o pesquisador impessoal e frígido, pois oferecem duas alternativas igualmente trágicas ao homem de sensibilidade e ao de ação: desespero, se falhar em sua busca, e terrores inauditos e inimagináveis se for bem-sucedido. Tillinghast, anteriormente, já havia sido presa do fracasso, do desalento, da melancolia, mas agora eu percebia, tomado de nauseante pavor, que ele estava nas garras do sucesso. Já o havia prevenido, dez semanas antes, quando falou excitadamente sobre o que supunha estar prestes a descobrir. Ele ficara corado e excitado então, falando com voz alta e anormal, mas sempre pedante.

"O que sabemos", dissera ele, "do mundo e do universo que nos cerca? Nossos meios de captar impressões são absurdamente precários e nossas noções sobre os objetos que nos cercam são infinitamente estreitas. Vemos coisas apenas na medida em que somos formados para vê-las e não conseguimos alcançar nenhuma ideia de sua natureza absoluta. Com cinco precários sentidos fingimos compreender o complexo e ilimitado cosmos; enquanto outros seres com um leque de sentidos mais amplos, mais poderosos e diferentes, poderiam não só ver coisas de modo muito diferente de como vemos, mas também ver e estudar mundos inteiros de matéria, energia e vida que nos são próximos e, no entanto, não podem ser detectados pelos sentidos de que dispomos. Sempre acreditei que esses mundos estranhos, inacessíveis, estão ao nosso alcance, *e agora creio ter encontrado um meio de derrubar as barreiras*. Não estou brincando. Dentro de vinte e quatro horas, aquela máquina perto da mesa vai gerar ondas que agem sobre órgãos sensoriais não reconhecidos que existem em nós como vestígios atrofiados ou rudimentares. Essas ondas nos abrirão muitas visões desconhecidas acerca do homem e de qualquer coisa que consideramos vida orgânica. Poderemos ver aquilo que faz os cães uivarem na escuridão, e aquilo que faz os gatos aguçarem os ouvidos depois da meia-noite. Veremos essas coisas e outras que nenhuma criatura viva jamais viu. Venceremos tempo, espaço e dimensões, e, sem nenhum movimento corporal, espreitaremos o cerne da criação."

Quando Tillinghast falou essas coisas todas, protestei, já que o conhecia bem o suficiente para ficar mais assustado que admirado; mas ele estava transtornado e expulsou-me da casa. Agora não estava menos transtornado, mas seu desejo de falar superara de tal forma seu ressentimento que ele me convocou, por escrito, em tom imperativo, com uma letra que mal pude reconhecer. Quando entrei na morada do amigo tão bruscamente metamorfoseado numa gárgula trêmula, fui tomado pelo horror que parecia espreitar de todas as sombras. As palavras e crenças expressas dez semanas antes pareciam corporificadas na escuridão reinante para além do pequeno círculo de luz da vela, e fiquei nauseado com a voz gutural, alterada, de meu anfitrião. Gostaria que os criados estivessem por ali e não gostei quando me contou que eles partiram havia três dias. Pareceu-me estranho que o velho Gregory, pelo menos, desertasse seu amo sem dizer nada a um amigo fiel como eu. Fora ele quem me dera toda a informação que eu tinha sobre Tillinghast depois de ter sido furiosamente expulso.

Entretanto, logo sujeitei meus temores à crescente curiosidade e fascínio. Exatamente o que Crawford Tillinghast desejava agora de mim, não conseguia suspeitar, mas que ele tinha algum fabuloso segredo ou descoberta a revelar, eu não tinha a menor dúvida. Antes eu havia protestado contra suas desnaturadas incursões no impensável; agora que ele evidentemente obtivera certo êxito, eu quase partilhava seu entusiasmo, por terrível que pudesse parecer o custo da vitória. Pela solidão escura da casa, segui a vela balouçante na mão daquele trêmulo arremedo de homem. A eletricidade parecia ter sido cortada, e quando perguntei a meu guia, ele disse que se devia a um motivo específico.

"Seria demais... Eu não ousaria", prosseguiu, resmungando. Notei especialmente seu novo hábito de resmungar, pois não era de seu feitio falar consigo mesmo. Entramos no laboratório do sótão e observei aquela detestável máquina elétrica reluzindo com uma doentia, sinistra, luminosidade violácea. Ela estava conectada a uma potente bateria química, mas não parecia receber nenhuma corrente, pois me lembro de que em seu estágio experimental ela zumbia e trepidava ao funcionar. Respondendo à minha pergunta, Tillinghast murmurou que aquele fulgor permanente não era elétrico num sentido que eu pudesse entender.

Fez então com que me sentasse perto da máquina de forma que ela ficasse à minha direita, e girou uma chave em algum lugar abaixo da multidão de lâmpadas. A trepidação usual começou, transformou-se num ronco e terminou num zumbido tão suave que parecia uma volta ao silêncio. Enquanto isso, a luminosidade aumentou, enfraqueceu novamente, e finalmente assumiu uma cor, ou mistura de cores, pálida, bizarra, que eu não saberia identificar nem descrever. Tillinghast estivera me observando e notou minha expressão de perplexidade.

"Sabe o que é isso?", sussurrou. "*É ultravioleta.*" Ele casquinou de maneira esquisita com minha surpresa. "Você pensava que o ultravioleta era invisível, e é, mas você pode vê-lo, assim como muitas outras coisas invisíveis, *agora.*"

"Escute só! As ondas dessa coisa estão despertando um milhar de sentidos adormecidos em nós; sentidos que herdamos de eras de evolução desde a condição de elétrons isolados ao estado de humanidade orgânica. Eu vi a *verdade*, e pretendo mostrá-la a você. Pode imaginar como ela é? Vou lhe dizer." Neste momento, Tillinghast sentou-se diretamente à minha frente, soprou a vela e ficou olhando terrivelmente em meus olhos. "Seus órgãos sensoriais existentes — ouvidos primeiro, penso eu — vão captar muitas impressões, pois estão intimamente relacionados com os órgãos adormecidos. Depois virão outros. Já ouviu falar da glândula pineal? Divirto-me com os endocrinologistas rasteiros, freudianos ingênuos e pretensiosos. Essa glândula é o maior dos órgãos sensoriais — eu a *descobri*. É como a visão, enfim, e transmite imagens visuais ao cérebro. Se você for normal, essa é a maneira como deverá receber a maior parte disso... isto é, a maioria das evidências *do além*."

Corri o olhar pela imensa sala do sótão com a inclinada parede sul fracamente iluminada por raios que o olhar cotidiano não consegue ver. Os cantos distantes estavam imersos em sombras e todo o lugar adquiriu uma nebulosa irrealidade que obscurecia sua natureza, convidando a imaginação para o simbólico e o fantástico. Durante o intervalo em que Tillinghast ficou em silêncio, imaginei-me em algum vasto e incrível templo de deuses há muito desaparecidos, algum vago edifício com inúmeras colunas negras de pedra se erguendo de um piso de lajes úmidas a uma altura estonteante, além do alcance de minha visão. O quadro ficou muito vívido por um instante, mas gradualmente cedeu lugar a uma concepção mais horrível: a de total, absoluta solidão no espaço infinito, invisível, silencioso. Parecia haver um vazio e nada mais, e senti um medo infantil que me levou a sacar do bolso o revólver que sempre trazia comigo, depois de escurecer, desde a noite em que fora assaltado em East Providence. Foi então que surgiu suavemente das mais longínquas regiões, o *som*. Era infinitamente tênue, sutilmente vibrante, e inconfundivelmente musical, mas tinha uma qualidade bárbara excepcional que fazia seu impacto parecer uma delicada tortura para todo o meu corpo. Sentia sensações como as que ocorrem quando alguém se arranha, acidentalmente, com vidro moído. Simultaneamente, formou-se algo como um sopro frio que aparentemente passou por mim vindo da direção do som distante. Enquanto aguardava ofegante, percebi que tanto o som como o vento aumentavam; o efeito que isso me causou foi uma estranha noção de meu próprio ser como que amarrado aos trilhos no caminho de uma gigantesca locomotiva que se aproximava. Comecei a falar com Tillinghast e, ao fazê-lo, todas as impressões incomuns abruptamente se desfizeram. Vi apenas o homem, as máquinas reluzentes e o quarto sombrio. Tillinghast sorria repulsivamente para o revólver que eu, quase inconscientemente, havia sacado, mas, pela sua expressão, tive a certeza de que ele vira e ouvira tanto quanto eu, se não muito mais. Sussurrei o que havia experimentado e ele pediu que eu permanecesse o mais quieto e receptivo possível.

"Não se mexa", advertiu, *"pois sob esses raios, tanto podemos ver quanto ser vistos.* Contei-lhe que os criados se foram, mas não disse como. Foi aquela governanta estúpida, ela acendeu as luzes lá no térreo depois de tê-la prevenido para não fazê-lo, e os fios captaram vibrações harmônicas. Deve ter sido apavorante — pude ouvir os gritos aqui de cima, apesar das coisas vindas de outra direção que eu via e escutava, e mais tarde foi realmente horrível encontrar aqueles montes de roupas vazios pela casa. As roupas da Sra. Updike estavam perto do interruptor do vestíbulo — foi assim que soube o que ela havia feito. Encontrei todas. Mas enquanto ficarmos imóveis, estaremos perfeitamente a salvo. Lembre-se de que estamos lidando com um mundo hediondo no qual ficamos praticamente indefesos... *Fique quieto!*"

O choque combinado da revelação e da ordem brusca provocou-me uma espécie de paralisia e, em meu terror, minha mente abriu-se novamente para as impressões que vinham do que Tillinghast chamava de *"além"*. Estava agora mergulhado num turbilhão de som e movimento, com confusas imagens diante dos olhos. Via os contornos borrados do quarto, mas de algum ponto do espaço parecia emergir uma perturbadora coluna de formas ou nuvens irreconhecíveis, penetrando pelo telhado sólido num ponto acima e à direita de onde eu estava. Vislumbrei então, novamente, o efeito similar a um templo, mas dessa vez os pilares se alçavam para um etéreo oceano de luz que lançava para baixo um feixe de raios cegantes pela enevoada coluna que eu já avistara. Depois, a cena foi adquirindo uma feição quase inteiramente caleidoscópica, e na confusão de visões, sons e impressões sensoriais não identificáveis, senti que estava prestes a me dissolver ou a perder, de algum modo, a forma sólida. Um definitivo lampejo de visão jamais me deixará. Por um instante, parecia enxergar um pedaço de estranho céu noturno repleto de brilhantes esferas rodopiantes e, à medida que ele retrocedia, percebi que os reluzentes sóis formavam uma constelação ou galáxia de forma definida, forma esta semelhante ao rosto desfigurado de Crawford Tillinghast. Em outro momento, senti as imensas coisas animadas passarem roçando por mim e ocasionalmente *andando ou deslizando através de meu corpo supostamente sólido*, e pensei ter visto Tillinghast olhá-las como se seus sentidos mais bem treinados pudessem captá-las visualmente. Lembrei-me do que ele dissera sobre a glândula pineal e fiquei imaginando o que ele via com esse olho sobrenatural.

Subitamente, eu mesmo fiquei dotado de uma espécie de visão amplificada. Além do caos luminoso e fantasmagórico, emergiu uma imagem que, não obstante vaga, continha elementos de consistência e permanência. Era algo realmente familiar, pois a parte incomum se superpunha à cena terrestre usual como a projeção de uma imagem de filme sobre a cortina pintada de um anfiteatro. Eu via o laboratório do sótão, a máquina elétrica e a forma indistinta de Tillinghast à minha frente, mas em todo o espaço não ocupado por objetos familiares, não havia sequer uma porção vazia. Indescritíveis formas vivas e outras formas misturavam-se numa terrível desordem, e perto de cada coisa conhecida havia mundos inteiros de misteriosas entidades alienígenas, sobrenaturais. Parecia também que todas as coisas conhecidas entravam na composição de outras coisas desconhecidas, e vice-versa. À frente, entre os objetos vivos, havia monstruosidades gelatinosas, escuras, que estremeciam molemente em harmonia com as vibrações da máquina. Elas estavam presentes em espantosa profusão e pude ver, para meu horror, que se *sobrepunham*; que eram semifluidas, podendo passar umas através das outras, bem como pelas coisas que conhecemos como sólidas. Essas coisas nunca se aquietavam, parecendo flutuar eternamente com algum propósito maligno. Às vezes pareciam se devorar mutuamente, a atacante lançando-se sobre sua vítima e instantaneamente eliminando-a de vista. Estremecendo, senti que sabia o que havia exterminado os malfadados serviçais e não conseguia tirar as coisas de minha mente enquanto tentava observar outras propriedades do recentemente visível mundo invisível que nos cerca. Mas Tillinghast estivera me observando e falava:

"Está vendo? Está vendo? Está vendo coisas que flutuam e se atiram sobre você e através de você a cada momento de sua vida? Está vendo as criaturas que formam o que os homens chamam de ar puro e céu azul? Não consegui vencer a barreira, não lhe mostrei mundos que nenhum outro vivente tinha visto?" Ouvi seu grito através do horripilante caos e olhei para o rosto selvagem que avançava de modo tão agressivo em direção ao meu. Seus olhos eram poços de chamas e miravam ardentemente para mim, com o que eu agora percebia ser um ódio incontrolável. A máquina zumbiu pavorosamente.

"Acha que essas coisas esvoaçantes exterminaram os criados? Seu tolo, elas são inofensivas! Mas os criados *se foram*, não foram? Você tentou me parar; você me desencorajou quando eu precisava de cada gota de estímulo; você tinha medo da verdade cósmica, seu maldito covarde, mas agora eu o peguei! O que deu cabo dos criados? O que os fez gritar tão alto?... Não sabe, hein! Pois logo saberá. Olhe para mim — ouça o que eu digo — acha que realmente existe isso de tempo e grandeza? Imagina que existam coisas como forma ou matéria? Eu lhe digo, atingi profundezas que seu pequeno cérebro não pode imaginar. Vi além das fronteiras do infinito e extraí demônios das estrelas... submeti as sombras que se arrastam de mundo em mundo para semear a morte e a loucura... O espaço me pertence, entende? Há coisas me caçando agora... as coisas que devoram e dissolvem — mas sei como enganá-las. É você que elas vão pegar, como pegaram os criados... Está tremendo, meu caro? Eu lhe disse que era perigoso se mexer, eu o salvei até agora dizendo-lhe para ficar quieto — salvei-o para ter novas visões e me ouvir. Se tivesse se mexido, eles já o teriam encontrado há muito tempo. Não se preocupe, eles não vão *feri-lo*. Eles não feriram os criados — foi a *visão* que fez os pobres-diabos gritarem tanto. Meus bichinhos não são bonitos, pois vêm de lugares onde os padrões estéticos são... *muito diferentes*. A desintegração é inteiramente indolor, eu garanto — *mas quero que você os veja*. Eu quase os vi, mas sabia como parar. Está curioso? Sempre soube que você não era um cientista. Tremendo, hein? Tremendo de ansiedade para ver as últimas coisas que eu descobri? Por que não se mexe, então? Cansado? Pois bem, não se preocupe, meu amigo, *pois eles estão chegando*... Olhe, olhe, maldito, olhe... estão logo acima de seu ombro esquerdo..."

O que resta a ser contado é bem pouco e lhes deve ser familiar do noticiário dos jornais. A polícia ouviu um tiro na velha casa de Tillinghast e nos encontrou ali — Tillinghast morto e eu inconsciente. Prenderam-me porque o revólver estava em minha mão, mas soltaram-me depois de três horas, ao constatarem que Tillinghast morrera de apoplexia e ao verem que meu tiro fora dado na perniciosa máquina que agora jazia irreparavelmente destroçada no chão do laboratório. Não contei muito do que havia visto temendo o ceticismo do juiz de instrução, mas dos vagos contornos que forneci, o médico me disse que inegavelmente eu tinha sido hipnotizado pelo louco vingativo e homicida.

Gostaria de poder acreditar nesse médico. Ajudaria meus nervos abalados se pudesse descartar o que agora tenho a pensar sobre o ar e o céu que me envolvem e me cobrem. Nunca me sinto só ou tranquilo, e uma odiosa sensação de perseguição me possui quando estou exausto. Um simples e único fato me impede de acreditar no médico — a polícia jamais encontrou os corpos daqueles criados que, como dizem, Crawford Tillinghast teria assassinado.

(1920)

o festival

Efficiut Daemones, ut quae non sunt, sic tamen
quasi sint, conspicienda hominibus exhibeant.
Lactantius[*]

Estava longe de casa e descia sobre mim o feitiço do mar oriental. Ao crepúsculo, eu o ouvia quebrar nas rochas e sabia que estava logo depois do morro onde os entrelaçados salgueiros se contorciam contra o céu límpido e as primeiras estrelas da noite. E porque meus ancestrais haviam me convocado para a velha cidade distante, avancei pela neve rala que caíra recentemente ao longo da estrada, que ascendia solitária em direção ao ponto onde Aldebaran brilhava por entre as árvores, rumo à cidade muito antiga que nunca vira, mas com a qual muitas vezes eu sonhava.

Era época do Yuletide, que os homens chamam Natal, embora saibam em seus corações que ele é mais antigo que Belém e Babilônia, mais antigo que Mênfis e a humanidade. Era Yuletide e eu finalmente chegara à antiga cidade costeira onde meu povo havia morado e mantido o festival mesmo quando era proibido nos velhos tempos; onde também havia ordenado a seus filhos que realizassem o festival uma vez a cada século para que a memória dos segredos primordiais não fosse esquecida. Meu povo era antigo, e já era antigo mesmo quando essa região fora colonizada trezentos anos antes. E era estranho, porque viera como escuro povo furtivo dos opiáceos jardins austrais de orquídeas, e falava uma outra língua antes de aprender a língua dos pescadores de olhos azuis. Estavam agora dispersos, reunindo-se apenas nos

---

[*] *Os demônios agem de modo a mostrar aos olhos dos homens coisas que não existem como se existissem*, cujo autor possivelmente se trata de Lúcio Célio Firmiano Lactâncio (240-320 d.C.)

rituais de mistérios que nenhum vivente poderia compreender. Fui o único a retornar, naquela noite, à velha cidade pesqueira, como ordenava a lenda, que somente os pobres e os solitários recordam.

Então, por sobre a crista do morro, vi Kingsport estendendo-se frígida ao crepúsculo; a nevada Kingsport com seus antigos cata- -ventos e campanários, cumeeiras e chaminés, cais e pontezinhas, salgueiros e cemitérios; intermináveis labirintos de ruas estreitas, íngremes, tortuosas e o vertiginoso cume central coroado pela igreja que o tempo não ousava tocar; incessantes labirintos de casas coloniais amontoando-se e espalhando-se por todos os ângulos e níveis, como blocos de criança brincar espalhados; a antiguidade pairando com asas cinzentas sobre telhados de uma e duas águas esbranquiçados pelo inverno; claraboias e janeli- nhas acendendo-se sucessivamente no frígido crepúsculo para se unir a Orion e às seculares estrelas. E, quebrando contra os cais apodrecidos, o mar, aquele misterioso mar imemorial pelo qual a população chegara em tempos ancestrais.

Ao lado da estrada, no topo, erguia-se um morro ainda mais alto, sombrio e varrido pelo vento, e vi que se tratava de um cemitério, onde negras lápides se eriçavam fantasmagoricamente da neve como as unhas apodrecidas de um gigantesco cadáver. A estrada lisa estava inteiramente vazia, e às vezes sentia ouvir um horrível rangido distante, como o de um cadafalso ao vento. Quatro ancestrais meus tinham sido enforcados, acusados de feitiçaria em 1692, mas eu não sabia o lugar exato.

Quando a estrada serpenteou para baixo, pela encosta que levava ao mar, procurei escutar os alaridos alegres de um vilarejo ao entardecer, mas não os ouvi. Pensei então na estação do ano, e senti que aqueles velhos puritanos poderiam perfeitamente ter costumes natalinos diferentes dos meus, entretendo-se com ora- ções silenciosas ao pé da lareira. Assim, não procurei mais ouvir manifestações de alegria, nem esperei encontrar caminhantes e prossegui em minha descida, passando por quintas silenciosamente iluminadas e soturnas paredes de pedra das quais pendiam cartazes de antigas lojas e tavernas marinhas expostas à brisa salgada, e pelas grotescas aldravas dos portais colunados que reluziam ao longo de desertas vielas sem calçamento sob a luz de pequenas janelas acortinadas.

Eu examinara mapas da cidade e sabia onde encontrar o lar de minha gente. Disseram-me que eu seria reconhecido e bem-vindo, pois a lenda se perpetua nas vilas, por isso apressei o passo pela rua Back até Circle Court, e cruzando a neve fresca na única calçada toda lajeada da cidade até onde a viela Green desemboca por trás do Mercado. Os velhos mapas ainda serviam e não tive problemas; embora possivelmente tenham mentido para mim, em Arkham, quando disseram que os bondes rodavam por este lugar, pois não avistei nenhum cabo elevado. Os trilhos, de qualquer forma, estariam cobertos pela neve. Fiquei contente por preferir caminhar, pois a cidade embranquecida parecia muito bela avistada da colina, e agora estava ansioso para bater à porta de minha gente, a sétima casa à esquerda da viela Green, com seu antigo telhado pontiagudo e segundo andar saliente, toda ela construída antes de 1650.

Havia luzes no interior da casa quando ali cheguei, e vi, através das vidraças em losango, que havia sido conservada quase como era originalmente. O andar superior avançava sobre a rua estreita coberta de mato e quase encostava na parte projetada da casa em frente, de modo que eu parecia estar num túnel, com o baixo degrau de pedra da porta de entrada totalmente sem neve. Não havia calçada, mas muitas casas tinham portas altas que eram alcançadas por lances duplos de degraus com gradis de ferro. Era um cenário estranho, e como eu não era da Nova Inglaterra, nunca havia conhecido algo assim. Embora me agradasse, teria preferido que houvesse pegadas na neve e pessoas nas ruas, bem como algumas janelas sem as cortinas descidas.

O FESTIVAL

Quando movi a arcaica aldrava de ferro, estava um pouco assustado. Um certo medo fora se apossando de mim, talvez por causa da estranheza de minha ascendência, a desolação do entardecer e a singularidade do silêncio nessa antiga cidade de hábitos tão peculiares. E, quando atenderam à minha batida, fiquei inteiramente assustado, porque não ouvira passos antes de a porta abrir com um rangido. Mas o susto logo passou, pois o velho trajando luvas e chinelos, no portal, tinha um rosto plácido que me tranquilizou, e embora fizesse sinais de que era mudo, escreveu uma esquisita e antiga saudação de boas-vindas com o estilo e a tabuleta de cera que trazia.

Convidou-me a entrar numa sala baixa, iluminada a vela, com maciças vigas do telhado expostas e escassos móveis robustos e escuros do século XVII. O passado era vívido ali, não lhe faltando nenhum atributo. Havia uma cavernosa lareira e uma roca junto à qual estava sentada uma velha trajando um avental solto e uma grande touca de abas largas, fiando, de costas para mim, silenciosamente, apesar da temporada festiva. Uma umidade indefinida parecia pairar no lugar e espantou-me não ver nenhum fogo aceso. O sofá de espaldar alto estava de frente para a fila de janelas cortinadas à esquerda, e parecia ocupado, embora não tivesse certeza disso. Eu não estava gostando daquilo tudo que via e senti renascer o medo de antes. Esse medo foi crescendo com aquilo que antes o havia abrandado, pois quanto mais olhava para o rosto impassível do velho, mais a sua extrema placidez me apavorava. Os olhos nunca se moviam e a pele era cerosa demais. Finalmente me certifiquei de que não era absolutamente um rosto e sim uma máscara diabolicamente benfeita. Mas as mãos frouxas, curiosamente enluvadas, escreviam animadamente na tabuleta dizendo-me que eu devia esperar um pouco para então ser levado ao local do festival.

Apontando para uma cadeira, uma mesa e uma pilha de livros, o velho deixou então a sala, e quando me sentei para ler, vi que os livros eram velhos e embolorados, incluindo as bárbaras *Marvells of Science* do velho Morryster, o temível *Saducismus Triumphatus* de Joseph Glanvill, publicado em 1681, o chocante *Daemonolatreia* de Remigius, impresso em 1595 em Lyons, e, o pior de todos, o inenarrável *Necronomicon* do desvairado árabe Abdul Alhazred, na interdita tradução latina de Olaus Wormius, um livro que eu jamais vira, mas do qual ouvira sussurrarem coisas monstruosas. Não falavam comigo, mas podia ouvir o ranger das tabuletas ao vento lá fora, e o zumbir da roda em que a velha de touca fiava, fiava em silêncio. Achei a sala, os livros e as pessoas muito mórbidas e inquietantes, mas como uma velha tradição de meus ancestrais me intimara para festejos estranhos, estava disposto a esperar coisas estranhas. Por isso, tentei ler, e logo fiquei profundamente absorvido por algo que encontrei naquele amaldiçoado *Necronomicon*, um saber e uma lenda odiosos demais para a sanidade e a consciência; mas me distraí quando supus ouvir uma das janelas de frente para o sofá se fechar, como se tivesse sido furtivamente aberta. Em seguida, pareceu-me seguir um zumbido que não vinha da roca da velha. Isso, porém, não queria dizer muita coisa, pois a velha continuava fiando animadamente e o velho relógio estivera soando. Depois, perdi a sensação de que havia pessoas no sofá, e estava lendo com concentração e interesse quando o velho retornou trajando botas e um antigo costume folgado, e sentou-se naquele mesmo sofá de modo que eu não pudesse vê-lo. A espera certamente era enervante, e o livro blasfemo em minhas mãos duplicava meu nervosismo. Quando soaram onze horas, porém, o velho levantou-se, deslizou até uma maciça arca entalhada a um canto e pegou dois capotes com capuz; um, ele vestiu, e com o outro envolveu a velha que estava encerrando sua monótona fiação. Os dois encaminharam-se então para a porta da frente, a mulher se arrastando claudicante e o velho, depois de pegar o livro que eu estivera lendo, acenando

O FESTIVAL 113

para mim enquanto descia o capuz sobre o impassível rosto, ou máscara.

Saímos para a malha de ruas tortuosas e escuras daquela cidade incrivelmente antiga; saímos enquanto as luzes das janelas cortinadas se apagavam uma a uma, e Sírio, a estrela, espreitava a multidão de figuras encapotadas e encapuzadas que se derramava silenciosamente de cada porta, formando monstruosas procissões naquela e nas outras ruas, passando pelas placas rangentes e os frontões antediluvianos, os telhados de colmo e as janelas de vidros losangulares; caminhando pesadamente por vielas escarpadas onde casas decadentes se superpunham e desconjuntavam juntas, deslizando por pátios e cemitérios abertos onde as lanternas balouçantes formavam medonhas constelações bêbadas.

Em meio a essas multidões silenciosas, eu seguia meus taciturnos guias; empurrado por cotovelos que pareciam sobrenaturalmente macios, e pressionado por peitos e barrigas que pareciam anormalmente volumosos, mas sem nunca enxergar um rosto ou ouvir uma palavra sequer. Para o alto, alto, alto deslizavam as sinistras colunas, e vi que todos os caminhantes convergiam, à medida que fluíam, para junto de uma espécie de concentração de becos loucos no alto de um elevado morro, no centro da cidade, onde se erguia uma grande igreja branca. Eu a vira do alto da estrada quando olhara para Kingsport ao novo crepúsculo, e ela me fizera estremecer, porque Aldebaran parecera oscilar, por um instante, sobre o fantasmagórico campanário.

Havia um vazio em torno da igreja, coberto, em parte, por um cemitério com colunas espectrais e, em parte, por uma praça metade calçada de onde quase toda a neve fora varrida pelo vento, e cercado de casas terrivelmente antigas com telhados pontiagudos e frontões salientes. Fogos-fátuos dançavam sobre as tumbas revelando visões repulsivas, mas curiosamente não projetavam nenhuma sombra. Para lá do cemitério, num espaço sem casas, pude ver além do topo do morro e observar as estrelas cintilando sobre o porto, embora a cidade ficasse invisível na escuridão. De tempos em tempos, uma lanterna oscilava horrivelmente por vielas serpenteantes, tentando alcançar a multidão que deslizava agora silenciosamente para dentro da igreja. Esperei até a multidão inteira se dissipar pelo escuro portal e todos os retardatários a seguirem. O velho puxava-me pela manga, mas eu estava determinado a ser o último. Cruzando o limiar para o fervilhante templo imerso em insondável escuridão, virei-me, em certo momento, para olhar o mundo exterior enquanto a fosforescência do cemitério lançava um brilho doentio sobre a superfície do alto do morro. E, ao fazê-lo, estremeci. Pois embora o vento não tivesse deixado muita neve, algumas manchas permaneciam no passeio perto da porta; e, naquele fugaz olhar para trás, pareceu a meus olhos perturbados que elas não traziam pegadas, nem mesmo as minhas.

A igreja estava parcamente iluminada pelas lanternas que haviam sido levadas para dentro, pois boa parte da turba já se desfizera. Eles acorreram à nave lateral, passando entre os altos bancos até o alçapão para as criptas repugnantemente escancaradas bem ao lado do púlpito, e agora se contorciam silenciosamente para seu interior. Emudecido, os segui pelos desgastados degraus, descendo para a cripta escura e sufocante. A cauda daquela linha sinuosa de caminhantes noturnos parecia horripilante e quando a vi se remexer por um túmulo venerável, pareceu-me ainda mais horrível. Percebi então que o chão da cripta tinha uma abertura pela qual a multidão ia se infiltrando, e um instante depois estávamos todos descendo por uma aziaga escadaria de pedras toscas; uma estreita escada em espiral, úmida e estranhamente malcheirosa que se retorcia interminavelmente para baixo, para as entranhas do morro, ladeando monótonos paredões de blocos de pedra gotejantes com o reboco esfarelado. Foi uma descida chocante, silenciosa, e observei, após um horrível

O FESTIVAL

intervalo, que as paredes e os degraus estavam mudando de feição, como se fossem cinzelados na rocha sólida. O que me perturbou sobremaneira foi que a miríade de passos não fazia o menor som, nem produzia ecos. Depois de interminável descida, comecei a ver algumas passagens ou covas laterais comunicando recessos ocultos da escuridão com este sombrio e misterioso poço. Logo se tornaram excessivamente numerosos, como ímpias catacumbas de inominável ameaça, e seu odor pungente de podridão se tornara quase insuportável. Eu sabia que devíamos ter cruzado a montanha e a própria Kingsport por baixo da terra, e estremeci com a ideia de que uma cidade pudesse ser tão antiga e corroída pelo mal subterrâneo.

Avistei então o bruxulear de uma luz tênue e ouvi o insidioso marulhar de águas mergulhadas na escuridão. Estremeci novamente, pois não gostava das coisas que a noite havia trazido, desejando, ardentemente, que nenhum antepassado me houvesse convocado para aquele rito primordial. À medida que os degraus e a passagem iam se alargando, comecei a ouvir um outro som; o fino, plangente zumbido de uma delicada flauta, até que, de repente, desfraldou-se à minha frente a visão ilimitada de um mundo interior: uma vasta praia esponjosa iluminada por uma eruptiva coluna de doentias chamas esverdeadas e lavada por um largo rio oleoso que corria de abismos pavorosos e desconhecidos para desaguar nos mais negros abismos do oceano imemorial.

Desfalecido e ofegando, olhei para aquele profanado Érebo de titânicos cogumelos, leprosos fogos e lodosa água, e vi as multidões encapotadas formando um semicírculo em torno do pilar ardente. Era o rito do Yule, mais antigo que o homem e destinado a sobreviver a ele; o rito primordial do solstício e da promessa de primavera após as neves; o rito do fogo e da perenidade, da luz e da música. E na gruta estígia, eu os vi cumprir o rito e adorar o doentio pilar de chamas, e atirar na água punhados arrancados da viscosa vegetação que cintilava verdejante sob a luminosidade clorofilácea. Isso eu vi, e vi algo informe acocorado longe da luz, soprando ruidosamente uma flauta. Enquanto a coisa soprava, pensei ouvir um repugnante bater de asas na fétida escuridão em que não conseguia enxergar nada. O que mais me apavorava, porém, era aquela coluna em chamas ejaculando vulcanicamente de profundezas inconcebíveis, sem projetar sombras como faria uma chama saudável, e revestindo a pedra nitrosa com um detestável, venenoso verde-gris. Pois não havia naquela fervente combustão nenhum calor, apenas a viscosidade da morte e da putrefação.

O homem que me trouxera virou então para um ponto diretamente ao lado da odiosa chama, realizando rígidos movimentos cerimoniais para o semicírculo formado à sua frente. Em certos estágios do ritual, ele fazia mesuras vergonhosas, especialmente quando ergueu acima da cabeça aquele abominável *Necronomicon* que tirara de mim. Imitei as mesuras porque fora convocado para o festival pelos escritos de meus antepassados. O velho fez então um sinal para o flautista semioculto na escuridão, que mudou seu tênue zumbido para um sopro um pouco mais alto em outro tom, precipitando, assim, um horror inimaginável e inesperado. Tomado por esse horror, caí sobre a terra limosa, transtornado por um pavor que não era deste nem de qualquer outro mundo, mas dos insanos espaços interestelares.

Da inescrutável escuridão além do gangrenoso clarão daquela chama fria, das tartáreas léguas através das quais aquele rio oleoso corria sinistramente, inaudito e insuspeito, adejou ritmicamente uma horda de híbridas coisas aladas, treinadas, mansas, que nenhum olho são jamais poderia captar totalmente, ou nenhum cérebro são jamais iria recordar totalmente. Não eram propriamente corvos, nem toupeiras, nem falcões, nem formigas, nem morcegos, nem seres humanos decompostos, mas algo que não posso nem devo recordar. Adejaram canhestramente, meio com seus pés palmados, meio com suas asas membranosas, e quando se aproximaram de um grupo de celebrantes, as figuras encapuzadas os agarraram, montaram, e saíram cavalgando uma a uma pelas extensões daquele rio escuro, para poços e galerias apavorantes onde fontes de veneno alimentam pavorosas e inatingíveis cataratas.

A velha fiandeira havia partido com o grupo, e o velho só ficara porque eu me recusara quando acenou para que eu pegasse um animal e o cavalgasse como o resto. Ao me erguer, vi que o informe flautista havia sumido e que duas bestas estavam pacientemente à espera. Quando me endireitei, o velho sacou seu estilo e sua tabuleta e escreveu que ele era o verdadeiro representante de meus antepassados que haviam fundado a celebração do Yule neste lugar ancestral; que fora decretado que eu voltaria e que os mais secretos mistérios ainda estavam por se realizar. Escreveu isso tudo numa grafia muito arcaica, e como eu ainda hesitasse, tirou de sua veste frouxa um anel de sinete e um relógio, ambos com os brasões de minha família, para provar sua alegada identidade. Mas era uma prova assustadora, porque eu sabia, de velhos papéis, que aquele relógio havia sido enterrado com o meu tata-tata-tataravô em 1698.

Depois, o velho retirou o capuz e apontou para os traços familiares de seu rosto, mas eu apenas estremeci, porque tinha certeza de que a face não passava de uma diabólica máscara de cera. Os animais adejantes agora escalavravam os liquens inquietamente e vi que o velho estava igualmente inquieto. Quando uma das coisas começou a gingar e ladear, ele se virou tão abruptamente para contê-la que a rapidez do movimento deslocou a máscara de cera do que devia ter sido sua cabeça. Então, como essa situação de pesadelo me impedisse o acesso à escada de pedra por onde descêramos, atirei-me no oleoso rio subterrâneo que fervilhava de algum lugar para as cavernas do mar; atirei-me naquele caldo putrescente de horrores das profundezas terrestres antes que meus gritos insanos pudessem atrair sobre mim todas as legiões sepulcrais que aqueles abismos pestilentos poderiam ocultar.

No hospital me disseram que eu havia sido encontrado, meio congelado, no Porto de Kingsport, ao amanhecer, agarrado ao mastro flutuante que o acaso enviara para me salvar. Disseram-me que eu havia tomado o braço errado da bifurcação da estrada do morro, na noite anterior, e caíra sobre os rochedos da Ponta de Orange; foi o que deduziram das pegadas encontradas na neve. Não havia nada que eu pudesse dizer, porque tudo estava errado. Tudo estava errado, com as largas janelas revelando um mar de telhados dos quais apenas um em cada cinco era antigo, e o som dos bondes e motores nas ruas abaixo. Eles insistiram que ali era Kingsport, e eu não podia negá-lo. Quando comecei a delirar ao ouvir que o hospital ficava perto do velho cemitério da igreja em Central Hill, enviaram-me ao Hospital St. Mary, em Arkham, onde poderia ser mais bem cuidado. Gostei dali, pois os médicos eram mais abertos e chegaram a usar sua influência para que eu pudesse obter uma cópia cuidadosamente protegida do nefasto *Necronomicon* de Alhazred, da biblioteca da Universidade de Miskatonic. Falaram algo sobre "psicose" e concordei que seria melhor eu tirar qualquer obsessão tumultuosa de minha mente.

Assim, li aquele terrível capítulo e estremeci duplamente porque ele não era verdadeiramente novo para mim. Eu o havia visto antes, digam as pegadas o que quiserem; e onde ele estava, quando o vira, melhor esquecer. Não houve ninguém — nas horas de vigília — que me fizesse lembrar-me dele; mas meus sonhos são aterrorizados por frases que não ouso citar. Ouso citar apenas um parágrafo, transcrito no melhor da nossa língua que conseguiria extrair daquele complicado Baixo Latim.

"As mais profundas cavernas", escreveu o desvairado árabe, "não são para a compreensão dos olhos que as veem, pois suas maravilhas são estranhas e extraordinárias. Maldito seja o chão onde vivem pensamentos mortos novamente, estranhamente corporificados, e maldita a mente que não seja contida por alguma cabeça. Disse sabiamente Ibn Schacabao, que feliz é o túmulo em que nenhum feiticeiro tenha repousado e feliz a cidade à noite cujos bruxos sejam todos cinzas. Pois um antigo rumor diz que a alma do possuído pelo diabo não se afasta depressa de seu lodo sepulcral, mas engorda e instrui o próprio verme que corrói, até brotar da putrefação a horrenda vida, e os obstinados carniceiros da terra se multiplicarem para afligi-la, e crescerem monstruosamente para atormentá-la. Grandes buracos são secretamente cavados onde os poros da terra deveriam bastar, e coisas que deviam rastejar, aprenderam a andar."

(1923)

a cidade sem nome

Quando me aproximei da cidade sem nome, sabia que ela era maldita. Viajava por um vale crestado e terrível banhado pelo luar, e a avistei, ao longe, emergindo sinistramente da areia como as partes de um cadáver emergiriam de um sepulcro malfeito. O medo irradiava das pedras roídas pelo tempo dessa venerável sobrevivente do dilúvio, essa bisavó da mais antiga pirâmide, e uma invisível aura repeliu-me, separando-me de segredos antigos e sinistros que nenhum homem deveria ver e nenhum homem jamais ousara ver.

Jaz distante, no deserto da Arábia, a cidade sem nome, ruinosa e desconjuntada, com suas paredes baixas quase cobertas pela areia de incontáveis eras. Assim deve ter sido antes de as primeiras pedras de Mênfis terem sido assentadas e quando os tijolos da Babilônia ainda não haviam sido cozidos. Não há lenda suficientemente antiga para nomeá-la ou lembrar que algum dia foi viva; mas fala-se dela em sussurros ao redor de fogueiras e nos cochichos de velhas nas tendas dos xeques, de modo que todas as tribos a evitam sem saber perfeitamente por quê. Foi com esse lugar que Abdul Alhazred, o poeta louco, sonhou na noite anterior àquela em que compôs seu inexplicável dístico:

> Pois não há morto que fique em eterna sorte
> E com imensa idade, poderá finar-se a morte.

Eu devia perceber que os árabes tinham bons motivos para evitar a cidade sem nome, a cidade relatada em estranhas narrativas e jamais vista por nenhum vivente, mas desafiei-os e segui pelo deserto em meu camelo. Somente eu a vira e eis por que nenhum outro rosto exibe rugas tão terríveis de medo como o meu, por que nenhum outro homem estremece tão horrivelmente quando o vento noturno faz trepidar a janela. Quando a descobri, na espectral tranquilidade do sono perpétuo, ela olhou para mim, gelada pelos raios de uma frígida lua em meio ao calor do deserto. E, ao devolver seu olhar, esqueci meu triunfo de descobri-la e sofreei meu camelo para esperar pela aurora.

Esperei longas horas até o oriente se acinzentar, as estrelas se apagarem e a cor cinza se transformar numa luminosidade rósea debruada de ouro. Ouvi um gemido e avistei uma tempestade de areia rodopiando entre as pedras ancestrais, embora o céu estivesse límpido e as vastas extensões do deserto, calmas. Ergueu-se então, subitamente, acima da longínqua linha do horizonte desértico, a coroa ardente do sol vista através da rala tempestade de areia que se distanciava, e imaginei, no estado febril em que me achava, que de alguma profundeza remota saía um metálico alarido musical para exaltar o disco abrasador como Memnon o exalta das margens do Nilo. Meus ouvidos retiniram e minha imaginação se excitou enquanto conduzia o camelo lentamente pela areia, até aquele lugar desmantelado; aquele lugar antigo demais para o Egito e Meroé se lembrarem; aquele lugar que apenas eu, dentre todos os seres vivos, havia visto.

Perambulei dentro e fora das disformes fundações de casas e praças sem encontrar um único entalhe ou inscrição para me falar daqueles homens, se homens houve, que construíram aquela cidade e a habitaram há tanto tempo. A antiguidade do lugar era espantosa e eu ansiava por encontrar algum sinal ou objeto comprovador de que a cidade era mesmo obra humana. As ruínas tinham certas *proporções* e *dimensões* perturbadoras.

Trazia comigo diversas ferramentas e escavei muito no interior das paredes dos arruinados edifícios, mas o progresso era lento e nada de significativo se revelou. Quando a noite e a lua retornaram, senti um vento frio que me trouxe novos temores e não ousei permanecer na cidade. Ao sair das antigas muralhas para dormir, uma pequena e murmurante tempestade de areia se formou às minhas costas, soprando por cima das pedras cinzentas, embora a lua brilhasse e a maior parte do deserto estivesse calma.

Despertei, junto com a aurora, de uma série de sonhos pavorosos, os ouvidos retinindo com uma espécie de clangor metálico. Vi o sol rubro espreitando através das derradeiras rajadas de uma pequena tempestade de areia que pairava sobre a cidade sem nome, e reparei na placidez do resto da paisagem. Aventurei-me, uma vez mais, no interior daquelas ruínas ameaçadoras que se avolumavam dentro da areia como um ogro sob uma coberta, e mais uma vez cavei inutilmente procurando relíquias do povo perdido. Descansei ao meio-dia e durante a tarde investiguei demoradamente as paredes e as ruas do passado, e os contornos de edifícios quase desaparecidos. Percebi que a cidade havia sido realmente imponente, e fiquei imaginando qual a origem de sua grandeza. Figurei para mim todos os esplendores de uma idade tão remota que a Caldeia não se lembraria dela, e pensei em Sarnath, a Amaldiçoada, que ficava na terra de Mnar quando a humanidade era jovem, e em Ib, entalhada em pedras cinzentas antes de a humanidade existir.

De repente, cheguei a um lugar onde o leito rochoso erguia-se completamente da areia formando um rochedo baixo, e ali percebi alegremente o que parecia prometer novos indícios do povo antediluviano. Lavradas toscamente na face do rochedo estavam as inconfundíveis fachadas de várias casinhas ou acanhados templos de pedra cujo interior poderia guardar muitos segredos de idades incalculavelmente remotas, embora as tempestades de areia tivessem apagado, ao longo de muitas eras, qualquer entalhe que pudesse ter existido em seu exterior.

Todas as escuras fendas próximas a mim eram muito baixas e obstruídas por areia, mas limpei uma delas com a pá e rastejei por ela carregando um archote para desvendar seus possíveis mistérios. No interior, verifiquei que a caverna era, na verdade, um templo, e avistei claros sinais do povo que ali vivera e fora adorado antes de o deserto virar deserto. Havia ali altares primitivos, pilares e nichos, todos curiosamente baixos, e embora não visse esculturas ou afrescos, havia muitas pedras singulares claramente moldadas artificialmente em forma de símbolos.

A baixa altura da câmara cinzelada era muito estranha, pois estando eu de joelhos, mal conseguia me endireitar, mas a área era tão grande que meu archote só permitia revelar uma parte de cada vez. De um modo estranho, espantei-me em alguns dos cantos mais afastados, pois certos altares e pedras sugeriam ritos esquecidos de natureza terrível, revoltante e inexplicável, levando-me a indagar que espécie de homens poderia ter construído e frequentado semelhante templo. Quando terminei de ver tudo o que o lugar abrigava, rastejei novamente para fora, ansioso para descobrir o que outros templos poderiam conter.

Avizinhava-se a noite, mas as coisas tangíveis que eu vira fizeram a curiosidade superar o meu medo, e não fugi das compridas sombras projetadas pela lua que tanto me haviam assustado na primeira vez que avistei a cidade sem nome. Ao cair da tarde, limpei outra fenda e, com uma tocha nova, rastejei por ela, encontrando mais pedras e símbolos vagos, nada mais definido do que no outro templo. O recinto era igualmente baixo, mas menos largo, terminando numa passagem muito estreita coroada por obscuros e crípticos relicários. Meditava sobre esses relicários quando o ruído do vento e de meu camelo lá fora quebraram a quietude e me atraíram para verificar o que poderia ter assustado o animal.

A lua brilhava vivamente sobre as ruínas primitivas, iluminando uma densa nuvem de areia que parecia soprada por um vento forte, mas decrescente, de algum ponto do rochedo acima de mim. Eu sabia que fora esse vento frio e arenoso que perturbara o camelo e estava a ponto de conduzi-lo a um lugar mais abrigado quando ocorreu-me de olhar para cima, e vi que não havia vento no alto do despenhadeiro. Isso me espantou e me apavorou novamente, mas lembrei-me imediatamente dos súbitos ventos locais que vira e ouvira antes do nascer e do pôr do sol, e julguei que fosse coisa normal. Concluí que ele saía de alguma fissura da rocha dando para alguma caverna, e examinei a areia que se agitava para observar de onde ela saía, logo percebendo que provinha do orifício negro de um templo distante, ao sul de onde eu estava, quase fora de vista. Avancei com dificuldade pela asfixiante nuvem de areia em direção a esse templo que, à medida que me aproximava, se elevava mais que os outros, exibindo um portal bem menos obstruído com areia endurecida. Teria entrado nele se a força terrível do vento gelado não tivesse quase apagado minha tocha. Ele soprava violentamente para fora da entrada escura, suspirando horrivelmente enquanto agitava a areia e a espalhava pelas tétricas ruínas. Logo depois, foi-se enfraquecendo, e a areia foi-se acalmando, até que tudo se tranquilizou novamente; mas uma presença parecia espreitar das pedras espectrais da cidade, e quando fitei a lua, ela pareceu estremecer, como se refletida por águas agitadas. Eu estava mais assustado do que poderia explicar, mas não o bastante para saciar minha sede de maravilha, por isso, tão logo o vento se aplacou, cruzei a entrada para a câmara escura de onde ele viera.

Esse templo, como eu imaginara de fora, era maior que os outros que visitara e era, presumivelmente, uma caverna natural, pois canalizava os ventos provenientes de alguma região além. Ali eu podia ficar perfeitamente ereto, mas notei que as pedras e altares eram tão baixos quanto os dos outros templos. Avistei nas paredes e no teto, pela primeira vez, alguns traços da arte pictórica do povo antigo: curiosos traços de tinta espiralados quase inteiramente apagados ou desfeitos pelo tempo; e vi, com crescente excitação, um emaranhado de entalhes curvilíneos bem elaborados em dois dos altares. Erguendo o archote, pareceu-me que a forma do teto era regular demais para ser natural, e fiquei imaginando no que os talhadores de pedra pré-históricos tinham trabalhado primeiro. Sua destreza técnica devia ter sido enorme.

Então, um lampejo mais brilhante da chama fantástica mostrou aquilo que eu vinha procurando, a passagem para aqueles abismos mais remotos de onde soprava o vento repentino; e fiquei pasmo ao perceber que se tratava de uma pequena abertura artificial inteiramente escavada na rocha sólida. Enfiei a tocha por ela, enxergando um túnel escuro com um teto baixo arqueado sobre um lance de toscos degraus descendentes, muito pequenos, numerosos e íngremes. Sempre verei esses degraus em meus sonhos, pois entendi o que significavam. Na ocasião, mal sabia se devia chamá-los degraus ou meros apoios em uma descida escarpada. Minha mente rodopiava entre pensamentos insanos, e as palavras e advertências de profetas árabes pareciam flutuar sobre o deserto das terras conhecidas pelos homens até a cidade sem nome que ninguém ousa conhecer. Entretanto, só hesitei um instante antes de avançar pelo portal e começar a descer cautelosamente pela íngreme passagem, com os pés para a frente, como numa escada.

Somente nas terríveis fantasmagorias provocadas pelas drogas e delírios alguém poderá enfrentar uma descida como a minha. A estreita passagem descia interminavelmente como algum odioso poço assombrado e o archote, erguido acima de minha cabeça, não conseguia iluminar as ignotas profundezas para onde eu rastejava. Perdi a noção das horas e esqueci-me de consultar o relógio, embora me assustasse pensar na distância que devia ter percorrido. A direção e a inclinação se alteravam; e atingi, a certa altura, uma comprida passagem baixa e plana em que tive que adentrar deslizando primeiro com os pés sobre o chão rochoso, segurando o archote com o braço esticado para trás da cabeça. O local não tinha altura suficiente para que eu me ajoelhasse. Depois vieram mais degraus íngremes e continuei me arrastando para baixo interminavelmente até que meu bruxuleante archote se apagou. Creio que não percebi isso na ocasião, pois quando notei, ainda o sustinha acima de mim como se estivesse aceso. Eu estava bastante desequilibrado por aquele instinto para o exótico e o desconhecido que me tornara um errante sobre a terra, um investigador de lugares longínquos, antigos e proibidos.

Na escuridão, lampejavam diante de minha mente fragmentos de meu acalentado tesouro de saber demoníaco, frases de Alhazred, o insano árabe, parágrafos dos pesadelos apócrifos de Damascius e linhas infames da delirante *Image du Monde* de Gauthier de Metz. Repeti trechos exóticos e murmurei sobre Afrasiab e os demônios que flutuavam com ele nas profundezas do Oxus, entoando, em seguida, vezes sem conta, a frase de uma das narrativas de Lorde Dunsany — "A irreverberante escuridão do abismo". Num momento em que a descida se tornou espantosamente íngreme, recitei, cantarolando, algo de Thomas Moore, até não me atrever a recitar mais:

> Um negro reservatório de escuridão
> Como os caldeirões de bruxas recheados
> Com venenos da lua no eclipse destilados.
> Inclinando-me para ver se o pé ali descia
> Por aquela fenda, abaixo, eu avistei,
> Tão longe quanto a vista podia explorar,
> O molhe aveludado e liso como o vidro,
> Parecendo ter sido recém-envernizado
> Com aquele negro piche que o Trono da Morte
> Despeja em seu bordo enlamaçado.

O tempo praticamente deixara de existir quando meus pés sentiram novamente o piso plano e me achei num local um pouco mais alto que as câmaras dos dois templos menores agora incalculavelmente acima de minha cabeça. Não podia me erguer totalmente, mas podia me ajoelhar com o tronco ereto, então engatinhei e me arrastei a esmo na escuridão. Logo percebi que estava numa passagem estreita, cujas paredes estavam forradas de caixas de madeira com fachadas de vidro. Quando apalpei objetos de madeira polida e vidro naquele lugar abismal e paleozoico, estremeci diante de suas possíveis implicações. As caixas estavam aparentemente alinhadas em cada lado da passagem, em intervalos regulares, e eram oblongas, horizontais, e terrivelmente assemelhadas, em forma e dimensão, a ataúdes. Quando tentei mover duas ou três delas para melhor examiná-las, descobri que estavam solidamente presas.

Notei que a passagem era extensa, por isso avancei aos tropeções numa acelerada carreira rastejante que teria parecido horrível se alguém me pudesse ver na escuridão cruzando, ocasionalmente, de um lado para outro para tatear meu entorno e me assegurar de que as paredes e as filas de caixas ainda estavam lá. O homem está tão acostumado a pensar visualmente, que quase me esqueci da escuridão, imaginando o interminável corredor de madeira e vidro em sua monótona configuração, como se o estivesse vendo de fato. E foi então que, num momento de emoção indescritível, eu realmente enxerguei.

Não saberia dizer exatamente quando minha imaginação se fundiu à visão real, mas foi surgindo um brilho gradual à frente e repentinamente percebi que via os confusos contornos do corredor e das caixas, revelados por alguma indefinida fosforescência subterrânea. Durante algum tempo, tudo esteve exatamente como eu havia imaginado, pois a luminosidade era muito fraca, mas à medida que seguia me arrastando mecanicamente na direção da luminosidade mais intensa, percebi que minha imaginação tinha sido muito fraca. Esse saguão não era uma relíquia grosseira como os templos na cidade lá de cima e sim um monumento da mais magnificente e exótica arte. Desenhos e pinturas ricos, vívidos e preciosamente fantásticos formavam um padrão contínuo de mural pintado com linhas e cores que mal podem ser descritas. As caixas eram feitas de uma estranha madeira dourada, com fachadas de primoroso vidro e contendo as formas mumificadas de criaturas cuja aparência grotesca superava os mais caóticos sonhos humanos.

Impossível transmitir qualquer ideia dessas monstruosidades. Eram da espécie réptil, com contornos que ora sugeriam o crocodilo, ora a foca, e, mais frequentemente, nada que algum naturalista ou paleontólogo conhecesse. Em tamanho, aproximavam-se de um homem pequeno, e suas pernas dianteiras exibiam pés delicados e evidentes, curiosamente parecidos com mãos e dedos humanos. O mais estranho de tudo, porém, eram suas cabeças, com um perfil que violava todos os princípios biológicos conhecidos. A nada se pode comparar bem aquelas coisas — num lampejo, pensei em comparações tão variadas como um gato, um buldogue, um sátiro mítico e um ser humano. Nem o próprio Júpiter tivera uma testa tão colossal e protuberante, mas os chifres, a ausência de nariz e a mandíbula de crocodilo colocavam as coisas fora de todas as categorias estabelecidas. Ponderei por alguns instantes sobre a realidade das múmias, meio que suspeitando serem ídolos artificiais, mas logo decidi que pertenciam efetivamente a alguma espécie paleogênica que teria existido quando a cidade sem nome era viva. Para coroar sua estranheza, a maioria delas estava suntuosamente vestida com os mais ricos tecidos e generosamente enfeitada com ornamentos de ouro, joias e desconhecidos metais cintilantes.

A importância dessas criaturas rastejantes deve ter sido enorme, pois ocupavam o lugar de destaque nos extravagantes desenhos dos afrescos das paredes e do teto. Com mestria

A CIDADE SEM NOME

insuperável, o artista as ilustrara no que parecia ser o próprio mundo delas, com cidades e jardins harmonizados às suas dimensões; e não pude deixar de pensar que sua história ilustrada era alegórica, mostrando talvez o progresso do povo as que adorava. Essas criaturas, disse comigo mesmo, eram para os homens da cidade sem nome o que a loba fora para Roma, ou algum totem de animal é para uma tribo de índios americanos.

Com esse ponto de vista, pude traçar aproximadamente uma épica maravilhosa da cidade sem nome, a história de uma poderosa metrópole costeira que governara o mundo antes de a África ter se erguido das ondas, e de seus esforços à medida que o mar recuava e o deserto avançava sobre seus vales férteis. Vi suas guerras e triunfos, seus percalços e derrotas, e, depois, sua terrível luta contra o deserto, quando milhares de seus habitantes — representados ali, alegoricamente, pelos grotescos répteis — foram forçados a perfurar seu caminho através da rocha, de algum modo maravilhoso, até um outro mundo do qual seus profetas lhes falavam. Era tudo vividamente fabuloso e realista, e sua relação com a espantosa descida que eu fizera era inconfundível. Cheguei até mesmo a reconhecer as passagens.

Rastejando pelo corredor em direção à luz mais intensa, vi estágios posteriores do mural épico — a partida do povo que habitara a cidade sem nome e o vale vizinho durante dez milhões de anos; aquela gente cujas almas se afastaram de paisagens que seus corpos haviam conhecido por tanto tempo, onde tinham se estabelecido, como nômades, na Terra auroreal, entalhando na rocha virgem aqueles santuários primitivos em que jamais deixaram de adorar. Quando a intensidade da luz cresceu, estudei mais de perto as imagens e, lembrando-me de que os estranhos répteis deviam representar os homens desconhecidos, ponderei sobre quais seriam os costumes da cidade sem nome. Muitas coisas eram peculiares e inexplicáveis. A civilização, que incluía um alfabeto escrito, aparentemente atingira uma ordem superior à das civilizações incomensuravelmente posteriores do Egito e da Caldeia, mas havia omissões curiosas. Por exemplo, não consegui encontrar imagens representando hábitos funerais e de morte, bem como os relacionados a guerras, violência e pragas, e me surpreendi com sua reticência no tocante à morte natural. Era como se um ideal de imortalidade tivesse sido incitado como uma exultante ilusão.

Havia ainda, perto do final da passagem, das mais pitorescas e extravagantes cenas pintadas: vistas contrastantes da cidade sem nome em seu abandono e crescente ruína, e do estranho novo reino paradisíaco para o qual o povo abrira caminho através da pedra. Nessas vistas, a cidade e o vale desértico eram mostrados sempre ao luar, com nimbos dourados pairando sobre as paredes desmoronadas e revelando parcialmente a esplêndida perfeição dos tempos antigos, retratados espectral e alusivamente pelo artista. As cenas paradisíacas eram extravagantes demais para se acreditar, descrevendo um mundo oculto de eterno dia repleto de cidades gloriosas, morros e vales etéreos. Ao final delas, pensei ver sinais de um anticlímax artístico. As pinturas eram menos habilidosas e muito mais bizarras que as mais grosseiras das primeiras cenas. Pareciam registrar uma lenta decadência da velha estirpe, combinada com uma crescente ferocidade para com o mundo exterior do qual tinha sido expulsa pelo deserto. As formas das pessoas — sempre representadas pelos répteis sagrados — pareciam degradar-se gradualmente, embora seu espírito, mostrado como se estivesse pairando sobre as ruínas ao luar, aumentasse de proporção. Sacerdotes macilentos, representados como répteis envolvidos em mantos enfeitados, maldiziam a atmosfera superior e todos que a respiravam, e uma terrível cena final mostrava um homem de olhar primitivo, talvez um pioneiro da antiga Irem, a Cidade dos Pilares, dilacerado por membros do povo antigo. Lembrando-me de como os árabes temem a cidade sem nome, fiquei contente porque, além desse lugar, as paredes e o teto cinzentos estavam à mostra.

Enquanto observava o cortejo histórico do mural, fui chegando bem perto do final do corredor de teto baixo e pude perceber um portal por onde entrava a fosforescência que o iluminava. Rastejando por ele, dei um forte grito tomado de transcendente espanto pelo que havia além dele, pois em vez de outras câmaras mais iluminadas, havia apenas um ilimitado vazio de radiância uniforme, como o que se poderia imaginar ao olhar para baixo do pico do Monte Everest, sobre um mar de névoa iluminada pelo sol. À minha retaguarda havia uma passagem tão exígua na qual eu mal conseguia ficar de pé; à minha frente, um infinito de subterrâneo esplendor.

Saindo da passagem para o abismo, estava o topo de uma íngreme escadaria — numerosos degraus pequenos como os da escura passagem que eu cruzara —, mas alguns pés à frente os vapores cintilantes ocultavam tudo. Encostada à parede do lado esquerdo da passagem havia uma maciça porta de bronze aberta, incrivelmente grossa e decorada com fantásticos baixos-relevos que, caso fechada, poderia isolar todo o luminoso mundo interior das abóbadas e passagens na rocha. Olhei para os degraus e, num primeiro momento, não ousei percorrê-los. Segurei a porta de bronze aberta, mas não consegui movê-la. Então, caí de bruços sobre o chão de pedra com a mente incendiada por prodigiosas reflexões que nem uma exaustão mortal conseguiria impedir.

Enquanto estava ali deitado de olhos fechados, livre para pensar, muitas coisas que observara superficialmente nos afrescos me voltaram à mente com novo e terrificante significado — cenas representando a cidade sem nome em seu apogeu — cercada pela vegetação do vale, e as terras distantes nas quais seus comerciantes negociavam. A alegoria das criaturas rastejantes me desconcertava por sua absoluta proeminência, e me espantei que ela fosse acompanhada tão de perto numa história ilustrada de tal importância. Nos afrescos, a cidade sem nome havia sido representada em proporções adequadas aos répteis. Fiquei pensando qual teriam sido suas reais proporções e magnificência e refleti, por um instante, em certas curiosidades que notara nas ruínas. Pensei na baixa altura dos templos primordiais e do corredor subterrâneo, que certamente assim haviam sido escavados em deferência às deidades répteis ali veneradas, embora eles certamente obrigassem os adoradores a rastejar. Talvez os próprios ritos exigissem o rastejar em imitação às criaturas. No entanto, nenhuma teoria religiosa poderia facilmente explicar por que as passagens planas naquela apavorante descida devessem ser tão baixas quanto os templos — ou mais baixas, já que não se podia nem mesmo ficar ajoelhado nelas. Quando pensei nas criaturas rastejantes, cujas hediondas formas mumificadas estavam tão próximas de mim, senti uma nova palpitação de medo. As associações mentais são curiosas e encolhi-me diante da ideia de que, exceto pelo pobre homem primitivo dilacerado na última pintura, a minha era a única forma humana em meio às muitas relíquias e símbolos de vida primordial.

Mas, como sempre em minha singular e erradia existência, a admiração logo expulsou o medo, pois o luminoso abismo e o que ele poderia conter apresentavam um problema à altura de um grande explorador. Eu não podia duvidar que um mundo maravilhoso de mistério jazia no fundo daquela escadaria de degraus peculiarmente pequenos, e esperava ali encontrar as lembranças humanas que o corredor pintado não mostrara. Os afrescos tinham exibido vales e cidades incríveis nesse reino ínfero, e minha imaginação passeava entre as ricas e colossais ruínas que me esperavam.

Meus temores, na verdade, cuidavam mais do passado que do futuro. Nem mesmo o horror físico de minha posição naquele corredor confinado de répteis mortos e afrescos antediluvianos, milhas abaixo do mundo que conhecia e diante de um outro mundo de luz e névoas fantasmais, poderia se equiparar ao pavor letal que senti com a antiguidade abismal da cena e de sua alma. Uma ancestralidade vasta demais para ser captada por qualquer medição parecia espreitar das pedras primitivas e dos templos cavados na rocha da cidade sem nome, enquanto o último dos espantosos mapas nos afrescos mostrava oceanos e continentes que o homem esquecera, com contornos vagamente familiares aqui e ali. O que poderia ter acontecido nas eras geológicas desde a época em que as pinturas foram interrompidas e o povo que odiava a morte sucumbiu, ressentido, à decadência, ninguém saberia dizer. A vida algum dia pulula nessas cavernas e no reino luminoso além delas; mas agora eu estava sozinho, com essas relíquias vívidas, e tremia ao pensar nas incontáveis eras ao longo das quais essas relíquias haviam mantido uma silenciosa e solitária vigília.

De repente, senti uma nova pulsação daquele medo agudo que intermitentemente me assolava desde que avistara, pela primeira vez, o vale terrível e a cidade sem nome sob a lua fria, e, apesar da exaustão, tratei freneticamente de me sentar e olhar para trás, para o escuro corredor e os túneis que subiam para o mundo exterior. Minhas sensações eram semelhantes às que me haviam feito evitar a cidade sem nome à noite, tão igualmente inexplicáveis quanto pungentes. No momento seguinte, porém, recebi um choque ainda maior na forma de um som definido — o primeiro a romper o completo silêncio daquelas profundezas sepulcrais. Era um gemido baixo e profundo, como o de uma distante multidão de espíritos condenados, e vinha da direção para a qual estava olhando. Sua intensidade cresceu rapidamente até reverberar assustadoramente pela acanhada passagem, enquanto, ao mesmo tempo, eu tomava consciência de uma corrente de ar frio que se intensificava soprando tanto dos túneis como da cidade lá no alto. O contato com esse ar pareceu restaurar meu equilíbrio, pois instantaneamente recordei as rajadas súbitas que se erguiam em torno da boca do abismo a cada nascer ou pôr do sol, uma das quais me havia revelado os túneis ocultos. Olhei para o relógio e percebi que o nascer do sol estava próximo, por isso retesei-me para resistir à ventania que soprava de volta à sua cavernosa morada do mesmo jeito que havia soprado para fora ao entardecer. Meu medo novamente se acalmou, pois um fenômeno natural tende a dissipar preocupações com o desconhecido.

Mais e mais violentamente soprava o uivante, lamentoso vento noturno para os abismos da terra interior. Caí novamente de bruços e agarrei-me inutilmente ao chão, temendo ser varrido pelo portão aberto para o abismo fosforescente. Não esperava uma fúria assim, e quando tomei consciência de que meu corpo efetivamente deslizava para o abismo, fui assaltado por um milhar de novos terrores de apreensão e imaginação. A malignidade do sopro despertou incríveis fantasias. Uma vez mais, comparei-me, todo tremente, com a única imagem humana daquele pavoroso corredor, o homem dilacerado pelo povo sem nome, pois no demoníaco abraço dos sopros rodopiantes parecia habitar uma raiva vingativa ainda mais forte por ser, em grande medida, impotente. Creio que gritei freneticamente perto do fim — estava quase louco —, mas, se o fiz, meus gritos se perderam na babel infernal dos uivantes espectros eólicos. Tentei rastejar novamente contra a invisível torrente assassina, mas nem sequer conseguia me segurar enquanto era empurrado, lenta e inexoravelmente, para o mundo desconhecido. Finalmente, a razão deve ter se quebrado, pois comecei a balbuciar sem parar aquele inexplicável dístico do insano árabe Alhazred, que sonhara com a cidade sem nome:

Pois não há morto que fique em eterna sorte
E com imensa idade, poderá finar-se a morte.

Somente os sombrios deuses inquietantes do deserto sabem o que realmente aconteceu — que lutas e combates indescritíveis enfrentei no escuro, ou se Abaddon me guiou de volta à vida, durante a qual sempre me recordarei e estremecerei ao vento noturno até que o olvido, ou algo pior, me convoque. Monstruosa, sobrenatural, colossal era a coisa — muito além de todas as ideias humanas em que se possa acreditar, exceto nas demoníacas silenciosas primeiras horas da madrugada quando grassa a insônia.

Disse que a fúria da ventania era infernal — diabólica — e que suas vozes eram hediondas, com a malignidade contida em eternidades desoladas. Agora, as vozes, embora ainda caóticas à minha frente, pareciam, para meu cérebro latejante, adquirir forma articulada às minhas costas. E ali, no túmulo de relíquias mortas, imensuráveis léguas abaixo do mundo humano clareado pela aurora, ouvi o pavoroso amaldiçoar e rosnar de incompreensíveis demônios. Virando-me, avistei, destacado contra o éter luminoso do abismo, o que não podia ser visto contra a escuridão do corredor — a pavorosa horda de céleres demônios; demônios deformados pelo ódio, grotescamente vestidos de armaduras, meio transparentes, de uma espécie que homem nenhum poderia confundir: os répteis rastejantes da cidade sem nome.

E, quando o vento arrefeceu, eu estava mergulhado na escuridão monopolizada pelos demônios carniceiros das entranhas da Terra, pois, atrás da última criatura, a grande porta de bronze se fechou com um estrondo ensurdecedor de música metálica cujas reverberações subiram até o mundo distante para reverenciar o sol nascente como Memnon o reverencia das margens do Nilo.

(1921)

a
procura de
iranon

Para a cidade de granito de Teloth vagou o jovem, com uma grinalda de folhas de parreira sobre o cabelo louro reluzente de mirra e o seu manto púrpura rasgado pelos espinheiros do monte Sidrak, que se ergue do outro lado da antiga ponte de pedra. Os homens de Teloth são rudes e sombrios, e moram em casas quadradas. Com semblantes carrancudos, perguntaram ao estrangeiro de onde ele vinha, qual seu nome e fortuna. E o jovem respondeu:

"Sou Iranon e venho de Aira, uma cidade distante da qual só me lembro vagamente, mas que procuro reencontrar. Sou um cantor de canções que aprendi na cidade distante e meu ofício é fazer beleza com as coisas relembradas da infância. Minha riqueza está em pequenas lembranças e sonhos, e nas esperanças que canto nos jardins quando a lua é doce e o vento oeste agita os botões de lótus."

Quando os homens de Teloth ouviram essas coisas, cochicharam entre si; pois, embora na cidade de granito não haja risos nem canções, os homens rudes às vezes olham para os montes Karthianos, na primavera, e pensam nos alaúdes da distante Oonai mencionados pelos viajantes. E, assim pensando, pediram ao estrangeiro que ficasse e cantasse na praça diante da Torre de Mlin, embora não gostassem da cor de seu manto esfarrapado, nem da mirra em seu cabelo, nem de sua grinalda de folhas de videira, nem da juventude de sua voz dourada. Ao anoitecer,

Iranon cantou, e enquanto cantava um velho orava e um cego afirmou enxergar uma auréola sobre a cabeça do cantor. Mas a maioria dos homens de Teloth bocejou, e alguns riram, e alguns caíram no sono, pois Iranon não dizia nada de útil, cantando somente suas lembranças, seus sonhos e suas esperanças.

"Lembro-me do crepúsculo, da lua e das doces canções, e da janela onde era embalado para dormir. E além da janela havia a rua de onde vinham as luzes douradas e as sombras dançavam sobre casas de mármore. Recordo o quadrado de luar do chão, que nenhuma outra luz igualava, e as visões que dançavam nos raios lunares quando minha mãe cantava para mim. Recordo também o sol da manhã brilhando sobre as multicoloridas colinas no verão e a doçura das flores carregadas pelo vento sul que fazia as árvores cantarem."

"Ó Aira, cidade de mármore e berilo, quantas não são tuas belezas! Quanto eu amava os cálidos e fragrantes bosques além do hialino Nithra, e as quedas do minúsculo Kra, que corria pelo vale verdejante! Naqueles bosques e naquele vale, as crianças trançavam grinaldas umas para as outras e, ao crepúsculo, eu sonhava estranhos sonhos sob as árvores yaths na montanha enquanto via, abaixo de mim, as luzes da cidade e o sinuoso Nithra refletindo um cinturão de estrelas."

"E na cidade havia palácios de mármore raiado e matizado com cúpulas douradas e paredes ornamentadas, e verdes jardins com tanques cerúleos e fontes cristalinas. Muitas vezes brinquei nos jardins, entrei nos tanques, me deitei e sonhei entre as pálidas flores debaixo das árvores. E às vezes, ao pôr do sol, eu subia pela longa e íngreme rua até a cidadela e a praça aberta, e olhava para baixo, para Aira, a cidade mágica de mármore e berilo, esplêndida em seu manto de chama dourada."

"Há muito eu te perdi, ó Aira, pois era muito jovem quando parti para o exílio, mas meu pai era teu Rei e eu voltarei para ti, pois assim quer o Destino. E por sete terras eu te busquei, e algum dia reinarei sobre teus bosques e jardins, tuas ruas e palácios, e cantarei para homens que saberão do que eu canto, e não rirão, nem se afastarão. Pois eu sou Iranon, que foi um Príncipe em Aira."

Naquela noite, os homens de Teloth alojaram o estrangeiro num estábulo e, pela manhã, um arconte foi ter com ele dizendo-lhe para ir à oficina de Athok, o sapateiro, e tornar-se seu aprendiz.

"Mas eu sou Iranon, um cantor de canções", disse ele, "e não tenho vocação para o ofício de sapateiro."

"Todos em Teloth devem trabalhar arduamente", replicou o arconte, "pois esta é a lei." Então disse Iranon:

"Por que motivo trabalhais arduamente? Não deveis viver e ser felizes? E se trabalhais arduamente apenas para poder trabalhar ainda mais, quando a felicidade vos encontrará? Trabalhais para viver, mas a vida não é feita de beleza e canção? E se não tiverdes cantores entre vós, para onde irão os frutos de vosso trabalho? A lida sem canção é como uma jornada estafante sem um fim. A morte não seria mais agradável?" Mas o arconte se aborreceu e não entendeu, e reprovou o estranho.

"És um jovem estranho e não gosto de teu rosto, nem de tua voz. As palavras que falas são blasfêmia, pois disseram os deuses de Teloth que o trabalho árduo é bom. Nossos deuses nos prometeram um porto de luz além da morte onde repousaremos eternamente, e a frieza de cristal em meio à qual ninguém perturbará nossa mente com pensamentos ou nossos olhos com beleza. Vai, pois, até Athok, o sapateiro, ou parta da cidade ao entardecer. Todos aqui devem servir, e cantar é insensatez."

Iranon abandonou então o estábulo e caminhou pelas estreitas ruas de pedra entre as sombrias casas quadradas de granito, procurando algum verde, pois tudo ali era de pedra. Os homens traziam as testas franzidas, mas no dique de pedra que margeava o lento rio Zuro havia um garoto sentado com olhos tristes fitando as águas das cheias que traziam verdes ramos floridos dos morros. E o garoto lhe disse:

"Não és aquele de quem os arcontes falam, aquele que procura uma cidade distante numa bela região? Sou Romnod, nascido do sangue de Teloth, mas não sou como os velhos calejados nos modos da cidade de granito e anseio diariamente pelos cálidos bosques e as terras distantes de beleza e canção. Além dos montes Karthianos fica Oonai, a cidade dos alaúdes e das danças, que os homens comentam ser igualmente adorável e terrível. Ali eu iria se fosse suficientemente experiente para encontrar o caminho; e ali deverias ir e cantar, e terias pessoas para te escutar. Deixemos a cidade de Teloth e viajemos juntos entre os montes primaveris. Tu me mostrarás os caminhos da viagem e eu ouvirei tuas canções ao entardecer, quando as estrelas, uma a uma, trazem sonhos às mentes dos sonhadores. E talvez Oonai, a cidade dos alaúdes e das danças, seja a mesma bela Aira que tu procuras, pois conta-se que não encontraste Aira desde os velhos tempos, e os nomes frequentemente mudam. Vamos para Oonai, ó Iranon de cabeça dourada, onde os homens conhecerão nossos anseios e nos receberão como irmãos, e também não rirão nem franzirão as testas com o que dissermos." Ao que Iranon respondeu:

"Assim seja, pequeno. Se alguém neste lugar de pedra anseia por beleza, deve buscar as montanhas e ir além delas, e eu não te deixaria a definhar ao lado do preguiçoso Zuro. Mas não penses que o deleite e o entendimento grassam logo depois dos montes Karthianos, ou em qualquer lugar que possas encontrar numa jornada de um dia, ou um ano, ou um lustro. Olha, quando eu era pequeno como tu, morava no Vale de Narthos, à beira do gélido Xari, onde ninguém se importava com meus sonhos; e eu disse para mim mesmo que, quando fosse mais velho, iria para Sinara na encosta meridional, e cantaria para sorridentes cameleiros na praça do mercado. Mas quando fui a Sinara, encontrei os cameleiros todos bêbados e dissolutos, e percebi que suas canções não eram como as minhas; por isso viajei numa chata, descendo o Xari até a Jaren das muralhas de ônix. E os soldados de Jaren riram de mim e me expulsaram, por isso saí perambulando por muitas outras cidades. Conheci Stethelos, abaixo da grande catarata, e vi o pântano onde um dia existiu Sarnath. Estive em Thraa, Ilarnek e Kadatheron às margens do sinuoso rio Ai, e morei muito tempo em Olathoe, na terra de Lomar. Mas, embora encontrasse ouvintes ocasionais, eles sempre foram muito poucos, e sei que só serei bem recebido em Aira, a cidade de mármore e berilo onde meu pai uma vez governou como Rei. Assim, pois, buscaremos Aira, embora fosse bom visitar a distante Oonai, abençoada pelos alaúdes, além dos montes Karthianos, que pode de fato ser Aira, muito embora eu não o creia. A beleza de Aira supera a imaginação e ninguém consegue se pronunciar sobre ela sem arrebatamento, enquanto que sobre Oonai os cameleiros sussurram furtivamente."

O sol se punha quando Iranon e o pequeno Romnod partiram de Teloth, e durante muito tempo perambularam pelos verdes montes e pelas florestas frias. O caminho era acidentado e escuro, e eles pareciam nunca se aproximar de Oonai, a cidade de alaúdes e danças, mas quando chegava o crepúsculo e as estrelas surgiam, Iranon cantava sobre Aira e suas belezas, e Romnod escutava, e isso os deixava, até certo ponto, contentes. Comiam regaladamente frutas e bagas vermelhas, e não sentiam o tempo passar, mas muitos anos devem ter transcorrido. O pequeno Romnod já não era tão pequeno e já não tinha a voz esganiçada e sim grave, embora Iranon fosse sempre o mesmo e continuasse enfeitando seus cabelos dourados com folhas de parreira e resinas fragrantes encontradas nos bosques. Assim, chegou um dia em que Romnod pareceu estar mais velho que Iranon, embora fosse muito pequeno quando este o encontrara espreitando verdes ramos floridos em Teloth, ao lado do lento Zuro margeado de pedra.

A PROCURA DE IRANON

Era uma noite de lua cheia quando os viajantes atingiram o cume de uma montanha e, ao olhar para baixo, avistaram as miríades de luzes de Oonai. Camponeses lhes haviam dito que estavam perto, e Iranon percebeu que aquela não era sua cidade natal de Aira. As luzes de Oonai não eram como as luzes de Aira, pois eram fortes e ofuscantes, enquanto as luzes de Aira brilhavam com tanta suavidade e magia quanto o luar sobre o chão ao lado da janela onde a mãe de Iranon um dia o acalentara com canções. Mas Oonai era uma cidade de alaúdes e danças, por isso Iranon e Romnod desceram a íngreme encosta para encontrar pessoas a quem canções e sonhos pudessem agradar. E, quando entraram na cidade, encontraram foliões com grinaldas de rosas saltitando de casa em casa e se inclinando de janelas e sacadas, que ouviam as canções de Iranon e atiravam-lhe flores e o aplaudiam quando terminava. Então, por um momento, Iranon acreditou ter encontrado os que pensavam e sentiam como ele, embora a cidade não tivesse um centésimo da beleza de Aira.

Quando amanheceu, Iranon olhou em volta consternado, pois as cúpulas de Oonai não eram douradas sob o sol, mas cinzentas e sombrias. E os homens de Oonai estavam pálidos das folias e entorpecidos pelo vinho, e eram diferentes dos radiantes homens de Aira. Mas como as pessoas tinham atirado flores sobre ele e aclamado suas canções, Iranon ficou, e com ele Romnod, que gostava das folias da cidade e trazia rosas e mirto em seus negros cabelos. Muitas vezes, à noite, Iranon cantava para os foliões, mas estava sempre como antes, coroado apenas com as vinhas das montanhas e recordando as ruas de mármore de Aira e o hialino Nithra. Nos salões do Monarca, cobertos de afrescos, ele cantou em cima de uma plataforma de cristal elevada sobre um piso espelhado, e enquanto cantava, inspirava imagens em seus ouvintes; até o piso parecia refletir coisas antigas, belas, quase esquecidas, em vez dos foliões avermelhados pelo vinho que o bombardearam com rosas. E o Rei pediu-lhe que tirasse seu esfarrapado manto púrpura e o vestiu de cetim com brocados de ouro, com anéis de jade verde e braceletes de tinto marfim, e alojou-o num quarto dourado e forrado de tapeçarias com uma cama de madeira delicadamente entalhada, com dosséis e colchas de seda com bordados florais. Assim viveu Iranon em Oonai, a cidade de alaúdes e danças.

Não se sabe quanto tempo Iranon permaneceu em Oonai, mas certo dia o Rei trouxe para o palácio alguns dançarinos frenéticos do deserto Liranian e trigueiros flautistas de Drinen, no Leste, e a partir de então os foliões atiraram suas rosas não tanto em Iranon, mas, sobretudo, nos dançarinos e flautistas. E, dia após dia, aquele Romnod que havia sido um pequeno garoto na granítica Teloth foi se tornando mais rude e avermelhado pelo vinho, até que passou a sonhar cada vez menos e a ouvir com menos deleite as canções de Iranon. Mas, embora estivesse triste, Iranon não deixava de cantar, e à noite recontava sempre seus sonhos de Aira, a cidade de mármore e berilo. Então, certa noite em que roncava pesadamente recostado entre as sedas opiáceas de seu leito, o gordo e rubicundo Romnod faleceu em meio a uma convulsão, enquanto Iranon, pálido e esbelto, cantava para si mesmo num canto distante. Depois de prantear sobre o túmulo de Romnod e o forrar com verdes ramos floridos como os que Romnod costumava amar, Iranon despiu suas sedas e adornos e partiu de Oonai, a cidade de alaúdes e danças, absorto, trajando apenas o esfarrapado manto púrpura com que chegara, coroado com uma grinalda de frescas folhas de parreira das montanhas.

Ao entardecer, Iranon ainda vagueava, procurando sua terra nativa e os homens que compreenderiam e louvariam seus sonhos e canções. Em todas as cidades de Cydathria e nas terras além do deserto de Bnazic, joviais crianças riam de suas velhas canções e de seu esfarrapado manto púrpura, mas Iranon permanecia sempre jovem e trazia grinaldas sobre sua cabeça dourada enquanto cantava sobre Aira, deleite do passado e esperança do porvir.

A PROCURA DE IRANON

Assim foi que chegou, certa noite, ao esquálido casebre de um velho pastor, encurvado e sujo, que apascentava rebanhos numa encosta empedrada que subia de um pântano de areias movediças. Para esse homem, falou Iranon, como para tantos outros havia falado:

"Podes me dizer onde encontrar Aira, a cidade de mármore e berilo, onde corre o hialino Nithra, e onde as quedas do minúsculo Kra cantam para vales verdejantes e colinas cobertas de pés de árvores yaths?" E o pastor, ouvindo, fitou Iranon estranhamente, como que recordando algo muito distante no tempo, e observou cada linha do rosto do estranho, e seu cabelo dourado, e sua coroa de folhas de videira. Mas ele era velho e abanou a cabeça enquanto respondia:

"Ó estrangeiro, ouvi de fato o nome de Aira, e os outros nomes de que falaste, mas eles me vêm de muito longe, da profundeza de longos anos. Ouvi-os em minha juventude dos lábios de um companheiro de folguedos, o filho de um mendigo dado a estranhos sonhos que tecia longas narrativas sobre a lua e as flores e o vento oeste. Costumávamos rir dele, pois o conhecíamos desde seu nascimento, embora pensasse ser filho de um Rei. Era gracioso, como tu, mas cheio de disparates e estranheza; e fugiu quando era pequeno para encontrar os que ouviriam com deleite seus sonhos e canções. Quantas vezes ele não cantou para mim sobre terras que nunca existiram e coisas que nunca existirão! De Aira ele falava muito; de Aira e do rio Nithra, e das quedas do minúsculo Kra. Ele sempre dizia que ali vivera algum dia como um Príncipe, embora por aqui nós o conhecêssemos desde seu nascimento. Jamais existiu uma cidade de mármore de Aira, nem aqueles que poderiam se deleitar com estranhas canções, exceto nos sonhos de meu velho companheiro de folguedos Iranon, que partiu."

E ali, ao crepúsculo, quando as estrelas saíam uma a uma e a lua lançava sobre o pântano uma radiância como a que uma criança vê estremecer no piso enquanto é ninado ao anoitecer, caminhou em direção à areia movediça letal um homem muito velho vestindo um esfarrapado manto púrpura, coroado com folhas ressecadas de videira e olhando para a frente como se estivesse vendo as cúpulas douradas de uma bela cidade onde os sonhos são compreendidos. Naquela noite, algo de juventude e beleza morreu no velho mundo.

(1921)

O
RASTEJANTE
CAOS*

Dos prazeres e dores do ópio, muito se escreveu. Os êxtases e horrores de De Quincey e os *paraísos artificiais* de Baudelaire são preservados e interpretados com uma arte que os tornam eternos, e o mundo conhece bem a beleza, o terror e o mistério desses reinos obscuros para os quais o sonhador inspirado é transportado. Mas, por mais que tenha sido contado, nenhum homem todavia ousou formular a *natureza* dos fantasmas assim revelados para a mente, ou sugerir a *direção* dos caminhos inauditos por cujos percursos exóticos e graciosos o consumidor da droga é tão irresistivelmente conduzido. De Quincey foi levado para a Ásia, essa fervilhante região de sombras nebulosas cuja terrível antiguidade é tão impressionante que "a imensa antiguidade do povo e do nome subjuga o senso de juventude de um indivíduo". Mais além, no entanto, ele não ousou ir. Os que *foram* mais longe raramente retornaram, e, mesmo quando conseguiram voltar, silenciaram ou enlouqueceram. Experimentei o ópio uma única vez — no ano da peste, quando os doutores procuravam atenuar as agonias que não conseguiam curar. Foi uma overdose — meu médico se esgotou de horror e cuidados — e eu viajei para muito, muito longe. No final, voltei e sobrevivi, mas minhas noites se enchem de estranhas lembranças e jamais permiti, desde então, que algum médico me administrasse ópio.

Com Winifred Virginia Jackson, cujo pseudónimo adotado para este conto foi Elizabeth Berkeley.

A dor e a palpitação de minha cabeça eram quase insuportáveis quando a droga foi administrada. O futuro não me causava cuidados; escapar, fosse pela cura, inconsciência ou morte, era tudo que me interessava. Estava um tanto delirante, por isso é difícil situar o momento exato da transição, mas creio que o efeito deve ter começado logo depois que a palpitação deixou de ser dolorosa. Como já mencionei, foi uma overdose, por isso minhas reações foram, provavelmente, acima das normais. A sensação de queda, curiosamente dissociada da ideia de gravidade ou direção, foi suprema, embora houvesse uma impressão subsidiária de multidões invisíveis em incalculável profusão, multidões de natureza infinitamente diferente, mas todas mais ou menos relacionadas comigo. Às vezes, não parecia tanto que eu estivesse caindo, mas que o universo ou as eras estivessem passando por mim. De repente, a dor se extinguiu e comecei a associar a palpitação com uma força mais externa que interna. A queda também havia cessado, dando lugar a uma sensação de repouso inquieto e provisório; e, quando apurei os ouvidos, imaginei que a palpitação fosse a do vasto e inescrutável mar quando suas sinistras vagas colossais laceram alguma praia desolada depois de uma tempestade de titânica grandeza. Abri os olhos, então.

Por um momento, o ambiente à minha volta parecia confuso, como uma imagem projetada irremediavelmente desfocada, mas gradualmente fui percebendo minha solitária presença numa sala estranha e bela, iluminada por muitas janelas. Sobre a exata natureza do recinto, não pude formar nenhuma ideia, pois meus pensamentos ainda estavam muito perturbados, mas percebi tapetes e cortinados multicoloridos, mesas de elaborado lavor, cadeiras, otomanas e divãs, e delicados vasos e ornamentos que produziam uma sugestão de exotismo sem ser realmente estranhos. Pude observar essas coisas, embora não perdurassem em minha mente. Insinuando-se lenta e inexoravelmente em minha consciência e sobrepondo-se a qualquer outra impressão, veio um medo estonteante do desconhecido, um medo ainda maior porque eu não conseguia interpretá-lo, parecendo aludir a uma ameaça que se aproximava furtivamente; não a morte, mas alguma coisa inaudita e inominável, indizivelmente mais terrível e abominável.

Percebi, naquele instante, que o símbolo direto e excitante de meu medo era a odiosa palpitação cujas reverberações incessantes trepidavam loucamente em meu cérebro exausto. Parecia vir de um ponto fora e abaixo da construção em que eu estava, e associar-se às mais apavorantes imagens mentais. Senti que uma visão ou objeto horrível espreitava por trás das paredes atapetadas e evitei olhar através das janelas de gelosia arqueadas que se abriam desconcertantemente para todos os lados. Notando a existência de persianas nas janelas, fechei-as todas, evitando olhar para fora. Então, encontrando uma pederneira e um ponteiro de aço em uma das mesinhas, acendi as muitas velas colocadas em arandelas ornamentadas de arabescos afixadas nas paredes. A sensação de segurança provocada pelas persianas fechadas e a luz artificial apaziguaram um pouco meus nervos, mas não consegui extinguir a monótona pulsação. Agora que estava mais calmo, o som se tornou tão fascinante quanto assustador, e senti um desejo contraditório de buscar sua origem, apesar do pavor que ainda me dominava. Correndo a cortina que vedava uma passagem no lado da sala mais próximo da pulsação, avistei um pequeno corredor ricamente drapejado dando para uma porta entalhada e uma grande janela de sacada. Para essa janela fui irresistivelmente atraído, embora minhas indefinidas apreensões parecessem igualmente inclinadas a reter-me. Ao me aproximar dela, pude ver um caótico turbilhão de águas a distância. Depois, ao alcançá-la e olhar para todos os lados, o panorama estupendo que me cercava empolgou-me com uma força total e avassaladora.

Avistei uma paisagem como jamais vira e que nenhum vivente jamais terá visto, exceto no delírio da febre ou no inferno do ópio.

A construção estava erguida numa estreita ponta de terra — ou o que era *agora* uma estreita ponta de terra — trezentos pés acima do que posteriormente deve ter sido um fervilhante turbilhão de águas ensandecidas. Pelos lados da casa descia um penhasco de terra vermelha recentemente escavado pelas águas, enquanto à minha frente as ondas terríveis ainda rolavam assustadoramente, devorando a terra com pavorosa monotonia e deliberação. A uma milha ou mais de distância, erguiam-se e desabavam vagas ameaçadoras com pelo menos cinquenta pés de altura; e no horizonte distante, fantasmagóricas nuvens negras com perfis grotescos pairavam e espreitavam como macabros abutres. As ondas eram escuras e purpúreas, quase negras, e arrancavam a copiosa lama vermelha do barranco como que com ávidas mãos toscas. Eu não podia deixar de sentir que algum maléfico intelecto marinho declarara uma guerra de extermínio contra todo o chão sólido, incitado, talvez, pelo furor do céu.

Recobrando-me finalmente do estupor em que este espetáculo sobrenatural me atirara, percebi que meu perigo físico real era agudo. Enquanto olhava, o barranco havia perdido muitos pés de altura e não demoraria muito para a casa minada ser engolfada pelo pavoroso abismo das fustigantes vagas. Corri então para o lado oposto do edifício e, encontrando uma porta, saí imediatamente, trancando-a em seguida com uma curiosa chave que encontrara do lado de dentro. Agora podia enxergar uma porção maior da estranha região onde estava, e observei uma singular divisão que parecia existir no hostil oceano e no firmamento. Em cada lado do saliente promontório, imperavam condições diferentes. À minha esquerda, quando virado de frente para a terra, havia um mar ondeando suavemente com grandes vagas verdes rolando pacificamente sob um sol resplandecente. Alguma coisa na natureza e na posição desse sol me provocou arrepios, mas não soube dizer então, nem o sei hoje, do que se tratava. À minha direita, estava também o mar, mas era azul e calmo e apenas ondulava suavemente, enquanto o céu acima era mais escuro e na praia por ele banhada a alvura predominava sobre o vermelho.

Desviei então a atenção para a terra e tive uma nova surpresa, pois a vegetação não se parecia com nada que eu tivesse visto ou de que tivesse ouvido falar. Era aparentemente tropical ou, pelo menos, subtropical — uma conclusão derivada do intenso calor reinante. Pensei, por um momento, poder identificar estranhas analogias com a flora de minha terra natal, mas as gigantescas e onipresentes palmeiras eram totalmente estranhas. A casa que eu acabara de deixar era muito pequena — pouco mais que uma choupana —, mas seu material era evidentemente o mármore, e sua arquitetura era estranha e mesclada, uma singular combinação de formas orientais e ocidentais. Nos cantos, tinha colunas coríntias, mas o telhado de telhas vermelhas se assemelhava ao de um pagode chinês. Da porta que dava para o continente, estendia-se um caminho de areia singularmente branca, com cerca de quatro pés de largura e orlado por imponentes palmeiras, arbustos e plantas florescentes não identificadas. Ele avançava para o lado do promontório onde o mar era azul e a margem mais clara. Senti-me impelido a fugir por esse caminho, como se perseguido por algum espírito maligno do fustigante oceano. No começo, ele ascendia ligeiramente, mas logo alcancei seu cume suave. Olhando para trás, avistei a cena que havia deixado, a ponta inteira com a casinha e a água escura, com o mar verde de um lado e o mar azul do outro, e uma maldição inominada e inominável descendo sobre tudo. Nunca mais a vi, e frequentemente fico imaginando... Depois desse último olhar, avancei decididamente examinando o panorama do interior à minha frente.

O caminho, como indiquei, corria ao longo da praia à direita de quem avançasse para o interior. À frente e à esquerda, avistava agora um vale deslumbrante com milhares de acres e coberto com uma plantação ondulante de capim tropical que se alteava acima de minha cabeça. Quase no limite da visão, havia uma colossal palmeira que parecia me fascinar e atrair. A essa altura, o assombro e a fuga da ameaçada península haviam dissipado boa parte de meu medo, mas quando parei e desabei, fatigado, no caminho, mergulhando inconscientemente as mãos na cálida areia clara e dourada, fui tomado por nova e aguda sensação de perigo. Algum terror no sibilante capinzal parecia se somar àquele mar diabolicamente fustigante, e comecei a gritar alto e incoerentemente: "Tigre? Tigre? É Tigre? Fera? Fera? É de uma Fera que estou com medo?" Minha mente viajou por uma antiga e clássica história de tigres que eu lera; esforcei-me para recordar seu autor, mas tinha dificuldade. Então, em meio ao pavor, lembrei-me de que a narrativa era de Rudyard Kipling, sem que o grotesco de julgá-lo um autor antigo me ocorresse. Gostaria de ter o livro contendo essa história e estava quase saindo para a condenada casinha a procurá-lo quando meu bom senso e a atração da palmeira me impediram.

Se teria ou não resistido ao apelo para voltar sem o fascínio impeditivo da imensa palmeira, isso não sei. Essa atração agora se impunha e saí do caminho me arrastando de gatinhas pela encosta do vale, apesar de meu temor do capinzal e das serpentes que poderia ocultar. Resolvi lutar pela vida e pela razão até quando me fosse possível, contra todas as ameaças do mar e da terra, embora às vezes temesse a derrota quando o enlouquecedor zunido do apavorante capinzal se somava ao ainda audível e irritante fustigar das ondas distantes. Eu parava amiúde tapando as orelhas com as mãos em busca de alívio, sem nunca conseguir calar inteiramente o hediondo ruído. Tive a impressão de que levou um tempo infinito arrastar-me para a atraente palmeira e me deitar silencioso debaixo de sua sombra protetora.

Seguiu-se então uma série de incidentes que me transportaram a extremos opostos de êxtase e horror, incidentes que estremeço só de lembrar e não ouso tentar decifrar. Mal havia me arrastado para baixo da folhagem pendente da palmeira, tombou de seus ramos uma criança de uma beleza tal como eu nunca vira. Embora estivesse suja e maltrapilha, essa criatura trazia as feições de um fauno ou semideus, e parecia quase difundir uma radiância sob a densa sombra da árvore. Ela sorriu e estendeu a mão, mas antes que eu pudesse me erguer e falar, ouvi na atmosfera superior um estranho cantarolar, notas graves e agudas fundindo-se com uma sublime e etérea harmonia. O sol, a essa altura, havia se posto no horizonte, e avistei, à luz do crepúsculo, uma auréola de luz bruxuleante rodeando a cabeça da criança. Então, com voz argentina, ela se dirigiu a mim: "É o fim. Eles desceram pelo crepúsculo, das estrelas. Agora tudo acabou, e além das correntes Arinurianas, iremos viver em bem-aventurança, em Teloe." Enquanto a criança falava, avistei uma doce radiância através das folhas da palmeira, e dela saiu um acolhedor casal que logo identifiquei como os principais cantores entre os que eu escutava. Um deus e uma deusa deviam ser, pois não era mortal a sua beleza, e pegando minhas mãos, disseram: "Vem, criança, ouviste as vozes e está tudo bem. Em Teloe, além da Via Láctea e das correntes Arinurianas, há cidades inteiras de âmbar e calcedônia. E sobre suas multifacetadas cúpulas fulgem as imagens de estranhas e belas estrelas. Sob as pontes de marfim de Teloe fluem rios de ouro líquido levando barcas de delícias para a florescente Cytharion dos Sete Sóis. E em Teloe e Cytharion habitam apenas a juventude, a beleza e o prazer, sem que se ouça qualquer som, exceto o riso, canções e o alaúde. Somente os deuses moram na Teloe dos rios dourados, mas entre eles tu viverás."

Enquanto escutava, encantado, notei uma repentina alteração próxima a mim. A palmeira, que lançava sua sombra sobre minha forma exausta, estava agora há alguma distância à minha esquerda e consideravelmente abaixo de mim. Eu estava evidentemente flutuando na atmosfera, tendo como companhia não só a estranha criança e o radiante casal, mas uma multidão crescente de mancebos e donzelas semiluminosos e coroados de grinaldas com os cabelos agitados ao vento e semblantes jubilosos. Lentamente nos elevamos como que levados por uma fragrante brisa que soprava não da terra, mas das douradas nebulosas, e a criança sussurrava em meu ouvido que eu devia olhar sempre para cima, para os caminhos de luz, e nunca para baixo, para o globo que eu acabara de deixar. Os mancebos e donzelas entoavam agora melífluos coriambos acompanhados por alaúdes, e senti-me envolvido por uma paz e felicidade mais profundas do que jamais imaginara em minha vida, quando a intromissão de um único som alterou meu destino e dilacerou minha alma. Através das arrebatadoras melodias dos cantores e alaudistas, vibrou dos abismos inferiores o zombeteiro, o diabólico martelar daquele odioso oceano. Quando aquelas vagas sombrias martelaram sua mensagem em meus ouvidos, esqueci as palavras da criança e olhei para baixo, para o cenário maldito do qual pensava ter escapado.

Lá em baixo, através do éter, vi a amaldiçoada terra lentamente girando, girando sempre, com furiosos e tempestuosos mares devorando selvagens praias desoladas e atirando espuma contra as cambaleantes torres de cidades desertas. E sob uma apavorante lua brilhavam visões que jamais poderei descrever, visões que jamais poderei esquecer: desertos de lama sepulcral e selvas de ruína e decadência onde antes se estendiam as populosas planícies e aldeias de minha terra natal, e sorvedouros de espumante oceano onde antes se erguiam os imponentes templos de meus ancestrais. Em torno do polo setentrional, fervia um pântano de vegetação fétida e vapores miasmáticos, sibilando diante do massacre das vagas sempre crescentes que se enrodilhavam e fustigavam emergindo de arrepiantes profundezas. Um dilacerante estampido rompeu então a noite e cruzando o deserto dos desertos emergiu um rochedo fumegante. O negro oceano ainda espumava e arremetia, engolindo o deserto de todos os lados à medida que o rochedo, em seu centro, se alargava cada vez mais.

Já não havia nenhuma terra exceto o deserto, e o fumegante oceano engolia e engolia. Cheguei a pensar, por um instante, que o mar fustigante parecia assustado com algo, com medo dos deuses obscuros da terra interior que são mais poderosos que o cruel deus das águas, mas mesmo que assim fosse, ele não poderia recuar, e o deserto havia sofrido demais com aquelas ondas titânicas para poder agora ajudá-las. E assim o oceano engoliu o resto da terra e escoou para o abismo fumegante, desistindo de tudo que conquistara. Das terras recém-inundadas ele escoou novamente, desvendando a morte e a ruína; e de seu leito antigo e imemorial ele escoou repugnantemente, revelando segredos tenebrosos dos anos em que o Tempo era jovem e os deuses não eram nascidos. Sobre as ondas ergueram-se cúpulas conhecidas cobertas de ervas daninhas. A lua lançava pálidos clarões sobre a extinta Londres, e Paris erguia-se de seu úmido sepulcro para ser santificada pela poeira estelar. Depois surgiram cúpulas e monólitos cobertos de ervas, mas não reconhecidos, terríveis cúpulas e monólitos de terras que os homens nunca souberam que eram terras.

Já não havia nenhum martelar agora, apenas o bramido e zumbidos sobrenaturais de águas se chocando contra a fratura nas rochas. A fumaça daquela fratura se transformara em vapor, ocultando progressivamente o mundo à medida que se adensava. Ela ressecou minhas mãos e meu rosto, e, quando olhei para ver como afetava meus companheiros, descobri que todos haviam desaparecido. Então, abruptamente, terminou, e não soube mais nada até acordar sobre um leito de convalescença. Quando a nuvem de vapor do abismo plutônico finalmente ocultou toda a superfície de minha visão, o firmamento inteiro uivou em súbita agonia com loucas reverberações que abalaram o tremulante éter. Isso se deu com um lampejo e explosão delirantes, um cegante, ensurdecedor holocausto de fogo, fumaça e trovão que dissolveu a pálida lua ao se lançar para fora do vazio.

E, quando a fumaça clareou e procurei olhar para a Terra, avistei apenas contra o fundo de frias estrelas caprichosas, o sol poente e os pálidos lamurientos planetas em busca de sua irmã.

(1921)

Nas
muralhas
de eryx*

Antes de procurar descansar, registrarei estas notas preparatórias do relatório que terei de fazer. O que encontrei é tão singular, tão contrário a todas as experiências e expectativas passadas, que merece uma descrição bastante detalhada.

Cheguei à plataforma de pouso principal de Vênus em 18 de março, tempo terrestre; 9 de VI no calendário do planeta. Colocado no grupo principal sob o comando de Miller, recebi meu equipamento — relógio sincronizado para a rotação um pouco mais rápida de Vênus — e passei pela usual moldagem da máscara. Dois dias depois, fui declarado apto para o trabalho.

Deixando o posto da Companhia Crystal em Terra Nova por volta do amanhecer de 12 de VI, segui a rota para o sul que Anderson havia planejado do espaço. O percurso foi árduo, pois estas selvas ficam quase intransponíveis depois de uma chuvarada. Deve ser a umidade que atribui aquela consistência coriácea às ervas e trepadeiras, uma consistência tão dura que o facão precisa trabalhar dez minutos em algumas delas. Por volta do meio-dia, estava mais seco — a vegetação foi ficando mole e flexível, permitindo que o facão abrisse passagem facilmente —, mas ainda assim não conseguia avançar muito depressa. Essas máscaras de oxigênio Carter são pesadas demais — só de carregar uma delas, um homem normal fica meio derreado. Uma máscara

Com Kenneth Sterling.

Dubois com tanque esponjoso em vez de cilindros forneceria a mesma quantidade de ar com a metade do peso.

O detector de cristal parecia funcionar bem, apontando firmemente numa direção que conferia com o relatório de Anderson. É interessante o funcionamento desse princípio de afinidade — sem nenhum dos embustes das velhas "varas divinatórias" lá de casa. Deve haver um grande depósito de cristais num raio de mil milhas, mas imagino que aqueles malditos homens-lagartos o vigiam e o guardam continuamente. É bem possível que nos considerem suficientemente tolos para vir até Vênus procurar coisas, como pensamos que eles o são para chafurdar na lama quando avistam uma peça, ou para depositar aquela grande massa num pedestal, em seu templo. Gostaria que arranjassem uma nova religião, pois não têm outro uso para os cristais exceto rezar para eles. Não fosse a teologia, eles nos deixariam pegar tudo quanto quiséssemos — e mesmo que aprendessem a extrair-lhes energia, haveria mais do que o suficiente para seu planeta e a Terra juntos. Quanto a mim, estou cansado de abrir mão das principais jazidas para procurar cristais soltos nos leitos dos rios da selva. Algum dia vou pedir que esses mendigos escamosos sejam exterminados por um exército da pesada dos nossos. Umas vinte naves poderiam trazer tropas suficientes para dar um jeito neles. Não se pode chamar as malditas coisas de homens só por causa de suas "cidades" e torres. Eles não têm qualquer habilidade exceto construir — e usar dardos envenenados e espadas — e não acredito que suas chamadas "cidades" sejam algo mais que formigueiros ou diques de castor. Duvido mesmo que tenham uma verdadeira linguagem — toda essa conversa sobre comunicação psicológica por meio daqueles tentáculos no peito me parece besteira. O que confunde as pessoas é sua postura ereta, mera semelhança física acidental com o homem da Terra.

Gostaria de atravessar a selva de Vênus pelo menos uma vez sem ter que ficar à espreita de bandos escondidos ou me esquivar de seus malditos dardos. Eles podem ter sido razoáveis antes de começarmos a pegar os cristais, mas certamente são um belo abacaxi agora — com seus dardos e sua mania de cortar nossos canos de água. Estou ficando cada vez mais convencido de que eles têm um sentido especial, semelhante aos nossos detectores de cristais. Até agora, que se saiba, nenhum deles perturbou um homem — afora lançar dardos de longe — que não estivesse carregando cristais.

Por volta da uma da tarde, um dardo quase arrancou meu capacete e, por um segundo, pensei que meus tubos de oxigênio tivessem sido perfurados. Os furtivos demônios não tinham feito o menor ruído, mas três deles estavam caindo sobre mim. Acertei os três fazendo uma varredura em círculo com a pistola lança-chamas, pois apesar de sua cor se confundir com a da selva, podia localizar os rastejantes se movimentando. Um deles tinha mais de oito pés de altura e focinho de anta. Os outros dois estavam na média de sete pés. O que os faz se aguentarem é a quantidade — um simples regimento lança-chamas poderia arruiná-los. É curioso, porém, que tenham se tornado dominantes no planeta. Nenhuma outra criatura viva mais alta que os serpeantes akmans e skorahs, ou os voadores tukahs do outro continente — a menos, é claro, que aqueles buracos no Planalto Dioneano escondam algo.

Lá pelas duas, meu detector girou para oeste, indicando cristais isolados acima, à direita. Isso batia com o verificado por Anderson, e mudei meu curso para lá. O progresso estava mais difícil — não só por causa do chão, em aclive, mas porque a vida animal e as plantas carnívoras eram mais abundantes. A todo momento eu esmagava ugrats e passava por cima de skorahs, e minha roupa de couro estava toda salpicada pelos explosivos darohs que a atingiam de todos os lados. A luz solar piorava as coisas por causa da névoa e porque, no fim das contas, parecia não secar a lama. Cada vez que dava um passo, meus pés afundavam cinco, seis polegadas, fazendo um *blop* de sucção quando eu os arrancava do barro. Gostaria que alguém inventasse, algum dia, um tipo seguro de roupa, sem ser de couro, para este clima. Pano, com certeza, apodreceria, mas algum tecido metálico fino que não rasgasse — como a superfície deste resistente rolo para anotações — poderia ser feito algum dia.

Comi por volta das três e meia — se dá para chamar de comer enfiar esses miseráveis tabletes de comida pelo buraco da máscara. Pouco depois, notei uma alteração marcante no cenário: as flores vistosas de aparência venenosa mudando de cor, parecendo furiosas. Os contornos das coisas vibravam ritmicamente e pontos brilhantes de luz surgiam e dançavam no mesmo compasso lento e contínuo. Depois a temperatura pareceu oscilar em uníssono com uma curiosa cadência de tambor.

Todo o universo parecia latejar em pulsações regulares e profundas que enchiam cada canto do espaço e fluíam através de meu corpo e minha mente. Perdi todo o senso de equilíbrio, cambaleei aturdido, e as coisas não mudaram quando fechei os olhos e tapei os ouvidos com as mãos. Entretanto, minha mente ainda estava lúcida e, poucos minutos depois, percebi o que tinha acontecido.

Finalmente eu havia encontrado uma daquelas curiosas *plantas-miragem* sobre as quais muitos dos nossos falavam. Anderson me prevenira sobre elas descrevendo detalhadamente sua aparência — a haste felpuda, as folhas pontiagudas e as flores sarapintadas cujas emanações gasosas provocavam sonhos, podendo penetrar todos os tipos de máscaras existentes.

Recordando o que acontecera com Bailey três anos antes, entrei num estado momentâneo de pânico e desandei a me agitar e cambalear no mundo insano e caótico em que as emanações da planta me enredaram. Depois, o bom senso prevaleceu e percebi que tudo que precisava fazer era me afastar das perigosas flores — fugir da fonte das pulsações abrindo caminho cegamente — sem me importar com o que parecia rodar ao meu redor — para me esquivar da ação da planta.

Embora tudo estivesse girando alucinadamente, tentei começar na direção certa e seguir meu caminho. Meu percurso não deve ter sido nem um pouco reto, pois muitas horas pareceram transcorrer até me livrar da penetrante influência da planta-miragem. Gradualmente, as luzes dançantes pareceram sumir e o trêmulo cenário espectral começou a adquirir o aspecto de solidez. Quando recuperei totalmente a lucidez, olhei para o relógio e fiquei espantado de ver que ainda eram apenas 16h20. Parecia ter transcorrido uma eternidade, mas a experiência toda devia ter consumido pouco mais de meia hora.

Cada atraso, porém, era cansativo, e eu perdera terreno em meu esforço para me afastar da planta. Enveredei vigorosamente na direção do topo da colina, como indicava meu detector de cristal, usando toda a energia de que dispunha para recuperar o tempo perdido. A selva ainda era fechada, embora a vida animal tivesse diminuído. A certa altura, uma flor carnívora abocanhou meu pé direito e apertou-o com tanta firmeza que tive de soltá-lo com a ajuda do facão, estraçalhando a flor para me safar.

Em menos de uma hora, percebi que a vegetação da selva rareava e, por volta das cinco — depois de cruzar um cinturão de fetos arbóreos com pouca vegetação rasteira por baixo — emergi num amplo platô forrado de musgos. Avançava mais rápido agora e vi, pela oscilação da agulha de meu detector, que estava relativamente perto do cristal que procurava. Era estranho, pois a maioria dos esparsos esferoides ovalados ocorria em cursos de água na selva, e dificilmente poderia ser encontrado neste tipo de planalto desmatado.

O terreno se inclinava para cima terminando numa crista bem definida. Atingi o topo por volta das 17h30 e avistei, à minha frente, uma baixada muito extensa com florestas ao longe. Tratava-se, sem a menor dúvida, do platô identificado num mapeamento aéreo feito por Matsugawa há cinquenta anos, e chamado "Eryx" ou "Terras Altas Erycinianas" em nossos mapas. Mas o que fez meu coração saltar foi um detalhe menor, cujo posicionamento não estava muito distante do centro exato da baixada. Tratava-se de um único ponto de luz brilhando através da neblina que parecia adquirir uma penetrante, concentrada luminosidade dos amarelados raios solares abafados pelo vapor. Aquilo, com certeza, era o cristal que eu buscava — algo que possivelmente não excedia o tamanho de um ovo de galinha, mas com energia suficiente para aquecer uma cidade durante um ano. Mal podia imaginar, enquanto vislumbrava o brilho distante, que aqueles miseráveis homens-lagartos adorassem esses cristais, sem a menor ideia das energias que guardavam.

Desatando em desabalada carreira, tentei atingir o inesperado prêmio o quanto antes e fiquei aborrecido quando o musgo firme cedeu lugar a uma lama fina, singularmente desagradável, com touceiras ocasionais de mato e plantas rasteiras. Mas segui em frente chapinhando descuidadamente — pouco me importando com a presença de algum homem-lagarto oculto na vizinhança. Nesse descampado, era pouco provável que me emboscassem. Enquanto avançava, a luz à minha frente parecia aumentar de brilho e tamanho, e comecei a notar algumas particularidades de sua situação. Tratava-se, obviamente, de um cristal da melhor qualidade e meu entusiasmo crescia a cada passo.

É agora que devo começar a ser cuidadoso em meu relatório, pois o que direi de ora em diante envolve questões sem prece-dente — embora felizmente verificáveis. Corria com crescente ansiedade e chegara a uma distância de aproximadamente cem jardas do cristal — cuja posição, numa espécie de elevação no lodo onipresente, parecia muito estranha — quando uma força súbita e incontrolável atingiu meu peito e as articulações de meus punhos cerrados e atirou-me de costas na lama. O ruído provocado pela minha queda foi terrível, e a brandura do solo e dos enlameados matos e plantas rasteiras não pouparam minha cabeça de uma pancada atordoante. Por um instante, fiquei deitado de costas, espantado demais para pensar. Soergui-me, então, cambaleante, e pus-me a raspar o grosso da lama e da sujeira de minha roupa de couro.

Não tinha a menor ideia do que havia encontrado. Não havia visto nada que pudesse ter causado o choque, e continuava não vendo. Talvez, afinal, tivesse simplesmente escorregado na lama? Meus punhos feridos e o peito dolorido o desmentiam. Ou, então, o acidente todo teria sido uma ilusão provocada por alguma planta-miragem escondida? Parecia bem pouco provável, pois não tinha nenhum dos sintomas usuais e não havia lugar nas proximidades onde uma planta tão colorida e típica pudesse se esconder. Se estivesse na Terra, teria suspeitado de uma barreira de força N colocada por algum governo para demarcar uma zona proibida, mas nessa região desabitada por seres humanos, uma ideia assim seria absurda.

Recompus-me, finalmente, e decidi investigar com cautela. Segurando o facão com o braço estendido para frente de modo que ele recebesse primeiro o estranho impacto, retomei o avanço na direção do reluzente cristal — preparando-me para avançar, passo a passo, com a maior deliberação. No terceiro passo, fui interrompido pelo impacto da ponta do facão contra uma superfície aparentemente sólida — uma superfície sólida que meus olhos não enxergavam.

Depois de recuar momentaneamente, tomei coragem. Estendendo a mão esquerda enluvada, constatei a presença de um material sólido invisível — ou de uma ilusão tátil de material sólido — à minha frente. Movendo a mão, descobri que a barreira era bastante extensa e lisa como vidro, sem a evidência de junções de blocos isolados. Criando coragem para novas experiências, tirei a luva e testei a coisa com a mão nua. Era de fato dura e vítrea, de uma frieza curiosa, que contrastava com o ar circundante. Forcei a vista ao máximo, tentando vislumbrar algum indício da substância obstrutora, mas não consegui enxergar nada. Não havia a menor evidência de poder refrativo a julgar pelo aspecto da paisagem à frente. A ausência de refração era comprovada pela ausência de uma imagem incandescente do sol em algum ponto.

Uma curiosidade ardente começou a se impor sobre os outros sentimentos e alarguei minhas investigações o melhor que pude. Explorando com as mãos, descobri que a barreira se estendia do chão a uma altura que eu não podia alcançar, e que se estendia indefinidamente para os dois lados. Era, então, algum tipo de *muralha* — embora não tivesse a menor noção de qual fosse seu propósito nem do material de que era feita. Pensei novamente na planta-miragem e nos sonhos que ela induzia, mas um raciocínio de momento tirou isso de minha cabeça.

Batendo com firmeza na barreira com o cabo do facão e chutando-a com minhas pesadas botas, tentei interpretar os sons que ela produzia. Havia algo sugerindo cimento ou concreto naquelas reverberações, muito embora minhas mãos tivessem encontrado uma superfície mais vítrea ou metálica ao tato. Com certeza, estava diante de algo mais estranho que qualquer experiência anterior.

A próxima medida lógica era ter uma ideia das dimensões da muralha. O problema da altura seria difícil, se não insolúvel, mas o problema de comprimento e forma talvez pudesse ser mais facilmente resolvido. Abrindo os braços e aproximando-me da barreira, comecei a acompanhá-la avançando lentamente para a esquerda — tomando sempre o cuidado de marcar o caminho percorrido. Depois de alguns passos, concluí que a muralha não era reta e que estava acompanhando uma fração de um vasto círculo ou elipse. Então, minha atenção foi distraída por algo inteiramente diferente — algo relacionado com o cristal ainda distante que era o objeto de minha busca.

Já disse que mesmo de uma distância maior, a posição do brilhante objeto parecia indefinivelmente estranha — sobre um montinho que se erguia da lama. Agora — a cerca de cem jardas — pude ver claramente, apesar da envolvente névoa, o que era aquele montinho. Era o corpo de um homem usando um dos trajes de couro da Companhia Crystal, deitado de costas, e com sua máscara de oxigênio meio enterrada na lama a algumas polegadas de distância. Sua mão direita esmagava convulsivamente contra o peito o cristal que me atraíra até ali — um esferoide de tamanho incrível, tão grande que os dedos do morto mal conseguiam se fechar sobre ele. Mesmo daquela distância, pude ver que o cadáver era recente. Havia poucos sinais visíveis de putrefação, e refleti que, neste clima, isso significava que não transcorrera mais de um dia de sua morte. Muito em breve, as odiosas moscas farnoth começariam a enxamear sobre o defunto. Fiquei tentando imaginar quem seria o homem. Certamente ninguém que eu tivesse visto nesta viagem. Devia ser um dos veteranos que saíra numa demorada missão de reconhecimento e que viera a essa particular região independentemente das investigações de Anderson. Ali jazia ele, livre de todos os problemas, com os raios do grande cristal reluzindo por entre seus dedos enrijecidos.

Durante longos cinco minutos fiquei ali, de pé, olhando, cheio de espanto e apreensão. Um curioso pavor me assaltou e tive um impulso irracional de sair correndo. Não poderia ter sido obra daqueles furtivos homens-lagartos, pois ele ainda segurava o cristal que tinha encontrado. Teria alguma relação com a muralha invisível? Onde teria encontrado o cristal? O instrumento de Anderson indicara a existência de um deles no local, bem antes de esse homem ter perecido. Comecei então a encarar a barreira invisível como algo sinistro e recuei dela com um calafrio. No entanto, sabia que precisava desvendar o mistério o mais rápida e completamente possível devido a essa tragédia recente.

De repente — forçando a mente a voltar ao problema que se apresentava — pensei num meio de testar a altura da muralha, ou pelo menos descobrir se ela se estendia ou não indefinidamente para cima. Apanhando um punhado de barro, deixei-o escorrer para ganhar consistência e atirei-o para cima na direção da barreira inteiramente transparente. Numa altura aproximada de quatorze pés, ele se chocou contra a superfície com um sonoro ruído, desintegrando-se imediatamente e escorrendo até desaparecer com surpreendente rapidez. Com certeza o paredão era alto. Um segundo punhado, atirado num ângulo ainda mais aberto, atingiu a superfície a cerca de dezoito pés do solo e desapareceu tão rapidamente quanto o primeiro.

Reuni então toda a força de que dispunha preparando-me para lançar um terceiro punhado na maior altura possível. Deixando a lama drenar e apertando-a para secar ao máximo, atirei-a tão alto a ponto de temer que ela não chegasse a atingir a superfície obstrutora. Ela a alcançou e dessa vez cruzou a barreira e caiu na lama que havia no solo por trás dela com uma explosão de salpicos. Finalmente tive uma ideia aproximada da altura da muralha, pois o cruzamento evidentemente ocorrera a uns vinte ou vinte e um pés de altura.

Com uma muralha vertical de dezenove ou vinte pés, lisa como um vidro, qualquer escalada era claramente impossível. Tinha, pois, que continuar circundando a barreira na esperança de encontrar uma passagem, uma ponta, ou algum tipo de interrupção. Formaria o obstáculo um círculo completo ou alguma outra figura fechada, ou seria um mero arco ou semicírculo? Agindo de acordo com minha decisão, retomei o lento giro para a esquerda, correndo as mãos para cima e para baixo sobre a superfície invisível na tentativa de descobrir alguma janela ou alguma outra pequena abertura. Antes de começar, tentei marcar minha posição inicial fazendo um buraco na lama com o pé, mas o barro era fino demais para conservar qualquer marca. Marquei mais ou menos o lugar observando na floresta distante um alto cycad que parecia se alinhar precisamente com o cintilante cristal a cem jardas de distância. Se não houvesse nenhum portão ou fenda, eu poderia saber quando terminasse de contornar a muralha.

Ainda não progredira muito quando concluí que a curvatura indicava um contorno circular de aproximadamente cem jardas de diâmetro, se fosse regular. Isso significaria que o cadáver jazia perto da muralha, num ponto quase oposto ao local de onde o observara. Estaria no interior ou no exterior da muralha? Disso eu logo me certificaria.

Enquanto contornava lentamente a barreira sem encontrar nenhum portão, janela ou outra abertura, deduzi que o corpo estava do lado de dentro. Vistas mais de perto, as feições do defunto pareciam vagamente perturbadoras. Identifiquei algo de alarmante em sua expressão e no olhar arregalado de seus olhos vidrados. Na ocasião, eu estava muito perto e acreditei reconhecê-lo como Dwight, um veterano a quem nunca conhecera, mas que me fora apontado no posto, no ano passado. O cristal que ele segurava era certamente um prêmio — o maior exemplar isolado que eu jamais vira.

Estava tão perto do corpo que — não fosse a barreira — poderia tocá-lo, quando minha exploradora mão esquerda percebeu um canto na superfície invisível. Num instante, compreendi que havia uma abertura com cerca de três pés de largura estendendo-se do chão a uma altura acima de meu alcance. Não havia porta, nem alguma evidência de dobradiças indicando a existência anterior de uma porta. Sem hesitar um segundo, cruzei-a e avancei dois passos até o corpo caído — que jazia em ângulo reto com o corredor por onde eu entrara, no que parecia ser uma galeria sem porta, transversal a ele. Isso atiçou minha curiosidade de descobrir se o interior do vasto cercado era repartido.

Curvando-me para examinar o corpo, notei que não apresentava ferimentos. Isso pouco me surpreendeu, pois a presença do cristal argumentava contra os nativos pseudorrépteis. Olhando ao redor, atrás de alguma possível causa de morte, meus olhos bateram com a máscara de oxigênio caída perto dos pés do defunto. Ali estava algo verdadeiramente significativo. Sem esse dispositivo, ser humano nenhum poderia respirar o ar de Vênus por mais de trinta segundos, e Dwight — se for mesmo ele — obviamente tinha perdido o seu. Provavelmente o afivelara sem cuidado e o peso dos tubos tinha soltado as correias — o que não aconteceria com uma máscara de reservatório esponjoso Dubois. O meio minuto de prazo fora curto demais para o homem se abaixar e recuperar sua proteção — ou então o conteúdo de cianogênio da atmosfera estava anormalmente alto na ocasião. Provavelmente ele se absorvera na admiração do cristal — onde quer que o tivesse encontrado. Aparentemente, acabara de tirá-lo do bolso de seu traje, pois a virola estava desabotoada.

Tratei então de retirar o enorme cristal dos dedos do garimpeiro morto — tarefa muito dificultada pela rigidez do cadáver. O esferoide era maior que um punho humano, e cintilava como se estivesse vivo sob os raios avermelhados do sol poente. Ao tocar a superfície cintilante, estremeci involuntariamente — como se ao pegar o precioso objeto eu tivesse transferido para mim o destino que se abatera sobre seu antigo portador. No entanto, meus cuidados logo passaram e cuidadosamente abotoei o cristal no bolso de minha roupa de couro. Superstição nunca foi uma de minhas fraquezas.

Colocando o capacete do homem sobre a fixidez da face morta, endireitei-me e retrocedi pelo corredor invisível até a entrada do grande cercado. Toda a minha curiosidade sobre a estranha construção retornara, e quebrei a cabeça com especulações sobre seu material, origem e finalidade. Nem por um momento cogitei que pudesse ter sido construída por mãos humanas. Nossas naves chegaram a Vênus há setenta e dois anos apenas e os únicos seres humanos no planeta eram os de Terra Nova. Ademais, nenhum conhecimento humano inclui algum sólido não refrativo perfeitamente transparente, como a substância daquela construção. Invasões humanas pré-históricas de Vênus podem ser perfeitamente descartadas, razão por que se deve voltar à ideia de uma construção nativa. Teria alguma espécie esquecida de seres altamente evoluídos precedido os homens-lagartos como senhores de Vênus? A despeito de suas cidades bem construídas, parecia difícil creditar aos pseudorrépteis algo semelhante. Deve ter havido outra espécie, há muitas eras, da qual isso seja, talvez, a derradeira relíquia. Ou será que outras ruínas da mesma origem serão encontradas por futuras expedições? A *finalidade* de semelhante estrutura excede qualquer conjectura — mas seu material estranho e aparentemente pouco prático sugere um uso religioso.

Constatando minha incapacidade para solucionar esses problemas, concluí que o melhor que tinha a fazer era explorar a própria estrutura invisível. Estava convencido de que várias salas, recintos e corredores se estendiam pela planície lamacenta aparentemente intacta, e acreditei que o conhecimento de seu plano poderia conduzir a algo de significativo. Assim, tateando meu caminho, cruzei novamente a entrada e, esgueirando-me pelo lado do cadáver, avancei pelo corredor na direção daquelas regiões interiores de onde o morto presumivelmente viera. Mais tarde eu investigaria a galeria de onde saíra.

Andando às apalpadelas, como um cego, apesar da nevoenta claridade solar, avancei lentamente. O corredor logo fez uma volta brusca e começou a formar uma espiral direcionada para o centro, com curvas cada vez menores. De tempos em tempos, meu tato revelava uma passagem sem porta, e por várias vezes encontrei entroncamentos com duas, três ou quatro avenidas divergentes. Nesses casos, sempre seguia o caminho mais interno, que parecia formar uma continuação daquele por onde estava caminhando. Haveria tempo de sobra para examinar as ramificações depois de alcançar e retornar das áreas centrais. Mal posso descrever a estranheza da experiência percorrendo caminhos invisíveis de uma estrutura invisível erguida por mãos desconhecidas num planeta estranho!

Enfim, ainda aos tropeções e às cegas, senti que o corredor terminava num espaço aberto de proporções consideráveis. Tateando seu contorno, descobri que estava numa câmara circular com cerca de dez pés de lado, e, pela posição do morto em relação a certos marcos distantes na floresta, concluí que a câmara ocupava uma posição no centro do edifício, ou perto. Dela saíam cinco corredores além daquele por onde eu havia entrado, mas guardei de cabeça esse último, mirando cuidadosamente, por cima do cadáver, uma determinada árvore no horizonte tão logo cruzei a entrada para a câmara.

Não havia nada nesta câmara para distingui-la — apenas o onipresente chão de lama fina. Especulando se essa parte da construção tinha alguma espécie de teto, repeti meu experimento atirando um punhado de lama para o alto e descobri imediatamente que não havia nenhum teto. Se algum dia existiu, deve ter caído há muito tempo, pois nenhum vestígio de entulho ou de blocos caídos jamais atrapalhou meus pés. Enquanto refletia, chocou-me com distinta estranheza que essa estrutura, aparentemente primordial, não tivesse pedaços de revestimento caídos, falhas nas paredes e outras características comuns a um processo de deterioração.

O que seria? O que teria sido? Do que era feita? Por que não havia evidências de blocos separados nas paredes vítreas desconcertantemente homogêneas? Por que não havia indícios de portas, nem internas, nem externas? Sabia apenas que era uma construção circular, sem teto e sem porta, feita de algum material duro, liso, perfeitamente transparente, não refrativo e não reflexivo, com cem jardas de diâmetro, muitos corredores e uma pequena sala circular no centro. Mais do que isso eu jamais poderia saber de uma investigação direta.

Observei então que o sol já havia descido muito baixo sobre o horizonte oeste — um disco dourado-avermelhado flutuando num poço escarlate e laranja por cima das árvores enevoadas do horizonte. Claramente, eu tinha que me apressar se pretendia escolher um lugar para dormir em solo seco antes de escurecer. Muito antes, eu já havia decidido acampar à noite na beirada firme e musgosa do platô, perto da crista de onde avistara pela primeira vez o cristal cintilante, apostando em minha sorte usual para me safar de um ataque dos homens-lagartos. Sempre defendi que devíamos viajar em grupos de dois ou mais, para haver sempre alguém de guarda durante as horas de sono, mas o ínfimo número de ataques noturnos descuidou a Companhia dessas questões. Esses malditos escamosos parecem ter dificuldade de enxergar à noite, mesmo com suas curiosas tochas incandescentes.

Tendo enveredado novamente pela passagem por onde viera, comecei a voltar para a entrada da construção. A exploração maior poderia esperar pelo dia seguinte. Tateando um caminho o melhor que pude pelo corredor em espiral — tendo como guia um sentido geral, a memória e o vago reconhecimento de algumas imprecisas touceiras de mato na planície — logo me achei novamente perto do cadáver. Havia agora uma ou duas moscas farnoth arremetendo sobre o rosto coberto pelo capacete e percebi que a putrefação seguia seu curso. Movido por fútil e instintiva aversão, levantei a mão para espantar essa vanguarda das carniceiras — quando uma coisa estranha e espantosa se evidenciou. Uma parede invisível, barrando o movimento de meu braço, mostrou-me — apesar de meu cuidadoso percurso de volta — que eu não tinha efetivamente retornado ao corredor onde o defunto jazia. Estava num corredor paralelo, tendo certamente enveredado por alguma curva ou bifurcação errada entre as intrincadas passagens para trás.

Esperando encontrar uma passagem para o vestíbulo de saída à frente, continuei avançando, mas acabei dando com uma parede fechada. Teria, então, que voltar à câmara central e reiniciar o percurso. Não saberia dizer exatamente quando cometera o erro. Olhei para o chão para ver se, por algum milagre, tinham ficado pegadas que me servissem de guia, mas logo percebi que a lama fina só retinha as marcas por alguns instantes. Não tive muita dificuldade em chegar novamente ao centro, e, ali chegando, meditei cuidadosamente sobre o caminho correto para fora. Eu tinha enveredado muito para a direita antes. Dessa vez, devia seguir uma bifurcação mais para a esquerda, em algum lugar — onde, exatamente, decidiria no caminho.

Avançando às apalpadelas uma segunda vez, estava perfeitamente confiante de meu acerto, e desviei para a esquerda no entroncamento que estava certo de me lembrar. A espiral continuava e tomei o cuidado de não seguir por nenhuma passagem transversal. Para meu desgosto, logo percebi, porém, que estava passando a uma distância considerável do cadáver; aquele corredor evidentemente atingiria a muralha externa num ponto muito além dele. Na esperança de que pudesse existir outra saída na metade da muralha que ainda não havia explorado, apressei o ritmo por vários passos, mas acabei chegando novamente a uma barreira sólida. Certamente, o plano do edifício era mais complicado do que eu pensara.

Agora vacilava entre voltar novamente ao centro ou tentar algum dos corredores laterais que se estendiam na direção do corpo. Se escolhesse a segunda alternativa, corria o risco de quebrar meu padrão mental de onde estava; daí que era melhor não tentá-lo, a menos que pudesse pensar em algum modo de deixar uma trilha visível atrás de mim. Como deixar uma trilha era um problema e tanto, vasculhei a mente atrás de uma solução. Não parecia trazer nada comigo que pudesse deixar uma marca em alguma coisa, nenhum material que pudesse espalhar — ou partir em pedacinhos e espalhar.

Minha caneta não produzia efeito algum sobre a parede invisível e não podia marcar uma trilha com meus preciosos tabletes de comida. Mesmo que quisesse dispensá-los, não haveria um mínimo suficiente — além disso, os pequenos tabletes teriam afundado imediatamente na lama fina. Revirei os bolsos atrás de algum velho bloco de notas — com frequência usado extraoficialmente em Vênus, apesar da rapidez com que o papel se deteriora na atmosfera do planeta — cujas páginas eu pudesse rasgar e espalhar, mas não encontrei. Era obviamente impossível rasgar o duro metal fino do resistente rolo de anotações, e minhas roupas não ofereciam nenhuma possibilidade. Na peculiar atmosfera de Vênus eu não poderia dispensar, com segurança, meu resistente traje de couro, e a roupa de baixo fora eliminada devido ao clima.

Tentei esfregar lama nas lisas paredes invisíveis depois de espremê-la bastante para secar, mas descobri que ela escorria, sumindo tão rapidamente quanto os punhados que usara para testar a altura. Finalmente, peguei o facão e tentei arranhar a fantasmagórica superfície vítrea — algo que pudesse reconhecer pelo tato, mesmo que não pudesse ver de longe. Foi inútil, porém, pois a lâmina não produziu a menor mossa no desconcertante material desconhecido.

Frustrado em todas as tentativas de marcar uma trilha, dirigi-me novamente para a câmara central circular apelando para a memória. Parecia mais fácil voltar a essa sala do que percorrer um percurso definido predeterminado saindo dela, e não tive muita dificuldade de chegar até lá. Desta vez anotei em meu rolo de anotações cada curva que fazia — desenhando um tosco diagrama hipotético de meu percurso, e marcando todos os corredores divergentes. Era, com certeza, um trabalho terrivelmente lento, quando tudo precisava ser determinado pelo tato e as possibilidades de erro eram infinitas, mas acreditei que, a longo prazo, valeria a pena.

O demorado crepúsculo de Vênus já se adensava quando alcancei a câmara central, mas ainda tinha esperança de chegar ao exterior antes de escurecer. Comparando meu novo diagrama com recordações anteriores, acreditei ter identificado meu erro original, por isso enveredei, mais uma vez cheio de confiança, pelas invisíveis galerias. Virei mais para a esquerda do que nas tentativas anteriores e tentei manter um registro de minhas curvas no rolo para o caso de ainda estar enganado. Sob a luz minguante do lusco-fusco, podia enxergar o contorno difuso do cadáver, agora no centro de uma impressionante nuvem de moscas farnoth. Não demoraria muito, certamente, para os sificlighs, habitantes da lama, acorrerem da planície para completar o pavoroso trabalho. Aproximando-me do corpo com alguma relutância, estava me preparando para passar sobre ele quando uma súbita colisão com uma parede me alertou que eu estava novamente desnorteado.

Percebi então que estava irremediavelmente perdido. A complexidade daquela construção era grande demais para uma solução improvisada e provavelmente teria que fazer algumas verificações cuidadosas para poder sair. Mas ainda estava ansioso para chegar em solo seco antes da escuridão total se estabelecer, por isso retornei mais uma vez ao centro, iniciando uma sequência desordenada de tentativas e erros — tomando notas à luz da lanterna. Quando usei este aparelho, percebi, com espanto, que não produzia o menor reflexo — nem mesmo a mais tênue cintilação — nas paredes transparentes que me cercavam. Eu já esperava isso, porém, pois o sol, em nenhum momento, provocara cintilações no estranho material.

Ainda perambulava às apalpadelas quando o crepúsculo se instalou definitivamente. Uma pesada neblina obscurecia boa parte das estrelas e planetas, mas a Terra era perfeitamente visível como um reluzente ponto verde-azulado a sudeste. Ela saía de uma situação de oposição e teria sido uma visão gloriosa num telescópio. Podia inclusive perceber a Lua ao seu lado, quando os vapores momentaneamente se diluíam. Agora ficara impossível enxergar o cadáver — meu único marco —, por isso caminhei, aos tropeções, de volta à câmara central depois de algumas voltas em falso. Teria enfim que desistir da esperança de dormir em solo seco. Nada podia ser feito até o amanhecer, e eu poderia me arranjar perfeitamente por ali. Deitar na lama não seria nada agradável, mas com meu traje de couro, podia ser feito. Em expedições anteriores, eu tinha dormido em condições piores, e a completa exaustão daquele momento me ajudaria a vencer a repugnância.

Assim, aqui estou, chapinhando no lodo da câmara central e tomando essas notas em meu rolo de anotações à luz da lanterna. Tem algo de cômico nessa minha estranha situação sem precedente. Perdido num edifício sem portas — uma construção que não posso ver! Certamente consigo sair pela manhã e devo estar de volta à Terra Nova, com o cristal, até o final da tarde. Ele é certamente uma beleza — tem um brilho surpreendente, mesmo à tíbia luz da lanterna. Há pouco, tirei-o para examinar. Apesar da fadiga, o sono está demorando a chegar, por isso estou escrevendo tão extensamente. Agora preciso parar. Não há muito risco de ser perturbado pelos malditos nativos neste lugar. O que menos me agrada é o defunto — mas felizmente minha máscara de oxigênio me poupa dos piores efeitos. Estou usando os cubos de clorato bem espaçadamente. Vou comer uns dois tabletes e descansar. Continuo depois.

fim da tarde — 13 de VI

Houve mais problemas do que eu esperava. Ainda estou no edifício e terei que trabalhar com rapidez e astúcia se quiser descansar em chão seco esta noite. Demorei muito para pegar no sono e só acordei quando já era quase meio-dia. Do jeito que estava, teria dormido mais, não fosse pelo brilho do sol vencendo a neblina. O cadáver era uma visão pavorosa — fervilhando de siﬁclighs e cercado por uma nuvem de moscas farnoth. Alguma coisa afastara o capacete do rosto e não era nada agradável olhar para ele. Fiquei duplamente grato à minha máscara de oxigênio quando pensei no caso.

Finalmente me agitei e me esfreguei para secar, ingeri um par de tabletes de comida e coloquei um novo cubo de clorato de potássio no eletrolisador da máscara. Tenho usado esses cubos com parcimônia, mas gostaria de ter um suprimento maior. Estava me sentindo muito melhor depois do sono e esperava sair da construção muito em breve.

Consultando as notas e esboços que havia rascunhado, fiquei impressionado com a complexidade das galerias e com a possibilidade de ter cometido um erro fundamental. Das seis aberturas que levavam ao espaço central, eu optara por uma como sendo aquela por onde tinha entrado — usando a disposição visual como guia. Quando fiquei de pé logo depois de cruzar a passagem de entrada, o corpo, a cinquenta jardas de distância, estava exatamente alinhado com um determinado lepidodendrale na floresta longínqua. Ocorreu-me agora que aquela mirada poderia não ter sido suficientemente precisa e a distância do corpo tornava a diferença de direção em relação ao horizonte comparativamente pequena quando vista das aberturas próximas daquela pela qual eu havia entrado pela primeira vez. Ademais, a árvore não se distinguia perfeitamente de outras lepidodendrales no horizonte.

Colocando a coisa à prova, descobri, para minha tristeza, que não conseguia ter certeza de qual das três passagens era a certa. Teria percorrido um conjunto diferente de voltas em cada tentativa de saída? Dessa vez teria certeza. Ocorreu-me que, apesar da impossibilidade de demarcar uma trilha, havia um marcador que eu podia deixar. Embora não pudesse dispensar meu traje, podia — em virtude da espessura de meus cabelos — dispensar o capacete, e este era suficientemente grande e claro para permanecer visível sobre a lama fina. Assim, tirei o dispositivo quase hemisférico e pousei-o na entrada de um dos corredores — o da direita, dos três que preciso testar.

Seguiria esse corredor apostando que fosse o certo, repetindo o que parecia lembrar-me das voltas apropriadas, consultando continuamente e tomando notas. Se não sair, esgotarei sistematicamente todas as variantes possíveis, e, se essas falharem, tratarei de cobrir as avenidas que saem da abertura seguinte da mesma maneira — prosseguindo para a terceira abertura, se for preciso. Mais cedo ou mais tarde acabarei achando o caminho certo para a saída, mas preciso ter paciência. Mesmo na pior hipótese, dificilmente não conseguiria chegar em campo aberto a tempo para um sono noturno em lugar seco.

Os resultados imediatos foram muito desanimadores, embora me ajudassem a eliminar a abertura da direita em pouco mais de uma hora. Apenas uma sucessão de becos sem saída, terminando todos a grande distância do cadáver, pareciam ramificar daquela galeria. Logo percebi que ela absolutamente não figurara nas andanças da tarde anterior. Como antes, porém, eu sempre conseguia ir tateando, com relativa facilidade, até o recinto central.

Por volta de uma da tarde, mudei meu capacete sinalizador para a passagem seguinte e comecei a explorar as galerias que dali saíam. De início, pensei reconhecer as curvas, mas logo me encontrei num conjunto de corredores totalmente desconhecido. Não conseguia me aproximar do corpo e, dessa vez, parecia isolado do recinto central também, apesar de pensar ter registrado cada movimento que fiz. Parecia haver curvas e cruzamentos enganosos sutis demais para eu captar em meus toscos diagramas, e comecei a desenvolver um misto de raiva e desconsolo. Apesar de a paciência acabar vencendo, percebia que minha busca teria que ser minuciosa, incansável e persistente.

Às duas da tarde me encontrava ainda errando inutilmente por estranhos corredores — tateando constantemente o caminho, olhando alternadamente para o capacete e para o cadáver, e rascunhando dados em meu rolo de papel já sem confiança. Amaldiçoei a estupidez e a inútil curiosidade que me arrastaram para esse emaranhado de paredes invisíveis — refletindo que se tivesse deixado a coisa pra lá e voltado tão logo tirara o cristal do cadáver, agora estaria são e salvo em Terra Nova.

De repente, ocorreu-me que eu poderia cavar um túnel por baixo das paredes invisíveis com o facão, abrindo um atalho para fora — ou para algum corredor que desse para fora. Não tinha meios de saber a que profundidade iam as fundações do edifício, mas a lama onipresente argumentava contra a existência de qualquer outro piso, exceto a terra. Mirando o distante e cada vez mais horrível corpo, comecei a cavar febrilmente com a lâmina afiada.

Havia cerca de seis polegadas de lama pastosa, abaixo da qual a rigidez do solo crescia abruptamente. Este solo inferior parecia ser de uma cor diferente — uma argila acinzentada muito parecida com formações existentes perto do polo norte de Vênus. Enquanto prosseguia a escavação perto da barreira invisível, percebia que o solo ia se tornando mais e mais duro. Lama encharcada escorria para a escavação com a mesma rapidez com que eu retirava a argila, mas eu a alcançava e seguia trabalhando. Se conseguisse perfurar algum tipo de passagem por baixo da parede, não seria a lama que me impediria de escapar.

A cerca de três pés de profundidade, porém, a dureza do solo paralisou seriamente minha escavação. Sua tenacidade era superior a tudo que eu conhecia, mesmo neste planeta, e se associava a um peso anormal. Meu facão tinha que cortar e lascar a argila firmemente compactada e os fragmentos que eu tirava pareciam de pedra ou pedacinhos de metal. Por fim, até esse cortar e lascar ficou impossível, e tive que interromper o trabalho sem atingir a borda inferior da parede.

A hora de tentativa foi tão desperdiçada quanto inútil, pois consumiu grandes reservas de minha energia forçando-me a ingerir um tablete extra de comida e colocar um cubo adicional de clorato na máscara de oxigênio. Ela provocou também uma pausa nas andanças do dia, pois fiquei exausto demais para prosseguir. Depois de limpar as mãos e braços do grosso da lama, sentei-me para escrever estas notas — recostado contra uma parede invisível e de costas para o cadáver.

Aquele corpo não passa agora de uma massa fervilhante de vermes — o odor começou a atrair alguns arkmans viscosos da selva distante. Observei muitas ervas efjeh da planície esticando seus tentáculos necrófagos em direção à coisa, mas não creio que algum deles seja suficientemente comprido para alcançá-la. Gostaria que algumas criaturas verdadeiramente carnívoras como os skorahs aparecessem, pois então poderiam farejar-me e descobrir um caminho pelo interior do edifício até mim. Essas coisas têm um estranho senso de direção. Eu poderia observá-las quando viessem e anotar seu percurso aproximado, caso não conseguissem formar uma linha contínua. Até isso seria de grande ajuda. Quando uma delas se aproximasse, a pistola daria um jeito.

Mas não posso me iludir muito com isso. Agora que as notas estão feitas, descansarei um pouco mais e depois tentarei perambular mais um pouco. Tão logo volte ao recinto central — o que deve ser fácil —, tentarei a abertura da extrema direita. Talvez possa sair ao crepúsculo, afinal.

noite — 13 de VI

Nova dificuldade. Minha escapada será tremendamente difícil, pois há elementos de que não suspeitava. Mais uma noite aqui na lama e uma batalha com as mãos amanhã. Encurtei o descanso e estava de pé e tateando novamente por volta das quatro horas. Quinze minutos depois, atingi a câmara central e virei meu capacete para marcar a última das três passagens possíveis.

Enveredando por essa abertura, parecia estar num percurso mais familiar, mas fui brecado, em menos de cinco minutos, por uma visão que me abalou mais do que posso descrever.

Era um grupo de quatro ou cinco daqueles detestáveis homens-lagartos saindo da floresta distante do outro lado da planície. Não podia vê-los nitidamente daquela distância, mas penso que saíram e se viraram para as árvores gesticulando; depois, chegou mais uma dezena deles. O grupo aumentado começou então a avançar diretamente para o edifício invisível, e à medida que se aproximavam, estudei-os cuidadosamente. Nunca antes tivera uma visão tão próxima daquelas coisas fora das vaporosas sombras da selva.

A semelhança com répteis era perceptível, embora soubesse que era apenas aparente, pois as criaturas não têm nenhum ponto em comum com a vida terrestre. Ao chegarem mais perto, menos pareciam verdadeiros reptilianos — somente a cabeça chata e a pele verde, viscosa, parecida com a de uma rã, para sugerir uma comparação. Andavam eretos sobre suas estranhas pernas grossas cujos discos de sucção produziam curiosos ruídos na lama. Eram espécimes de médio porte, com cerca de sete pés de altura e quatro compridos e pegajosos tentáculos peitorais. Os movimentos desses tentáculos — se as teorias de Fogg, Ekberg e Janat estão certas, o que antes duvidei, mas agora estou mais a ponto de aceitar — indicavam que as coisas estavam travando uma animada conversa.

Saquei a pistola lança-chamas e preparei-me para um encarniçado combate. As chances não eram boas, mas a arma me proporcionava uma certa vantagem. Se as criaturas conhecessem o edifício, viriam por ele atrás de mim e me dariam assim uma pista para sair, como os carnívoros skorahs poderiam ter feito. Parecia evidente que iam me atacar, pois embora não pudessem ver o cristal em meu bolso, podiam adivinhar sua presença com o sentido especial que possuíam.

Entretanto, para minha surpresa, não atacaram. Espalharam-se formando um vasto círculo ao meu redor — a uma distância que indicava estarem bem perto da muralha invisível. Ali, de pé, formando um anel, as criaturas olhavam silenciosa e inquisitivamente para mim, balançando seus tentáculos e, às vezes, abanando a cabeça e fazendo gestos com os membros superiores. Algum tempo depois, vi outras saírem da floresta e se juntarem à multidão curiosa. As que estavam perto do cadáver, olharam brevemente para ele, mas não fizeram nenhum movimento para perturbá-lo. Era uma visão horrível, mas os homens-lagartos pareciam não ligar o mínimo para isso. De vez em quando, um deles espantava as moscas farnoth com seus membros ou tentáculos, ou esmagava um sinuoso sificlighs ou akman, ou uma gavinha de erva efjeh estendida, com os discos de sucção de suas pernas.

Observando esses grotescos e inesperados intrusos e tentando imaginar por que não me atacavam imediatamente, perdi momentaneamente a força de vontade e a energia nerval para prosseguir na busca da saída. Reclinei-me flacidamente contra a parede invisível do corredor em que estava, deixando a imaginação mergulhar numa cadeia das mais desvairadas especulações. Uma porção de enigmas que antes me aturdiam, pareceram subitamente adquirir um novo e sinistro significado, e estremeci com um medo agudo, diferente de qualquer outro que já havia sentido.

Acreditava saber por que aquelas criaturas repulsivas estavam me rodeando, expectantes. Acreditava, também, que finalmente entendia o segredo da estrutura transparente. O fascinante cristal que eu pegara, o cadáver do homem que o pegara antes de mim — todas essas coisas começaram a adquirir um significado soturno e ameaçador.

Não fora uma série comum de infortúnios que me fizera perder o caminho neste emaranhado invisível e sem teto de corredores. Longe disso. Sem dúvida, o lugar era um genuíno labirinto — um dédalo deliberadamente construído por essas diabólicas criaturas cuja mentalidade e habilidade eu subestimara tão terrivelmente. Não o teria suspeitado antes se conhecesse sua fabulosa habilidade arquitetônica? A finalidade era evidente. Tratava-se de armadilha — uma armadilha preparada para pegar seres humanos, e com o esferoide de cristal como isca. Essas coisas de aparência réptil, em sua guerra contra os caçadores de cristais, tinham apelado para a estratégia e estavam usando nossa própria cupidez contra nós.

Dwight — se o cadáver putrefato é mesmo ele — foi uma vítima. Ele deve ter sido apanhado faz algum tempo e não conseguiu encontrar a saída. A falta de água certamente o enlouqueceu, e talvez também tivesse ficado sem cubos de clorato. Provavelmente sua máscara não escorregou acidentalmente, afinal. Suicídio é a coisa mais provável. Em vez de enfrentar uma morte prolongada, decidiu resolver a questão tirando deliberadamente a máscara e deixando a atmosfera letal fazer seu trabalho rapidamente. A horrível ironia desse destino residia em sua posição — estava a poucos pés da saída salvadora que não conseguira encontrar. Um minuto mais de busca e teria se salvado.

E agora eu havia sido capturado como ele. Apanhado e com essa horda de espectadores curiosos em volta para zombar de minha situação. O pensamento era enlouquecedor, e enquanto ele se instaurava em minha mente fui sendo tomado por um súbito lampejo de pânico que me impeliu a sair correndo desnorteadamente pelas galerias invisíveis. Durante alguns minutos, enlouqueci completamente — chocando-me, tropeçando, ferindo-me contra as paredes invisíveis até que finalmente desabei na lama como um monte lacerado e ofegante de carne insensível sangrando.

A queda me recompôs um pouco, de modo que quando trabalhosamente me ergui, pude observar as coisas e raciocinar. Os espectadores circundantes oscilavam seus tentáculos de uma maneira estranha e regular, sugerindo um riso estranho e furtivo, e balancei o punho selvagemente para eles ao me erguer. Meu gesto pareceu aumentar sua odiosa alegria — alguns deles imitaram-no canhestramente com seus esverdeados membros superiores. Envergonhado, tentei recompor minhas faculdades mentais e tomar pé na situação.

Afinal, não estava tão mal quanto Dwight estivera. Diferentemente dele, sabia qual era a situação — e estar prevenido é estar remediado. Tinha prova de que a saída era alcançável afinal, e não repetiria seu trágico ato de desespero impaciente. O corpo — ou esqueleto, como logo se tornaria — estava permanentemente diante de mim como um guia para a procurada abertura, e uma paciência tenaz certamente me levaria até ela se trabalhasse com tempo e inteligência.

Tinha, porém, a desvantagem de estar rodeado por aqueles répteis diabólicos. Agora que havia percebido a natureza da armadilha — cujo material invisível revelava uma ciência e uma tecnologia superiores às da Terra —, já não podia subestimar a inteligência e os recursos de meus inimigos. Mesmo com a pistola lança-chamas, eu passaria um mau bocado para escapar — embora a audácia e a rapidez certamente me favoreceriam, no final das contas.

Mas primeiro eu precisava chegar lá fora — a menos que pudesse atrair ou provocar alguma criatura para chegar até mim. Enquanto engatilhava a pistola e contava meu generoso suprimento de munição, ocorreu-me testar o efeito de suas descargas sobre as paredes invisíveis. Teria negligenciado um meio viável para escapar? Não havia indícios da composição química da barreira transparente, e era concebível que ela poderia ser algo que um jato de fogo cortasse como queijo. Escolhendo uma porção na direção do cadáver, descarreguei a pistola cuidadosamente, a queima-roupa, e verifiquei com o facão o lugar para onde direcionara a descarga. Nada mudou. Vi a chama se espalhar quando bateu na superfície, e agora percebia a inutilidade de minha esperança. Somente uma longa e tediosa busca pela saída poderia me levar para fora.

Assim, engolindo mais um tablete de comida e colocando outro cubo no eletrolisador da máscara, reiniciei a longa procura, retrocedendo sobre meus passos até a câmara central e recomeçando a busca. Consultava constantemente minhas notas e esboços, e fazia novas anotações — encarando uma curva falsa depois da outra, mas cambaleando sempre em frente, desesperadamente, até a luz da tarde ficar fraca demais. Enquanto persistia na busca, olhava de tempos em tempos para o círculo silencioso de olhares zombeteiros, e observava uma gradual substituição em suas fileiras. De vez em quando, alguns voltavam para a floresta e chegavam outros para ocupar seus lugares. Quanto mais pensava em suas táticas, menos as apreciava, pois me davam indícios sobre as possíveis motivações das criaturas. A qualquer momento, aqueles demônios poderiam avançar e me atacar, mas pareciam preferir observar meu esforço para escapar. Eu só podia inferir que estavam gostando do espetáculo — e isso me fez encolher duplamente ante a perspectiva de cair em suas mãos.

Ao escurecer, parei a busca, sentando-me na lama para descansar. Agora estou escrevendo à luz da lanterna e em breve tentarei dormir um pouco. Espero estar fora amanhã, pois o nível do meu cantil está baixo e os tabletes de lacol são um pobre substituto para a água. Dificilmente ousaria experimentar a umidade dessa lama, pois a água das regiões lamacentas não é potável, exceto quando destilada. É por isso que estendemos canalizações tão extensas para as regiões de terra amarela — ou dependemos da água da chuva quando aqueles demônios encontram e cortam nossos canos. Já não tenho muitos cubos de clorato também, e preciso tentar reduzir o consumo de oxigênio. Minha tentativa de cavar um túnel do começo da tarde e a corrida em pânico em seguida consumiram uma quantidade perigosa de ar. Amanhã reduzirei ao mínimo a movimentação física até me defrontar com os répteis e enfrentá-los. Preciso ter um bom sortimento de cubos para a jornada de volta à Terra Nova. Meus inimigos ainda estão por perto; posso ver o círculo de suas pálidas tochas incandescentes ao meu redor. O horror dessas luzes irá manter-me acordado.

noite — 14 de VI

Mais um dia inteiro de busca e nada ainda! O problema da água começou a me preocupar, pois meu cantil secou ao meio-dia. Durante a tarde, houve uma pancada de chuva e voltei à câmara central para pegar o capacete que deixara como sinalizador e usá-lo como vasilha, obtendo dois copos de água. Bebi a maior parte, mas guardei o restinho no cantil. Os tabletes de lacol pouco podem fazer contra uma sede de verdade, e espero que chova mais esta noite. Estou deixando o capacete de boca para cima para recolher a chuva que cair. Os tabletes de comida também não estão tão abundantes, mas seu número ainda não é ameaçadoramente baixo. Reduzirei minhas rações pela metade de agora em diante. Os cubos de clorato são minha real preocupação, pois mesmo sem exercício violento, a perambulação incessante do dia queimou um número perigoso deles. Sinto-me fraco com a forçada economia de oxigênio e a sede que cresce sem parar. Quando reduzir a comida, creio que ficarei mais fraco ainda.

Existe algo de abominável — de sinistro — nesse labirinto. Poderia jurar que eliminei certas curvas pelo mapeamento, e ainda assim cada nova tentativa desmente alguma suposição que eu considerava dada. Nunca antes eu havia percebido como ficamos perdidos sem referências visuais. Um cego poderia se sair melhor — mas, para a maioria, a visão é o rei dos sentidos. O efeito de todas essas perambulações infrutíferas é um profundo desalento. Posso entender como o pobre Dwight deve ter se sentido. Seu cadáver é um esqueleto agora, e os sificlighs e akmans e moscas farnoths já se foram. As ervas efjehs estão cortando em pedaços o traje de couro, pois eram mais compridas e cresciam mais depressa do que eu imaginara. E durante todo o tempo, aquele revezamento de espectadores tentaculados prossegue malignamente em torno da barreira, rindo de mim, divertindo-se com a minha aflição. Mais um dia e ficarei louco, se não cair morto de exaustão.

No entanto, só me resta perseverar. Dwight teria saído se insistisse um minuto mais. É possível até que venha alguém, em breve, de Terra Nova, à minha procura, embora este seja apenas meu terceiro dia fora. Meus músculos doem terrivelmente e não consigo de modo algum descansar deitado nesse lodo abominável. Na noite passada, apesar da terrível fadiga, dormi apenas intermitentemente, e temo que esta noite não seja diferente. Estou vivendo um pesadelo interminável — colocado entre a vigília e o sono, mas sem verdadeira vigília nem verdadeiro sono. Minha mão treme, não consigo mais escrever por agora. Esse círculo de pálidos fachos incandescentes é hediondo.

fim da tarde — 15 de VI

Progresso substancial! Promete! Muito fraco, e sem dormir muito até clarear. Depois cochilei até o meio-dia, mas não fiquei absolutamente descansado. Comi um tablete extra de alimento para suportar, mas, sem água, não ajudou muito. Ousei experimentar um pouco da água lamacenta uma vez, mas provocou-me uma violenta náusea e deixou-me ainda mais sedento do que antes. Preciso economizar cubos de clorato, por isso estou quase sufocando com a falta de oxigênio. Não consigo andar a maior parte do tempo, mas dou um jeito de me arrastar na lama. Cerca de duas da tarde, pensei ter reconhecido algumas passagens, e cheguei mais perto do que nunca do cadáver — ou esqueleto

— desde as tentativas do primeiro dia. Uma vez entrei numa lateral, que dava num beco sem saída, mas retomei a trilha principal com a ajuda de meu mapa e minhas anotações. O problema com esses rabiscos é que são muitos. Devem cobrir três pés do rolo e preciso parar muitos minutos para destrinchá-los. Minha cabeça está fraca de sede, asfixia e exaustão, e não consigo entender tudo que anotei. Essas malditas coisas verdes continuam olhando e rindo com seus tentáculos, e às vezes gesticulam de tal modo que parecem estar partilhando alguma terrível piada além de minha percepção.

Eram três da tarde quando realmente engrenei. Havia uma passagem que, segundo minhas anotações, ainda não cruzara e quando tentei, descobri que eu poderia rastejar circungirando na direção do esqueleto enlaçado por ervas. A rota era uma espécie de espiral, parecida com aquela pela qual atingira a câmara central pela primeira vez. Sempre que atingia uma passagem lateral ou junção, mantinha o curso que me parecia melhor para repetir aquela jornada original. Enquanto eu circulava cada vez mais perto de meu repulsivo marco, os espectadores lá fora intensificavam sua gesticulação críptica e seu silencioso riso sardônico. Evidentemente, eles viam algo de terrivelmente divertido em meu progresso — percebendo, com certeza, quão desamparado eu estaria num confronto com eles. Que ficassem com a sua diversão, pois embora percebesse minha extrema fraqueza, contava com a pistola lança-chamas e seus numerosos cartuchos extras para atravessar a abominável falange de répteis.

A esperança agora crescera muito, mas não tentei me levantar. Melhor rastejar agora e guardar energia para o iminente encontro com os homens-lagartos. Meu avanço era muito lento e o perigo de enveredar por algum beco sem saída, muito grande, mas ainda assim eu parecia avançar firmemente na direção de meu objetivo: o esqueleto. Essa perspectiva deu-me novas forças e naquele momento parei de me preocupar com a dor, a sede e a escassez de cubos. As criaturas agora estavam se aglomerando em torno da entrada — gesticulando, saltitando e rindo com seus tentáculos. Em breve, refleti, teria que me defrontar com a horda toda — e, talvez, com reforços que poderiam receber da floresta.

Estou agora a poucas jardas do esqueleto e faço uma pausa para esta anotação antes de sair e irromper através do repugnante bando de criaturas. Sinto-me confiante de que com minha derradeira grama de energia posso colocá-los para correr, apesar de seu número maior, pois o alcance dessa pistola é tremendo. Depois, um campo de musgo seco na borda do platô e, pela manhã, uma extenuante viagem através da selva até Terra Nova. Ficarei contente de ver seres e construções humanas novamente. Os dentes daquela caveira brilham e sorriem sinistramente.

mais tarde da noite — 15 de VI

Horror e desespero. Novo engano! Depois de fazer a anotação anterior, aproximei-me ainda mais do esqueleto, mas subitamente choquei-me com uma parede intermediária. Decepcionei-me mais uma vez, e estava aparentemente de volta ao mesmo lugar em que havia estado três dias antes, em minha primeira vã tentativa de deixar o labirinto. Se gritei alto, não sei — talvez estivesse fraco demais para emitir algum som. Simplesmente caí, atordoado, na lama, por um longo período, enquanto as coisas esverdeadas saltavam, riam, e gesticulavam.

Passado um momento, recuperei um pouco a consciência. A sede, a fraqueza e a sufocação estavam rapidamente se apossando de mim, e com minha derradeira partícula de energia coloquei um novo cubo no eletrolisador — temerariamente, sem considerar as necessidades de minha jornada para Terra Nova. O oxigênio fresco reviveu-me um pouco e permitiu-me olhar em torno com maior percepção.

Eu parecia estar um pouco mais distante do pobre Dwight do que naquele meu primeiro desapontamento e refleti, melancolicamente, se poderia estar em um outro corredor um tanto mais afastado. Com essa pálida sombra de esperança, arrastei-me laboriosamente para a frente, mas depois de alguns pés, dei num beco sem saída, como na ocasião anterior.

Isso, então, era o fim. Três dias não me haviam levado a lugar nenhum, e minha energia estava acabando. Logo eu ficaria louco de sede e não poderia mais contar com cubos suficientes para me levarem de volta. Fiquei imaginando languidamente por que as pavorosas criaturas tinham se aglomerado tão compactamente em torno da entrada enquanto zombavam de mim. Provavelmente isso fazia parte da gozação — para me fazer pensar que estava me aproximando de uma saída que eles sabiam não existir.

Não durarei muito, embora esteja resolvido a não apressar as coisas, como Dwight. Sua risonha caveira acaba de virar em minha direção, deslocada pelo movimento de uma das ervas efjeh que está devorando seu traje de couro. A fixidez fantasmagórica daquelas órbitas vazias é pior que o olhar dos pavorosos lagartos. Empresta um hediondo significado ao sorriso de dentes alvos do morto.

Preciso me deitar bem quieto, na lama, poupando toda energia que puder. Este registro — que espero possa chegar aos que vierem depois de mim e os prevenir — logo estará concluído. Depois de parar de escrever, descansarei bastante. Então, quando estiver escuro demais para as apavorantes criaturas verem, reunirei minhas últimas reservas de energia e tentarei atirar o pergaminho sobre a muralha e o corredor intermediário para a planície lá fora. Tomarei cuidado para jogá-lo para a esquerda, onde não atingirá o bando saltitante de gozadores sitiantes. Talvez ele se perca para sempre na lama fina — mas talvez caia em alguma touceira espalhada de mato e acabe chegando a mãos humanas.

Se ele sobreviver para ser lido, espero que possa mais do que prevenir os homens desta armadilha. Espero que possa ensinar nosso povo a deixar esses cristais brilhantes onde estão. Eles pertencem a Vênus apenas. Nosso planeta não precisa verdadeiramente deles, e creio que violamos alguma obscura e misteriosa lei — alguma lei profundamente enterrada nos arcanos do cosmos — em nossas tentativas de obtê-los. Quem poderá dizer que forças obscuras, poderosas e amplas vibram nessas criaturas répteis que guardam seu tesouro de maneira tão singular? Dwight e eu pagamos, como outros pagaram e pagarão. Mas essas mortes esparsas podem ser apenas o prelúdio de horrores maiores no futuro. Deixemos a Vênus o que só a Vênus pertence.

***

Estou bem perto da morte agora, e temo não conseguir atirar o rolo quando a noite descer. Se não conseguir, imagino que os homens-lagartos vão pegá-lo, pois provavelmente perceberão do que se trata. Não vão querer que alguém seja prevenido do labirinto — e não vão saber que minha mensagem contém um apelo em seu favor. À medida que o fim se aproxima, sinto um maior apreço pelas coisas. Na escala da entidade cósmica, quem poderá dizer as espécies que estão em posição mais elevada, ou mais se aproximam da norma orgânica universal — a deles ou a minha?

***

Acabei de tirar o grande cristal do bolso para olhá-lo em meus últimos momentos. Ele brilha feroz e ameaçadoramente sob os raios vermelhos do sol poente. A horda saltitante o percebeu e seus gestos mudaram de um modo que não consigo entender. Gostaria de saber por que ficam amontoados em torno da entrada em vez de se concentrarem num ponto mais próximo da muralha transparente.

***

Estou ficando tonto e não consigo escrever muito mais. As coisas estão girando ao meu redor, e mesmo assim não perco a consciência. Conseguirei jogar isto sobre a muralha? Esse cristal brilha tanto, mas o crepúsculo está se adensando.

***

Escuridão. Muito fraco. Continuam rindo e saltitando em torno da entrada e acenderam aquelas infernais tochas incandescentes.

***

Estarão indo embora? Sonhei que ouvi um som... luz no céu...

RELATÓRIO DE WESLEY P. MILLER, SUPT. GRUPO A, VÊNUS CIA. CRYSTAL

(Terra Nova em Vênus — 16 de VI)

Nosso Operativo A-49, Kenton J. Stanfield da rua Marshall, 5317, Richmond, Va., deixou Terra Nova na manhã do dia de VI para uma viagem curta orientada por detector. Devia estar de volta no dia ou 14. Não apareceu até a noite do dia 15, por isso a Nave de Escolta FR-58 partiu, às 8 horas da manhã, com cinco homens sob meu comando, para seguir a rota com o detector. O ponteiro não apresentou mudança a partir das primeiras leituras.

Acompanhamos o ponteiro até as Terras Altas Erycinianas, varremos com forte holofote o tempo todo. Canhões lança-chamas de triplo alcance e cilindros de radiação D poderiam dispersar qualquer força hostil de nativos ou qualquer agrupamento perigoso de skorahs carnívoros.

Quando estávamos na baixada de Eryx, vimos um grupo de luzes se movimentando, que sabíamos pertencer a tochas incandescentes nativas. Quando nos aproximamos, fugiram para a floresta. Provavelmente setenta e cinco a cem, ao todo. O detector indicou cristal no ponto onde estavam. Navegando baixo sobre esse ponto, nossas luzes captaram objetos no solo. Esqueleto envolvido em ervas efjeh e corpo completo a dez pés dele. Aproximando a nave dos corpos, um canto da asa bateu num obstáculo invisível.

Aproximando-nos dos corpos a pé, batemos numa barreira lisa invisível que nos deixou tremendamente perplexos. Apalpando-a perto do esqueleto, demos com uma abertura além da qual havia um espaço com outra abertura levando até o esqueleto. Este, embora desnudado pelas ervas, tinha um capacete numerado da companhia ao seu lado. Era o Operativo B-9, Frederick N. Dwight, da divisão Koenig, que havia saído de Terra Nova em missão prolongada de dois meses.

Entre esse esqueleto e o corpo inteiro parecia haver outra parede, mas pudemos identificar facilmente o segundo homem como Stanfield. Ele trazia um rolo de anotações na mão esquerda e uma caneta na direita, e parece que escrevia quando morreu. Não havia nenhum cristal visível, mas o detector indicava um exemplar enorme perto do corpo de Stanfield.

Tivemos grande dificuldade para chegar até Stanfield, mas finalmente conseguimos. O corpo ainda estava quente e havia um grande cristal ao seu lado, coberto pela lama rasa. Analisamos imediatamente o rolo de anotações na mão esquerda e nos preparamos para tomar certas medidas com base em seus dados. O conteúdo do rolo constitui a longa narrativa precedente a este relatório; uma narrativa cujas descrições principais confirmamos, e que colocamos em anexo como explicação do que foi encontrado. As partes finais do relato revelam deterioração mental, mas não há motivo para duvidarmos do principal. Stanfield, evidentemente, morreu de uma combinação de sede, asfixia, insuficiência cardíaca e depressão psicológica. Sua máscara estava no lugar e gerando livremente oxigênio apesar do suprimento de cubos alarmantemente baixo.

Com a nave danificada, enviamos um rádio e chamamos Anderson com a Nave de Reparo FG-7, uma unidade de demolição e uma carga de explosivos. Pela manhã, o FH-58 estava consertado, e retornou, sob o comando de Anderson, com os dois corpos e o cristal. Devemos enterrar Dwight e Stanfield no cemitério da companhia e enviar o cristal para Chicago no próximo transporte para a Terra. Mais tarde adotaremos a sugestão de Stanfield — a mais consistente, na parte mais sã e inicial de seu relatório — e traremos tropas suficientes para arrasar com os nativos. Com o campo limpo, certamente não haverá limite para a quantidade de cristal que poderemos recolher.

Durante a tarde, estudamos o edifício invisível ou armadilha com muito cuidado, explorando-o com a ajuda de extensas cordas de guia e preparando um mapa completo para nossos arquivos. Ficamos muito impressionados com o projeto e vamos guardar amostras da substância para análise química. Todo esse conhecimento será útil quando tomarmos as muitas cidades dos nativos. Nossas brocas de diamante C conseguiram perfurar o material invisível e os demolidores agora estão plantando dinamite, preparando uma demolição completa. Não restará nada quando terminarmos. O edifício representa uma clara ameaça para o tráfego aéreo e outros tráfegos possíveis.

Analisando o plano do labirinto, fica-se impressionado com a ironia do destino de Dwight, mas também com o de Stanfield. Ao tentarmos chegar até o segundo corpo partindo do esqueleto, não pudemos encontrar nenhum acesso à direita, mas Markheim encontrou uma passagem partindo do primeiro espaço interior a cerca de quinze pés depois de Dwight e quatro ou cinco de Stanfield. Além dessa, havia um longo salão que só exploramos mais tarde, mas do lado direito desse salão havia uma outra passagem levando diretamente ao corpo. Stanfield poderia ter alcançado a saída andando vinte e dois ou vinte e três pés se tivesse encontrado a abertura que ficava diretamente *atrás* dele — uma abertura que ele negligenciou devido à exaustão e ao desespero.

[1936]

encerrado com os faraós*

Mistério atrai mistério. Desde a ampla circulação de meu nome como realizador de façanhas inexplicáveis, deparei-me com estranhos acontecimentos e relatos que meu ofício levava as pessoas a associarem a meus interesses e atividades. Alguns têm sido triviais e irrelevantes; alguns profundamente dramáticos e absorventes; alguns provocaram experiências tenebrosas e arriscadas; e alguns envolveram-me numa extensa pesquisa histórica e científica. Muitos desses assuntos já contei e continuarei contando com muita tranquilidade, mas existe um sobre o qual falo com grande relutância e que só estou relatando agora depois de uma acalorada sessão de persuasão movida pelos editores desta revista, que tinham ouvido vagos rumores a seu respeito de outros membros de minha família.

O assunto, até então guardado, diz respeito à minha visita não profissional ao Egito, há quatorze anos, e tem sido evitado por mim por diversas razões. Por um lado, sou avesso a explorar certos fatos e condições inconfundivelmente reais, obviamente desconhecidos dos milhares de turistas que se amontoam ao redor das pirâmides e aparentemente ocultados com muito zelo pelas autoridades do Cairo, que não podem ignorá-los inteiramente. Por outro, repugna-me narrar um incidente em que a fantasia de minha própria imaginação deve ter desempenhado um papel tão importante. O que vi — ou pensei ter visto — certamente não

---

* Com Harry Houdini.

ocorreu; deve ser encarado como decorrência de minhas então recentes leituras de Egiptologia e das especulações a esse respeito estimuladas naturalmente pelo ambiente que me rodeia. Esses arroubos da imaginação, amplificados pela excitação de um fato suficientemente terrível em si, sem dúvida deram lugar aos paroxismos de horror daquela noite grotesca num passado já distante.

Em janeiro de 1910 eu havia finalizado um compromisso profissional na Inglaterra e assinado um contrato para uma temporada em teatros australianos. Dispondo de muito tempo para a viagem, decidi aproveitá-la ao máximo no tipo de excursão que mais me interessa. Assim, acompanhado por minha esposa, vaguei pelo continente e embarquei em Marselha no P. & O. Steamer *Malwa*, com destino a Port Said. Dali pretendia sair em visita aos principais sítios históricos do baixo Egito antes de partir definitivamente para a Austrália.

A viagem foi agradável e animada por muitos daqueles divertidos incidentes que sucedem a um mágico profissional fora de seu trabalho. Eu pretendia, para o bem de uma viagem tranquila, manter meu nome em segredo, mas fui levado a me trair por um colega mágico, cuja ansiedade em assombrar os passageiros com truques ordinários tentou-me a repetir e exceder seus feitos de maneira positivamente perniciosa a meu anonimato. Menciono esse episódio em virtude de suas consequências posteriores — consequências que eu devia ter previsto antes de me desmascarar diante de uma leva de turistas pronta a se espalhar pelo Vale do Nilo. O que fiz foi anunciar minha identidade por todos os lugares onde posteriormente passei, privando a minha esposa e a mim do plácido anonimato que pretendíamos. Viajando atrás de curiosidades, fui frequentemente obrigado a suportar a observação alheia como se eu mesmo fosse uma espécie de curiosidade!

Viéramos ao Egito em busca do pitoresco e do misticamente impressionante, mas não encontramos muito disso quando o navio ancorou em Port Said e descarregou seus passageiros em pequenos barcos. Dunas baixas de areia, boias oscilando em águas rasas e uma cidadezinha monotonamente europeia, sem maior interesse salvo pela grande estátua de De Lesseps, deixaram-nos ansiosos para encontrar algo mais interessante. Depois de alguma discussão, decidimos partir imediatamente para o Cairo e para as Pirâmides, seguindo depois para Alexandria, onde embarcaríamos no navio australiano e conheceríamos algumas vistas greco-romanas que aquela velha metrópole nos pudesse oferecer.

A viagem de trem foi tolerável e consumiu apenas quatro horas e meia. Vimos boa parte do Canal de Suez, cujo curso acompanhamos até Ismailiya, e depois tivemos um gostinho do Antigo Egito vislumbrando o restaurado canal de água potável do Médio Império. Depois, finalmente, avistamos o Cairo refulgindo através do crepúsculo que se adensava, uma constelação faiscante que se transformou num clarão quando paramos na grande Gare Centrale.

O desapontamento nos esperava mais uma vez, pois tudo que víamos era europeu, exceto os trajes e as multidões. Um simples metropolitano nos levou a uma praça repleta de carruagens, táxis e bondes, deslumbrante com as luzes elétricas brilhando em altos edifícios, onde o próprio teatro, no qual me solicitaram inutilmente que me apresentasse e onde mais tarde compareci como espectador, tinha sido recentemente rebatizado de "American Cosmograph". Alojamo-nos no Hotel Shepheard — ao qual chegamos num táxi que correu por ruas largas e bem planejadas —, e em meio ao serviço perfeito de seus restaurantes, elevadores e ao fausto geralmente anglo-americano, o misterioso Oriente e o passado imemorial pareciam muito longínquos.

O dia seguinte, porém, nos levou deliciosamente ao coração da atmosfera das *Mil e uma noites*, e, nos caminhos sinuosos e na exótica silhueta do Cairo, a Bagdá de Harun-al-Rashid parecia reviver. Guiados por nosso Baedeker, tínhamos rumado para leste, para além dos Jardins Ezbekiyeh, ao longo do Mouski, à procura do bairro nativo, e logo estávamos nas mãos de um espalhafatoso cicerone que — não obstante os desdobramentos posteriores — era seguramente um mestre em seu ofício.

Só mais tarde fui perceber que devia ter solicitado um guia autorizado no hotel. Aquele homem, um sujeito relativamente limpo, barbeado, com voz singularmente grossa, que parecia um Faraó e se autodenominava "Abdul Reis el Drogman", parecia ter mais poder sobre os outros de seu gênero, embora posteriormente a polícia declarasse não conhecê-lo, sugerindo que *reis* era meramente um nome para qualquer pessoa dotada de autoridade, enquanto "Drogman" obviamente não passava de uma canhestra corruptela da palavra para designar um guia de grupos de turistas — *dragoman*.

Abdul nos conduziu por maravilhas sobre as quais até então só tínhamos lido e sonhado — labirintos de ruelas estreitas exalando aromáticos segredos; sacadas e balcões adornados de arabescos quase se encontrando por cima de ruas calçadas com pedras roliças; turbilhões de tráfego oriental com estranhos gritos, chicotes estalando, carros chacoalhando, dinheiro tilintando e jumentos zurrando; caleidoscópios de mantos, véus, turbantes e tarbuches policromáticos; aguadeiros e dervixes, cães e gatos, ledores de sorte e barbeiros; e sobrepondo-se a tudo o lamento de mendigos cegos enrodilhados em nichos e o sonoro canto dos muezins em minaretes delicadamente delineados contra um céu de profundo e imutável azul.

Os bazares cobertos e mais silenciosos não eram menos fascinantes. Especiarias, perfumes, fieiras de incenso, tapetes, sedas e objetos de latão — o velho Mahmoud Suleiman sentado no chão, de pernas cruzadas, em meio a seus ensebados frascos enquanto jovens tagarelavam macerando mostarda no capitel escavado de uma velha coluna clássica — uma coríntia romana, talvez da vizinha Heliópolis, onde Augusto estacionou uma de suas três legiões egípcias. A antiguidade começava a se confundir com exotismo. Depois, as mesquitas e o museu — vimos todos, e tentamos não deixar nosso divertido árabe sucumbir ao charme mais obscuro do Egito faraônico que os inestimáveis tesouros do museu ofereciam. Isso deveria ser nosso clímax, mas por enquanto estávamos concentrados nas glórias medievais sarracenas dos califas cujos magnificentes túmulos-mesquitas formam uma feérica necrópole cintilante à beira do Deserto Arábico.

Finalmente, Abdul nos levou ao longo da Sharia Mohammed Ali até a antiga mesquita do Sultão Hassan, e a Babel-Azab, flanqueada de torres, além da qual ascende o caminho entre paredões abruptos até a poderosa cidadela que o próprio Saladino construiu com as pedras de pirâmides desconhecidas. O sol se punha quando escalamos aquele rochedo, contornamos a moderna mesquita de Mohammed Ali e olhamos para baixo, do vertiginoso parapeito, para o místico Cairo — Cairo místico, todo dourado com suas cúpulas entalhadas, seus etéreos minaretes e seus flamejantes jardins.

A distância, sobre a cidade, alteava-se a grande cúpula romana do novo museu, e além dela — cruzando o críptico Nilo amarelo, mãe das eras e dinastias — espreitavam as ameaçadoras areias do Deserto da Líbia, ondulantes, iridescentes e malignas com seus mistérios mais antigos.

O rubro sol desceu mais, trazendo o frio implacável do crepúsculo egípcio, e enquanto ele estava ali pousado, na borda do mundo, como aquele antigo deus de Heliópolis — Re-Harakhte, o Deus-Horizonte — vimos, em silhueta contra seu holocausto escarlate, os contornos escuros das Pirâmides de Gizeh; os túmulos paleogênicos ali estavam na imponência de seus mil anos quando Tut-Ankh-Amon erguera seu trono dourado na distante Tebas. Soubemos então que havíamos terminado com o Cairo sarraceno e que devíamos experimentar os mistérios mais

ENCERRADO COM OS FARAÓS

profundos do Egito primitivo — o negro Kem de Re e Amon, Ísis e Osíris.

Na manhã seguinte, visitamos as Pirâmides acomodados numa Vitória, cruzando a ilha de Chizereh com seus imponentes lebbeks e a ponte inglesa menor para a margem ocidental. Seguimos pela via litorânea entre grandes renques de lebbeks, deixando para trás o imenso Jardim Zoológico até o subúrbio de Gizeh, onde uma nova ponte para o Cairo foi posteriormente construída. Depois, virando para o continente, seguimos pela Sharia-el-Haram, cruzamos uma região de canais cristalinos e miseráveis vilarejos nativos até despontarem à nossa frente os objetos de nosso destino, clivando as névoas do amanhecer e formando réplicas invertidas nos tanques à beira da estrada. Quarenta séculos, como ali dissera Napoleão a seus soldados, realmente nos contemplavam.

A estrada agora subia abruptamente, até que finalmente alcançamos um posto de baldeação entre a estação de bonde e o Hotel Mena House. Abdul Reis, que eficientemente comprara nossos ingressos para a Pirâmide, parecia se entender com a ruidosa multidão de agressivos beduínos que habitava uma esquálida aldeia de barro a alguma distância e importunava todo viajante, pois a manteve a uma distância apropriada e obteve para nós um excelente par de camelos, reservando para si um jumento, e entregou a condução de nossos animais a um grupo de homens e meninos mais dispendiosos que úteis. A área a ser percorrida era tão pequena que os camelos eram praticamente dispensáveis, mas não lamentamos acrescentar à nossa experiência essa forma um tanto incômoda de navegação no deserto.

As pirâmides ficam num alto platô rochoso, esse grupo correspondendo à parte mais setentrional da série de cemitérios reais e aristocráticos construída nas proximidades da extinta capital, Mênfis, que fica do mesmo lado do Nilo, um pouco ao sul de Gizeh, e que floresceu entre 3400 e 2000 a.C. A maior pirâmide, a que fica mais perto da estrada moderna, foi construída pelo Rei Quéops, ou Khufu, por volta de 2800 a.C., e alcança mais de 450 pés de altura perpendicular ao solo. Alinhadas a sudoeste dela ficam, sucessivamente, a Segunda Pirâmide, construída uma geração depois pelo Rei Quéfren e, embora ligeiramente menor, parece maior porque assentada numa plataforma mais alta, e a Terceira Pirâmide, do Rei Miquerinos, acentuadamente menor, erguida por volta de 2700 a.C. Perto da borda do platô e a leste da Segunda Pirâmide, com a face provavelmente alterada para formar um colossal retrato de Quéfren, seu régio restaurador, ergue-se a monumental Esfinge — muda, sardônica, e sábia, além da humanidade e da memória.

Pirâmides menores e vestígios de pirâmides menores em ruínas são encontrados em diversos locais, e o platô todo está atulhado de túmulos de dignitários de hierarquia inferior à linhagem real. Estes últimos eram originalmente assinalados por *mastabas*, estruturas de pedra em forma de bancos ao lado dos fundos poços de sepultamento, como as encontradas em outros cemitérios de Mênfis e exemplificadas pelo Túmulo de Perneb, que se encontra no Metropolitan Museum de Nova York. Em Gizeh, porém, todas essas coisas visíveis foram varridas pelo tempo e pela pilhagem, e restam apenas os poços de pedra, ora cheios de areia, ora escavados por arqueólogos, para atestar sua primitiva existência. Associado a cada túmulo, havia uma capela onde sacerdotes e parentes ofereciam comida e orações ao esvoaçante *ka*, ou princípio vital do falecido. Os túmulos pequenos têm suas capelas contidas nas superestruturas, as *mastabas*, de pedra, mas as capelas mortuárias das pirâmides, onde repousam os régios faraós, eram templos separados, todos localizados a leste da pirâmide correspondente, e ligados por um passadiço a uma majestosa capela-portal, ou propileu, à borda do platô rochoso.

A capela-portal que conduzia à Segunda Pirâmide, quase enterrada nas areias deslizantes, se escancara subterraneamente a sudeste da Esfinge. Uma tradição persistente a intitula "Templo da Esfinge" e talvez pudesse ser justamente assim chamada se a Esfinge realmente representasse o construtor Quéfren, da Segunda Pirâmide. Correm relatos desagradáveis sobre a Esfinge antes de Quéfren — mas quaisquer que tenham sido suas antigas feições, o monarca as substituiu por suas próprias para que os homens pudessem olhar sem medo para o colosso.

Foi no grande templo-portal que encontraram a estátua de diorito em tamanho natural de Quéfren que está atualmente no museu do Cairo, uma estátua diante da qual me postei, pasmado, quando a vi. Não sei ao certo se o edifício todo já foi escavado, mas em 1910 ele estava enterrado na areia, com a entrada barrada por pesadas grades durante a noite. Os alemães estavam encarregados do trabalho, mas a guerra e outros assuntos os devem ter interrompido. Em vista de minha experiência e certos murmúrios de beduínos desconhecidos ou desacreditados no Cairo, eu daria muito para saber o que houve com um certo poço numa galeria transversal onde estátuas do Faraó foram encontradas em curiosa justaposição com estátuas de babuínos.

A estrada que percorríamos em nossos camelos, naquela manhã, fez uma curva acentuada depois do posto policial de madeira, do correio, farmácia e das lojas à sua esquerda, e mergulhou para o sul e para o leste numa volta completa que escalou o platô rochoso e nos colocou face a face com o deserto, abrigados do vento pela Grande Pirâmide. Cavalgamos por ciclópicas construções de alvenaria, rodeando a face oriental e olhando para baixo, para um vale de pirâmides menores à frente, além das quais o eterno Nilo faiscava a leste, e o eterno deserto cintilava a oeste. Despontavam, muito próximas, as três grandes pirâmides, a maior delas despojada de seu acabamento externo e exibindo a massa de grandes pedras, mas as outras conservavam, aqui e ali, o revestimento preciso que as deixava lisas e bem acabadas em seu tempo.

Descemos depois em direção à Esfinge e nos sentamos em silêncio sob o fascínio daqueles terríveis olhos cegos. No vasto peito rochoso discernimos vagamente o emblema de Re-Harakhte, por cuja imagem a Esfinge fora erroneamente atribuída a uma dinastia posterior, e muito embora a areia cobrisse a plataforma entre as enormes patas, recordamos o que Tutmés IV ali fizera esculpir e o sonho que tivera quando príncipe. Foi então que o sorriso da Esfinge vagamente nos perturbou, fazendo-nos recordar as lendas sobre passagens subterrâneas por baixo da monstruosa criatura, levando para baixo, mais para baixo, para profundezas que ninguém ousaria suspeitar — profundezas relacionadas com mistérios mais antigos que o Egito dinástico já escavado, e sinistramente relacionadas com a permanência de deuses anormais com cabeças de animais no antigo Panteão Nilótico. Foi também ali que me fiz então uma pergunta inocente cujo detestável significado só me apareceria muito mais tarde.

Outros turistas começavam agora a nos alcançar e avançamos para o Templo da Esfinge obstruído pela areia, cinquenta jardas a sudeste, que mencionei antes como o grande portal do passadiço para a capela mortuária da Segunda Pirâmide, no platô. Boa parte dele ainda estava enterrada, embora tivéssemos desmontado e descido por um moderno passeio para seu corredor de alabastro e seu átrio colunado, senti que Abdul e o funcionário alemão local não nos tinham mostrado tudo que havia para ver.

Em seguida, fizemos o circuito convencional do platô das pirâmides, examinando a Segunda Pirâmide e as ruínas peculiares de sua capela mortuária a leste, a Terceira Pirâmide e suas satélites meridionais em miniatura e a arruinada capela a leste, os túmulos de pedra e as estruturas parecidas com favos das Quarta e Quinta dinastias, e o famoso Túmulo de Campbell, cujo poço sombrio mergulha abruptamente por cinquenta e três pés até um sinistro sarcófago que um de nossos condutores de camelo desobstruiu da areia acumulada depois de uma vertiginosa descida por corda.

Gritos nos chegavam agora da Grande Pirâmide onde os beduínos estavam assediando um grupo de turistas com propostas de subida e descida em velocidade na pirâmide. Contam que sete minutos é o tempo recorde para essa subida e descida, mas muitos xeques e filhos de xeques cobiçosos nos garantiram que podiam baixar para cinco se pudessem contar com o estímulo de um *baksheesh* liberal. Não conseguiram esse estímulo, embora tenhamos deixado Abdul nos conduzir para o alto, obtendo assim uma vista de magnificência sem precedente que incluía não só o distante e cintilante Cairo coroado por sua cidadela de colinas dourado-violeta ao fundo, mas todas as pirâmides do distrito de Mênfis, de Abu Roash ao norte e de Dashur ao sul. A pirâmide em degraus de Sakkara, que demarca a evolução da baixa *mastaba* para a verdadeira pirâmide, emergia clara e sedutoramente na extensão arenosa. Ela fica perto daquele monumento de transição, como se descobriu ser o famoso túmulo de Perneb — mais de quatrocentas milhas ao norte do vale rochoso de Tebas, onde repousa Tut-Ankh-Amon. Novamente fui reduzido ao silêncio pela mais absoluta admiração. A perspectiva de tal antiguidade e os segredos que cada imponente monumento parecia conter e inspirar enchiam-me de um senso de reverência e imensidão como nada me havia feito antes.

Fatigados pela subida e aborrecidos com os importunos beduínos, cujas atitudes pareciam desafiar todas as regras do bom gosto, dispensamos o árduo detalhe de entrar nas passagens internas restritas de todas as pirâmides, embora víssemos vários turistas mais ousados preparando-se para um sufocante rastejar pelo majestoso monumento de Quéops. Quando dispensamos e pagamos regiamente nosso protetor local e voltamos de carro para o Cairo, com Abdul Reis, sob o sol da tarde, quase nos arrependemos da omissão cometida. Comentários dos mais fascinantes eram murmurados sobre as passagens da pirâmide mais baixa que não constavam dos guias escritos, passagens cujas entradas tinham sido apressadamente bloqueadas e escondidas por certos arqueólogos reservados que as tinham encontrado e começado a explorar.

Boa parte desses rumores certamente era infundada, mas era curioso refletir sobre a insistência com que os visitantes eram proibidos de entrar nas Pirâmides à noite, ou visitar as covas mais profundas e a cripta da Grande Pirâmide. Talvez, neste último caso, fosse o temor do efeito psicológico — o efeito causado no visitante ao se sentir comprimido sob um mundo gigantesco de sólida alvenaria, ligado à vida que conhecera pelo mais frágil dos túneis, onde ele só poderia rastejar, e que qualquer acidente ou intenção maligna poderia bloquear. O assunto todo parecia tão misterioso e instigante que resolvemos fazer uma nova visita ao platô das pirâmides na primeira oportunidade que houvesse. Para mim, a oportunidade veio muito mais cedo do que esperava.

Naquela noite, os membros de nosso grupo sentiam-se um tanto cansados depois do programa extenuante do dia, e saí sozinho com Abdul Reis para uma caminhada pelo pitoresco bairro árabe. Embora o tivesse visto durante o dia, desejava conhecer as ruelas e bazares ao crepúsculo, quando ricas sombras e raios suaves de luz enriqueceriam sua glamourosa e fantástica ilusão. As multidões nativas se desfaziam, mas ainda eram muito numerosas e barulhentas quando chegamos a uma aglomeração de festivos beduínos no Suken-Nahhasin, ou bazar dos caldeireiros. Seu aparente líder, um jovem com feições grosseiras e tarbuche insolentemente empinado, tomou conhecimento de nossa presença e reconheceu, sem grande simpatia, meu competente, porém arrogante e zombeteiro solícito guia.

Talvez, pensei, ele se ressentisse daquela estranha reprodução de meio sorriso da Esfinge que eu frequentemente reparara com divertida irritação, ou talvez não gostasse da ressonância cava e sepulcral da voz de Abdul. De qualquer forma, a troca de expressões ancestralmente ofensivas tornou-se ríspida e não demorou muito para Ali Ziz, como ouvi ser chamado o estranho, quando não era chamado de nome pior, começar a dar safanões na túnica de Abdul, gesto este rapidamente devolvido, provocando uma animada briga corpo a corpo em que ambos os contendores perderam seus adorados turbantes e teriam chegado a uma condição ainda mais deplorável se eu não interviesse e os separassem à força.

Minha interferência, de início aparentemente rejeitada por ambas as partes, conseguiu, finalmente, impor uma trégua. Rancorosamente, cada beligerante recompôs sua ira e seu traje, e com uma presunção de dignidade tão profunda quanto repentina, os dois firmaram um curioso pacto de honra que logo aprendi ser um hábito de grande antiguidade no Cairo — um pacto para o acerto de contas numa luta de braço, no alto da Grande Pirâmide, muito depois da partida do último turista noctívago. Cada duelista teria que juntar um grupo de acompanhantes, e o enfrentamento deveria começar à meia-noite, avançando por rounds, na mais civilizada das maneiras.

Durante o planejamento, muita coisa excitou meu interesse. A luta em si prometia ser única e espetacular, enquanto a ideia da cena sobre aquela imponente construção com vista para o ante-diluviano platô de Gizeh, sob a lívida lua das pálidas primeiras horas da madrugada, despertava cada fibra de minha imaginação. Meu pedido encontrou um Abdul extremamente desejoso de me admitir em seu grupo de acompanhantes, razão por que durante todo o resto da primeira metade da noite eu o acompanhei a várias espeluncas nas zonas mais tenebrosas da cidade — a maioria a nordeste do Ezbekiyeh — onde ele reuniu, um a um, um bando seleto e formidável de assassinos congênitos para sua escolta de pugilato.

Pouco depois das nove, nosso grupo, montado em jumentos batizados com nomes de caráter tão régio ou turístico como "Ramsés", "Mark Twain", "J.P. Morgan" e "Minnehaha", infiltrou-se por labirintos de ruas da zona Oriental e Ocidental, cruzou o lamacento Nilo eriçado de mastros pela ponte dos leões de bronze e trotou filosoficamente entre os lebbeks da estrada para Gizeh. Pouco mais de duas horas foram consumidas no percurso, ao final das quais cruzamos com os derradeiros turistas que retornavam e ficamos a sós com a noite, o passado e a lua espectral.

Depois avistamos as imensas pirâmides no final da avenida, emanando uma sombria e atávica ameaça que eu não parecera notar à luz do dia. Mesmo a menor delas trazia um presságio de execração — pois não fora ali que teriam enterrado viva a Rainha Nitocris, na Sexta Dinastia, a sutil Rainha Nitocris, que certa vez convidara todos os seus inimigos para uma festança num templo, abaixo do Nilo, e afogara a todos fazendo abrir as comportas? Recordei que os árabes murmuram coisas sobre Nitocris e evitam a Terceira Pirâmide em certas fases da Lua. Deve ter sido nela que Thomas Moore pensava ao escrever algo que costuma ser sussurrado por barqueiros menfianos:

> A ninfa subterrânea que habita
> Entre gemas opacas e glórias ocultas —
> A dama da Pirâmide!

Embora estivéssemos adiantados, Ali Ziz e seu grupo nos precediam, pois vimos seus jumentos delineados contra o platô desértico em Kafrel-Haram, miserável povoado árabe perto da Esfinge por onde tínhamos desviado para não seguir a estrada normal para o Mena House, onde alguns policiais sonolentos e relapsos poderiam nos ver e nos barrar. Dali, onde imundos beduínos estabulavam camelos e jumentos nos túmulos de pedra dos cortesãos de Quéfren, fomos conduzidos rocha acima pela areia até a Grande Pirâmide, por cujas faces desgastadas pelo tempo os árabes subiam animadamente, vi Abdul Reis oferecendo-me ajuda de que eu não precisava.

ENCERRADO COM OS FARAÓS

Como bem sabe a maioria dos viajantes, o vértice verdadeiro dessa estrutura há muito se gastou, deixando uma plataforma razoavelmente plana de doze jardas quadradas. Nesse misterioso cume formou-se um círculo fechado e, alguns instantes depois, a sardônica lua do deserto espreitava uma luta que, não fosse pela qualidade dos gritos dos espectadores, poderia perfeitamente ter ocorrido em alguma pequena academia de atletismo nos Estados Unidos. Enquanto a observava, senti que algumas de nossas instituições menos desejáveis estavam presentes, pois cada soco, finta e defesa tresandava "simulação" a meus olhos experimentados. A coisa terminou rapidamente e apesar de minhas suspeitas quanto aos métodos, senti uma espécie de orgulho de dono quando Abdul Reis foi declarado vencedor.

A reconciliação foi espantosamente rápida e em meio aos cantos, confraternizações e bebedeiras que se seguiram era difícil imaginar que pudesse ter ocorrido uma briga. Estranhamente, eu mesmo parecia ser motivo maior de consideração que os adversários, e, com meu entendimento rudimentar do árabe, julguei que estavam discutindo minhas performances e escapadas profissionais de toda sorte de algemas e confinamentos, de modo a indicar não só um surpreendente conhecimento de mim, mas também uma evidente hostilidade e ceticismo no que diz respeito às minhas escapadas. Gradualmente, fui percebendo que a magia antiga do Egito não desaparecera sem deixar vestígio e que fragmentos de um estranho saber secreto e práticas de culto sacerdotal tinham sobrevivido sub-repticiamente entre os felás a tal ponto que a proeza de um *hahwi*, ou mágico estrangeiro, é motivo de ressentimentos e discussões. Pensei em quanto meu guia de voz gutural, Abdul Reis, se assemelhava a um velho sacerdote egípcio, ou faraó, ou à sorridente Esfinge... e fiquei surpreendido.

De repente, aconteceu algo que num ápice comprovou a correção de minhas reflexões e me fez amaldiçoar a leviandade com que aceitara esses acontecimentos noturnos como outra coisa que não a maliciosa e oca "encenação" que agora se evidenciava. Sem anunciar e, certamente, em resposta a algum sinal sutil de Abdul, o bando todo de beduínos se precipitou sobre mim e, fazendo surgir cordas grossas, amarrou-me prontamente com uma firmeza como jamais fora amarrado em toda minha vida, quer no palco, quer fora dele.

Inicialmente me debati, mas logo percebi que um homem não teria a menor chance contra um bando de mais de vinte vigorosos bárbaros. Minhas mãos foram amarradas às costas, meus joelhos dobrados ao máximo e meus pulsos e tornozelos fortemente atados por cordas resistentes. Uma mordaça sufocante foi forçada sobre minha boca e uma venda amarrada apertadamente sobre meus olhos. Depois, enquanto os árabes me carregavam sobre os ombros e iniciavam uma cambaleante descida da pirâmide, ouvia os insultos de meu ex-guia Abdul, que zombava e escarnecia alegremente com sua voz cavernosa, garantindo-me que logo teria meus "poderes mágicos" submetidos a um teste supremo que rapidamente eliminaria qualquer orgulho que eu pudesse ter auferido triunfando sobre todos os testes oferecidos pela América e pela Europa. O Egito, lembrou-me ele, é muito antigo e cheio de mistérios ocultos e poderes antigos nem sempre concebíveis para os especialistas de hoje, cujos artifícios tão sistematicamente não haviam conseguido me prender.

A que distância e em que direção fui carregado, não saberia dizer, pois as circunstâncias eram todas contrárias à formação de um julgamento preciso. Sei, porém, que a distância não deve ter sido grande, pois meus carregadores em nenhum momento apressaram o passo e, no entanto, me conservaram erguido por um período surpreendentemente curto. É essa desconcertante brevidade que me faz quase estremecer sempre que penso em Gizeh e seu platô —, pois nos afligem os indícios de proximidade

ENCERRADO COM OS FARAÓS

das rotas turísticas habituais, do que existia então e deve existir ainda.

A maléfica anomalia de que falo não se tornou manifesta logo no início. Depositando-me numa superfície que reconheci como areia e não rocha, meus captores passaram uma corda ao redor de meu peito e arrastaram-me por alguns metros até uma abertura irregular no chão, pela qual me baixaram então sem maiores cuidados. Durante eternidades fui descido, chocando-me contra ásperas paredes rochosas de um estreito poço artificial que tomei por um dos numerosos poços funerários do platô, até que sua prodigiosa, quase incrível profundidade, tirou-me toda a base de conjectura.

O horror da experiência se aprofundava a cada segundo que se arrastava. Que uma descida pela íngreme rocha sólida pudesse ser tão imensa sem atingir o núcleo do próprio planeta, ou que uma corda feita pelo homem pudesse ser tão comprida para me balouçar naquelas sobrenaturais e aparentemente imensuráveis profundezas do interior da Terra, eram crenças tão grotescas que era mais fácil duvidar de meus agitados sentidos do que aceitá--las. Mesmo agora, não tenho certeza, pois sei como a sensação de tempo se torna enganosa ou distorcida quando se é carregado. Mas tenho plena certeza de ter conservado uma consciência lógica até ali, de que pelo menos não acrescentei nenhum fantasma produzido pela imaginação a um quadro suficientemente hediondo em sua realidade e explicável por algum tipo de ilusão cerebral inteiramente desprovida de real alucinação.

Nada disso foi a causa de meu primeiro desmaio. A provação chocante era cumulativa e o início dos terrores que se seguiram foi um aumento perceptível em minha velocidade de descida. Estavam descendo aquela corda infinitamente comprida muito depressa agora, e eu raspava cruelmente contra as paredes ásperas e apertadas do poço, despencando alucinadamente. Minhas roupas estavam em farrapos e eu sentia o sangue escorrer por todo o corpo, a despeito da crescente e excruciante dor. Minhas narinas também eram assaltadas por uma ameaça dificilmente definível: um insinuante odor de umidade e degradação curiosamente diferente de tudo que farisquei antes, com leves toques de especiaria e incenso que lhe emprestavam um elemento de escárnio.

Sobreveio então o cataclismo mental. Foi horrível — de uma hediondez superior a toda descrição articulada porque tudo se passava na alma, sem nenhum detalhe a descrever. Era o êxtase do pesadelo e o somatório do demoníaco. A subitaneidade foi apocalíptica e diabólica — num momento eu estava mergulhando agonicamente por aquele poço estreito torturantemente recortado, e no momento seguinte voava com asas de morcego pelos abismos infernais, num mergulho livre e vertiginoso por milhas intermináveis de espaço ilimitado e bolorento, elevando-me celeremente a imensuráveis píncaros de enregelante éter, para depois mergulhar, arquejando, em engolfantes profundezas de vorazes, nauseabundos vazios interiores... Agradeço a Deus pela mercê de relegar ao esquecimento aquelas lancinantes Fúrias da consciência que quase desarticularam minhas faculdades mentais, dilacerando, qual ave de rapina, meu espírito! Esse desmaio temporário, por curto que fosse, deu-me as forças e a sanidade para suportar provações ainda maiores de pânico cósmico que espreitavam e grasnavam no caminho à frente.

II

Recobrei os sentidos aos poucos depois daquele tenebroso voo através do espaço estigial. O processo foi infinitamente doloroso e matizado por sonhos fantásticos em que minha condição de amarrado e amordaçado encontrava uma singular personificação. A natureza exata desses sonhos era muito clara enquanto eu os estava vivenciando, mas apagou-se de minha lembrança quase imediatamente depois, reduzida a mero contorno pelos acontecimentos terríveis — reais ou imaginários — que se seguiram. Sonhei que era agarrado por uma enorme e horrível pata, uma pata amarela, peluda, com cinco garras, que saíra da terra para me esmagar e engolfar. E, quando parei para refletir o que seria, pareceu-me que era o Egito. No sonho, olhei para trás, para os acontecimentos das semanas precedentes, e vi-me atraído e enredado, pouco a pouco, sutil e insidiosamente, por algum infernal espírito demoníaco da feitiçaria do antigo Nilo, algum espírito que estava no Egito antes mesmo do homem, e que ali estará quando o homem já não estiver.

Vi o horror e a fenomenal antiguidade do Egito, a terrível afinidade que ele sempre tivera com os túmulos e os templos dos mortos. Vi fantasmagóricas procissões de sacerdotes com cabeças de touros, falcões, gatos e íbis; fantasmagóricas procissões marchando interminavelmente por labirintos e avenidas subterrâneos de titânicos propileus perto dos quais o homem não passa de uma mosca, oferecendo inomináveis sacrifícios a deuses indescritíveis. Colossos de pedra marchavam pela noite sem fim conduzindo hordas de sorridentes esfinges com cabeças humanas para as margens de intermináveis rios de piche estagnados. E, por trás de tudo, vi a inefável malignidade da necromancia primordial, escura e amorfa, tateando avidamente na escuridão à minha procura para sufocar o espírito que ousara dela escarnecer por emulação.

Em meu cérebro entorpecido, tomou forma um melodrama de ódio sinistro e perseguição e vi a alma negra do Egito me identificando e chamando num sussurro inaudível, chamando-me e atraindo-me, conduzindo-me com o resplendor e o encanto de uma superfície sarracena, mas sempre me puxando para baixo, para as ancestrais catacumbas e horrores de seu coração faraônico abissal e *morto*.

Depois, as faces do sonho assumiram feições humanas e vi meu guia Abdul Reis nos trajes de um rei com o riso zombeteiro da Esfinge em seu rosto. E soube que aquelas feições eram as feições de Quéfren, o Grande, que erguera a Segunda Pirâmide, que cinzelara o rosto da Esfinge à semelhança do seu próprio rosto e construíra aquele titânico templo-portal cujas miríades de corredores os arqueólogos pensavam ter escavado da críptica areia e da impassível rocha. E olhei para a comprida e fina mão rígida de Quéfren, a comprida, fina, rígida mão como eu a vira na estátua de diorito no Museu do Cairo — a estátua que haviam encontrado no terrível templo-portal —, e me espantei por não ter gritado quando a vi em Abdul Reis... Aquela mão! Era odiosamente fria e estava me esmagando; era o frio e o aperto do sarcófago... o frio e a constrição do Egito imemorial... Era o próprio Egito sombrio, sepulcral... aquela pata amarela... e murmuram tantas coisas sobre Quéfren...

Mas a essa altura comecei a despertar — ou, pelo menos, a entrar num sono menos profundo que o precedente. Lembrei-me da luta no alto da pirâmide, dos traiçoeiros beduínos e seu ataque, de minha apavorada descida por corda através de intermináveis profundezas rochosas e de meu louco balanço e mergulho num vazio gelado recendendo a odores de putrefação. Percebi que estava deitado agora sobre um chão de pedra úmido e que as firmes amarras continuavam mordendo minha carne. O frio era muito intenso e eu parecia detectar uma tênue corrente de ar nauseabundo passando por mim. Os cortes e arranhões que recebera nas paredes de rocha do poço doíam terrivelmente e a sensação de dor era aumentada para um sofrimento lancinante ou ardente por alguma qualidade pungente da tênue brisa. O mero ato de rolar para o lado era suficiente para deixar meu corpo todo latejando, em indizível agonia.

Ao me virar, senti um puxão de cima e concluí que a corda pela qual tinha sido baixado ainda subia até a superfície. Se os árabes ainda a estavam segurando, não tinha a menor ideia; nem tinha

ENCERRADO COM OS FARÁOS

ideia da profundidade em que me encontrava no interior da Terra. Sabia que a escuridão que me cercava era total ou quase, pois nenhum raio de luar atravessava minha venda, mas não confiei tanto nos sentidos a ponto de aceitar como evidência de profundidade extrema a sensação de enorme duração que caracterizara minha descida.

Sabendo enfim que estava num espaço de considerável extensão alcançado diretamente da superfície acima por uma abertura na rocha, conjeturei vagamente que minha prisão talvez fosse a capela-portal enterrada do velho Quéfren — o Templo da Esfinge —, algum corredor interno, talvez, que os guias não me houvessem mostrado durante a visita matinal, e do qual poderia facilmente escapar se pudesse encontrar o caminho para a entrada gradeada. Seria uma caminhada labiríntica, mas não seria pior do que outras das quais conseguira me safar no passado.

O primeiro passo era me livrar das cordas, da mordaça e da venda, e isso eu sabia que não seria difícil, pois especialistas mais sutis que aqueles árabes já haviam experimentado em mim todos os tipos conhecidos de grilhões em minha longa e diversificada carreira como um expoente da fuga, sem jamais derrotar meus métodos.

Ocorreu-me então que os árabes podiam estar prontos para me encontrar e atacar na entrada, diante de qualquer evidência de minha provável escapada das cordas que me amarravam, o que poderia se evidenciar por alguma forte agitação da corda que eles provavelmente sustinham. Isso, é claro, dando como certo que meu local de confinamento era realmente o Templo da Esfinge de Quéfren. A abertura direta no teto, desse para onde desse, não poderia estar longe de um fácil alcance da entrada moderna normal, perto da Esfinge, se, com efeito, não estivesse a grande distância da superfície, pois a área total conhecida pelos visitantes não era absolutamente imensa. Eu não havia notado uma abertura assim durante minha peregrinação diurna, mas sabia que essas coisas são facilmente negligenciadas em meio às areias deslizantes.

Meditando sobre essas coisas enquanto estava deitado e amarrado no chão rochoso, quase esqueci os horrores da abissal descida e do cavernoso balouçar que há pouco me reduziram ao coma. Meu pensamento momentâneo se resumia a lograr os árabes e, para isso, resolvi me desembaraçar o mais rapidamente possível das cordas, evitando algum puxão na linha pendente que pudesse trair uma real ou mesmo problemática tentativa de libertação.

Isso, porém, era mais fácil decidir que realizar. Tentativas preliminares deixaram claro que pouco poderia ser feito sem uma movimentação considerável e não me surpreendeu quando, depois de um esforço especialmente enérgico, comecei a sentir espiras de corda caindo e empilhando-se ao meu redor e sobre mim. Evidentemente, pensei, os beduínos haviam sentido meus movimentos e soltaram a ponta da corda, correndo, certamente, para a verdadeira entrada do templo para me esperar com intenções assassinas.

A perspectiva não era nada agradável — mas eu já enfrentara situações piores sem desistir, e não desistiria agora. Precisava, antes de mais nada, livrar-me das cordas e depois confiar no engenho para escapar ileso do templo. Era curioso como implicitamente eu chegara a acreditar que estava no velho templo de Quéfren ao lado da Esfinge, a curta distância da superfície do solo.

Essa crença foi abalada, e cada apreensão primitiva de profundidade sobrenatural e mistério demoníaco reviveu por uma circunstância que cresceu em horror e significado no momento mesmo em que eu formulava meu filosófico plano. Disse que a corda que caía empilhava-se ao meu lado e sobre mim. Percebia agora que ela continuava se empilhando como não poderia acontecer com corda alguma de comprimento normal. Ela ganhou ímpeto, transformando-se numa avalanche de cânhamo, acumulando-se em monte sobre o chão e quase me enterrando nos anéis que se multiplicavam velozmente. Não demorou muito para eu ficar completamente engolfado e meio asfixiado, enquanto as crescentes espiras me submergiam e sufocavam.

Meus sentidos novamente vacilaram e tentei, inutilmente, enfrentar uma ameaça desesperada e inelutável. Não se tratava simplesmente de ser torturado para além da capacidade humana — nem meramente que a vida e a respiração parecessem ser lentamente expelidas de mim pelo esmagamento —, era a percepção do que significava aquela sobrenatural extensão de corda, e a consciência de que desconhecidos e incalculáveis abismos de terra interior deviam me cercar naquele momento. Minha interminável descida e voo balouçante pelo espaço assombrado deviam ter sido reais, então, e agora eu devia estar desamparadamente deitado em algum inominável mundo cavernoso em direção ao coração do planeta. Esta súbita confirmação de horror extremo era insuportável, e mergulhei uma segunda vez no misericordioso olvido.

Quando digo olvido, não quero dizer que isso me livrava dos sonhos. Pelo contrário, minha ausência do mundo consciente era marcada por visões da mais completa hediondez. Deus!... Se ao menos não tivesse lido tanta coisa sobre Egiptologia antes de vir para essa terra que é a fonte de todo o terror e escuridão! Esse segundo desmaio encheu novamente minha mente adormecida com a arrepiante percepção do país e seus segredos arcaicos e, por algum acaso maldito, meus sonhos se voltaram para as ideias antigas da morte e de sua permanência no corpo e na alma além daqueles misteriosos sepulcros que eram mais casas do que túmulos. Recordei, em formas oníricas, e é melhor que não me lembre mais, a peculiar e elaborada construção dos túmulos egípcios e as doutrinas extremamente singulares e terrificantes que orientavam sua construção.

Todo o pensamento daquela gente se voltava para a morte e os mortos. Estavam convencidos de uma literal ressurreição do corpo, o que os levava a mumificá-los com exasperante cuidado, preservando todos os órgãos vitais em canopos, perto do cadáver. Além do corpo, acreditavam em dois outros elementos: a alma, que depois de ser pesada e aprovada por Osíris, habitava na terra dos bem-aventurados, e o obscuro e prodigioso *ka*, princípio de vida, que errava pelos mundos superiores e inferiores de maneira horrível, exigindo o acesso ocasional ao corpo preservado, consumindo as oferendas de comida trazidas pelos sacerdotes e parentes piedosos à capela mortuária, e às vezes — corriam rumores — tomando o cadáver ou a cópia em madeira sempre enterrada ao lado e saindo, com andar repugnante, em missões particularmente repulsivas.

Por milhares de anos, aqueles corpos repousavam, suntuosamente encerrados, com os olhos vidrados para o alto mesmo quando não eram visitados por *ka*, esperando pelo dia em que Osíris restauraria *ka* e alma, tirando as rígidas legiões de mortos das submersas moradas do sono. Deveria ser um renascimento glorioso — mas nem todas as almas eram aprovadas, nem todos os túmulos estavam inviolados, por isso era de esperar alguns *erros* grotescos e *aberrações* demoníacas. Ainda hoje os árabes murmuram sobre reuniões profanas e adorações mórbidas em esquecidos abismos inferiores, que somente os invisíveis *ka* alados e múmias sem alma podem visitar e de lá retornar incólumes.

As lendas mais estarrecedoras talvez sejam as que relatam certos produtos perversos da casta sacerdotal decadente — *múmias compostas* obtidas com a união artificial de troncos e membros humanos e cabeças de animais em imitação dos deuses mais antigos. Em todos os estágios da história, os animais sagrados eram mumificados, de forma que touros, gatos, íbis, crocodilos e outros, todos consagrados, pudessem algum dia retornar para uma glória maior. Mas, somente no período da decadência, eles combinavam o homem e o animal na mesma múmia — somente na decadência, quando não entendiam os direitos e as prerrogativas do *ka* e da alma.

O que aconteceu com aquelas múmias compostas, não se fala — ao menos publicamente —, e é certo que nenhum egiptólogo jamais encontrou uma delas. Os rumores que correm entre os árabes são muito terríveis e não merecem crédito. Eles chegam a sugerir que o velho Quéfren — o da Esfinge, da Segunda Pirâmide e do portal do templo escancarado — vive bem em grande profundidade, casado com a rainha-demônio Nitocris, reinando sobre as múmias que não são nem de homens, nem de animais.

Foi com estes — Quéfren e sua consorte e seus estranhos exércitos de mortos híbridos — que sonhei, e é por esse motivo que fico feliz pelas formas oníricas exatas terem se apagado de minha memória. Minha visão mais horrível se relacionou com uma pergunta descuidada que me fizera, no dia anterior, ao olhar para o grande enigma esculpido do deserto, imaginando com que desconhecidas profundezas o templo ao seu lado podia estar secretamente conectado. Essa pergunta, tão inocente e descentrada na ocasião, assumiu, em meu sonho, um significado de frenética e histérica insânia... *a Esfinge foi originalmente esculpida para representar qual enorme e pavorosa aberração?*

Meu segundo despertar — se foi mesmo um despertar — é uma lembrança de profunda hediondez à qual nada mais em minha vida — salvo algo que veio depois — pode se equiparar, e essa vida foi mais plena e aventurosa que a da maioria dos homens. Lembrem-se de que eu tinha perdido a consciência enquanto estava sendo enterrado pela cascata de corda que caía, cuja enormidade revelava a cataclísmica profundidade de minha localização presente. Agora, com a volta da consciência, senti que o peso todo se fora e percebi, rolando para o lado, que embora ainda estivesse amarrado, amordaçado e vendado, *alguma intervenção havia retirado toda a sufocante montanha de cânhamo que me esmagara.* O significado disso, é claro, só me chegou gradualmente, mas ainda assim imagino que me teria levado novamente à inconsciência se nessa oportunidade não tivesse atingido um estado tal de exaustão emocional que nenhum novo horror poderia fazer muita diferença. Estava só... *com quê?*

Antes que pudesse me torturar com alguma nova reflexão ou renovar os esforços para escapar de meus laços, uma circunstância adicional se manifestou. Dores que não sentira anteriormente torturavam meus braços e pernas, e eu parecia coberto por uma profusão de sangue seco, muito superior a tudo que meus cortes e arranhões pudessem ter produzido. Meu peito também parecia perfurado por uma centena de feridas, como se bicado por alguma maligna, titânica íbis. Com toda certeza, a intervenção que havia removido a corda era hostil, e começara a produzir ferimentos terríveis em mim quando algo a impeliu a desistir. No entanto, na ocasião, minhas sensações eram distintamente inversas ao que se poderia esperar. Em vez de mergulhar num poço sem fundo de desespero, era espicaçado por uma coragem e vontade de agir redobradas, pois sentia que as forças malignas eram coisas físicas que um homem destemido poderia enfrentar de igual para igual.

Reconfortado por esse pensamento, lutei novamente com os laços que me prendiam usando toda a arte de uma vida para me libertar, como tantas vezes fizera sob o brilho das luzes e os aplausos de enormes multidões. Os detalhes familiares de minha escapada começaram a me absorver e agora que aquela extensa corda se fora, recuperei parte de minha crença de que os horrores supremos não passavam de alucinações e que nunca houvera nenhum poço terrível, nenhum abismo imensurável ou nenhuma corda interminável. Estaria, afinal, no templo-portal de Quéfren ao lado da Esfinge e teriam os furtivos árabes se esgueirado para dentro para me torturar enquanto estivesse desprotegido ali dentro? A qualquer custo, eu me libertaria. Se pudesse ficar de pé, desamarrado, sem mordaça e com os olhos abertos para captar qualquer vislumbre de luz que pudesse brilhar de alguma fonte, poderia realmente me divertir enfrentando inimigos maus e traiçoeiros!

Não saberia dizer quanto tempo levei para me desembaraçar dos grilhões. Deve ter sido maior que o de minhas performances de exibição, porque eu estava ferido, exausto e debilitado pelas experiências por que passara. Quando finalmente me libertei e inspirei profundamente o ar frio, úmido e malcheiroso, ainda mais horrível quando absorvido sem a proteção das bordas da mordaça e da venda, descobri que estava muito fatigado e tomado de cãibras para me mover de imediato. Ali estava eu, deitado, tentando distender um corpo abatido e lacerado por um tempo indefinido, forçando a vista para captar vislumbres de algum raio luminoso que pudesse dar uma pista sobre minha situação.

Aos poucos, recuperei as forças e a flexibilidade, mas meus olhos não enxergavam nada. Erguendo-me penosamente, olhei diligentemente em todas as direções, deparando-me somente com uma escuridão tão profunda como a que conhecera quando estava vendado. Experimentei as pernas incrustadas de sangue por baixo das calças esfarrapadas e descobri que podia andar, mas não conseguia decidir em que direção seguir. Obviamente, não devia andar ao acaso, afastando-me, talvez, da entrada que procurava, por isso parei para observar a direção da fria e fétida corrente de ar cheirando a soda cáustica que nunca deixara de sentir. Admitindo que seu ponto de origem era a possível entrada para o abismo, procurei marcar atentamente essa referência caminhando persistentemente em sua direção.

Eu havia trazido uma caixa de fósforos e até mesmo uma pequena lanterna elétrica, mas é evidente que os bolsos de minhas roupas maltratadas e esfarrapadas há muito se esvaziaram desses artigos pesados. Andando cautelosamente na escuridão, a corrente de ar foi ficando mais forte e mais agressiva, até que finalmente pude identificá-la como nada menos que um fluxo tangível de abominável vapor escoando por alguma abertura, qual fumaça do gênio da lâmpada do pescador no conto oriental. O Oriente... Egito... verdadeiramente este escuro berço da civilização sempre foi a fonte de horrores e maravilhas indizíveis!

Quanto mais refletia sobre a natureza desse vento da caverna, mais crescia minha inquietação, pois, embora, a despeito de seu cheiro, procurasse sua origem ao menos como uma pista indireta para o mundo exterior, percebi agora perfeitamente que a emanação maligna podia não ter nenhuma relação ou conexão com o ar puro do Deserto da Líbia, mas devia ser, essencialmente, uma coisa vomitada de abismos sinistros ainda mais profundos. Estaria andando então na direção errada!

Depois de refletir por um instante, decidi não trilhar os mesmos passos. Afora a corrente, eu não teria nenhuma pista, pois o piso rochoso toscamente horizontal não tinha elementos distintivos. Entretanto, se seguisse a estranha corrente, certamente chegaria a uma passagem de algum tipo, de cujo portal talvez pudesse contornar as paredes para o lado oposto desse ciclópico e, de certa forma, intransponível recinto. Bem sabia que podia falhar. Percebia que aquilo não fazia parte do templo-portal de Quéfren que os turistas conhecem, e ocorreu-me que este particular recinto podia ser desconhecido até dos arqueólogos, tendo sido encontrado, por acaso, pelos curiosos e malignos árabes que me haviam aprisionado. E se assim fosse, haveria alguma passagem para as partes conhecidas ou para o espaço externo?

Que evidências eu efetivamente possuía então de que aquilo era o portal do templo? Por um instante, todas as minhas alucinadas especulações voltaram e pensei naquela vívida mistura de impressões — descida, suspensão no espaço, a corda, meus ferimentos, e os sonhos que eram francamente sonhos. Seria o fim da existência para mim? Ou, então, seria uma misericórdia se este momento *fosse* o fim? Não poderia responder a nenhuma de minhas perguntas, mas simplesmente prosseguir até que o destino, pela terceira vez, me reduzisse ao esquecimento.

Dessa vez não houve sonhos, pois a subitaneidade do incidente chocou-me a ponto de privar-me de todo pensamento, consciente ou subconsciente. Pisando num inesperado degrau descendente num ponto em que a virulenta corrente de ar se tornou suficientemente forte para oferecer uma efetiva resistência física, fui atirado, de cabeça para baixo, num lance escuro de enormes degraus de pedra, para um abismo de absoluto horror.

Que eu tenha respirado novamente é um tributo à inerente vitalidade do organismo humano saudável. Olho frequentemente para trás, para aquela noite, e sinto um toque de verdadeiro humor naqueles repetidos lapsos de consciência; lapsos cuja sucessão me lembraram, na ocasião, os toscos melodramas de cinema da época. É bem possível, certamente, que os repetidos lapsos nunca tenham ocorrido e que todas as características daquele pesadelo subterrâneo tenham sido simplesmente os sonhos de um estado de coma prolongado que começara com o choque de minha descida para aquele abismo e terminara com o bálsamo curativo do ar exterior e do sol nascente que me encontraram estendido sobre as areias de Gizeh, diante da face sardônica e avermelhada pela aurora da Grande Esfinge.

Prefiro acreditar o quanto posso nesta última explicação, por isso alegrei-me quando o policial disse que a grade para o templo-portal de Quéfren tinha sido encontrada destrancada e que havia efetivamente um penhasco de dimensão considerável abaixo da superfície, num canto da parte ainda soterrada. Alegrei-me, também, quando os médicos disseram que meus ferimentos eram os que se poderia esperar de minha captura, da vendagem, da descida, da luta com as amarras, da queda de certa altura — talvez numa depressão na galeria interior do templo —, arrastando-me até a grade externa e escapando por ela, e experiências desse tipos... um diagnóstico muito reconfortante.

Mas sei, no entanto, que deve haver mais do que superficialmente parece. Aquela descida extrema é uma lembrança vívida demais para ser descartada — e é estranho que ninguém jamais tenha conseguido encontrar um homem com a descrição de meu guia, Abdul Reis el Drogman — o guia de voz sepulcral parecido com o Rei Quéfren e que sorria como ele.

Fiz uma digressão de minha coesa narrativa — na vã esperança, talvez, de me esquivar de contar aquele incidente final, incidente que, de todos, é mais certamente uma alucinação. Mas prometi relatá-lo e não quebro minhas promessas. Quando recobrei — ou pareci recobrar — os sentidos, depois da queda pela negra escadaria de pedra, estava totalmente só na escuridão, como antes. O sopro malcheiroso, terrível antes, era agora nauseabundo, mas eu me acostumara com ele o suficiente para suportá-lo com estoicismo. Desajeitadamente, comecei a me arrastar para longe do lugar de onde vinha o sopro fétido, tateando, com as mãos ensanguentadas, os blocos colossais de um imenso pavimento. Em certo momento, minha cabeça chocou-se contra um objeto duro, e ao apalpá-lo, percebi que se tratava da base de uma coluna — uma coluna incrivelmente gigantesca — cuja superfície estava coberta por enormes hieróglifos entalhados e perfeitamente perceptíveis pelo tato.

Rastejando em frente, encontrei outras colunas titânicas separadas por distâncias incríveis, quando minha atenção foi subitamente atraída pela percepção de algo que devia estar se insinuando em minha audição subconsciente muito antes de o sentido consciente o perceber.

De alguma fenda ainda mais profunda nas entranhas da terra provinham certos *sons*, ritmados e definidos, diferentes de tudo que ouvira anteriormente. Senti, quase intuitivamente, que eram muito antigos e nitidamente cerimoniais, e as muitas leituras de Egiptologia levaram-me a associá-los com a flauta, a sambuca, o sistro e o tímpano. Em seu rítmico soprar, resfolegar,

ENCERRADO COM OS FARAÓS

chocalhar e bater, senti um elemento de terror acima de todos os terrores conhecidos na Terra — um terror peculiarmente dissociado do medo pessoal que tomava a forma de uma espécie de piedade objetiva por nosso planeta, que devia encerrar em suas profundezas horrores tais como os que devem existir além dessas egipcianas cacofonias. Os sons aumentaram de volume e senti que se aproximavam. Então — e possam todos os deuses de todos os panteões se unir para manter algo semelhante longe de meus ouvidos — comecei a ouvir tenuemente, a distância, o mórbido e milenar ruído dos passos de coisas marchando.

Era horrível ouvir passos tão díspares se movendo num ritmo tão perfeito. Milhares de anos de ímpio treinamento deviam estar por trás daquela marcha de monstruosidades secretas da terra... se arrastando, estalando, andando, marchando, estrondeando, se esgueirando, rastejando... tudo junto com as abomináveis dissonâncias daqueles zombeteiros instrumentos. E então — Deus me poupe a memória dessas lendas árabes! — as múmias sem almas... o ponto de encontro dos *kas* errantes... as hordas de amaldiçoados mortos faraônicos de quarenta séculos... as *múmias compostas* levadas através das supremas cúpulas de ônix pelo Rei Quéfren e sua infernal rainha Nitocris...

O estrondo foi se aproximando — guardem-me os Céus do som daqueles pés e patas e cascos e garras quando começaram a se diferenciar! Das extensões ilimitadas de escuridão, uma centelha de luz brilhou no vento malcheiroso, e ocultei-me atrás da enorme circunferência de uma ciclópica coluna para escapar, por um instante, do horror que marchava com um milhão de pés em minha direção através de gigantescos hipóstilos de sobrenatural pavor e fóbica antiguidade. As cintilações aumentaram e o ritmo dissonante e estrondoso foi ficando morbidamente alto. Sob a difusa luminosidade alaranjada, descortinava-se uma cena confusa de tão desumano pavor que me deixou ofegante ante um espanto de tal monta que se sobrepunha, até mesmo, ao medo e à aversão. Bases de colunas cujos meios se perdiam nas alturas além do alcance da visão humana... meras bases de coisas que podiam, qualquer uma delas, reduzir à insignificância a Torre Eiffel... entalhadas com hieroglíficos por mãos inimagináveis em cavernas onde a luz do dia só podia ser uma lenda remota...

Eu *não olharia* para as coisas que marchavam. Assim resolvi, em desespero, ao ouvir suas juntas estalando e seu resfolegar nitroso por sobre a música dos mortos e o estrondear de seus passos. Misericordiosamente, elas não falavam... mas, Deus!, *suas decrépitas tochas começaram a projetar sombras na superfície daquelas estupendas colunas. Hipopótamos não deviam ter mãos humanas nem carregar tochas... homens não deviam ter cabeças de crocodilos...*

Tentei me afastar, mas as sombras e os sons e o fedor estavam por toda parte. Lembrei-me então de uma coisa que costumava fazer em pesadelos semiconscientes quando era garoto, e comecei a repetir comigo mesmo: "Isto é um sonho! Isto é um sonho!" Mas não adiantou, e pude apenas fechar os olhos e rezar... pelo menos é isso que penso ter feito, pois nunca se tem certeza nas visões — e sei que outra coisa não deve ter sido. Fiquei cismando se voltaria a ver o mundo e, de tempos em tempos, abria furtivamente os olhos para ver se podia discernir alguma característica do lugar que não fosse o vento da acre putrefação, as colunas sem fim e as sombras taumatropicamente grotescas de sobrenatural horror. O crepitante clarão das tochas que se multiplicavam agora brilhava, e a menos que aquele lugar infernal fosse totalmente desprovido de paredes, não poderia deixar de ver, em breve, algum limite ou referência fixa. Mas tive que fechar os olhos novamente ao perceber quantas daquelas coisas estavam se agrupando, e quando vislumbrei um certo objeto andando com solenidade e imponência *sem corpo nenhum acima da cintura.*

Um demoníaco e ululante gorgolejo de cadáver ou estertor de morte rompeu então a própria atmosfera — a sepulcral atmosfera envenenada com sopros de nafta e betume — num coro concertado da diabólica legião de híbridas blasfêmias. Meus olhos, perversamente abertos, viram, por um instante, algo que nenhuma criatura humana poderia sequer imaginar sem pânico, medo e exaustão física. As criaturas avançavam cerimoniosamente numa direção, a direção do vento nauseabundo, onde a luz de seus archotes revelou cabeças curvadas — ou as cabeças curvadas das que tinham cabeça. Estavam adorando diante de uma grande abertura negra que eructava fedor, que se erguia a perder de vista, e que, como pude observar, era flanqueada por duas gigantescas escadarias perpendiculares a ela cujas extremidades se perdiam nas sombras distantes. Uma delas era, inequivocamente, a escadaria por onde eu caíra.

As dimensões do orifício eram diretamente proporcionais às das colunas — uma casa comum se perderia nele, e qualquer edifício público médio podia ser facilmente passado para dentro e para fora. Tinha uma área tão imensa que o simples movimento dos olhos não permitia localizar seus limites... tão vasta, tão terrivelmente escura e tão malcheirosa... Diretamente na frente de sua polifêmica porta escancarada, as criaturas estavam lançando objetos — evidentemente sacrifícios ou oferendas religiosas, a julgar pelos seus gestos. Quéfren era seu líder, o sarcástico Rei Quéfren, ou *o guia Abdul Reis*, cingido por uma coroa dupla dourada e entoando frases ritualísticas intermináveis com a voz gutural dos mortos. A seu lado, ajoelhava-se a bela Rainha Nitocris, cujo perfil enxerguei por um instante, observando que a metade direita de seu rosto estava comida por ratos ou outros demônios. E fechei novamente os olhos quando vi os objetos que estavam sendo atirados como oferendas na fétida abertura ou sua possível deidade local.

Ocorreu-me que, a julgar pelo ritualismo todo dessa adoração, a divindade oculta devia ter uma importância considerável. Seria Osíris ou Ísis, Horus ou Anúbis, ou algum enorme Deus dos Mortos desconhecido ainda mais essencial e supremo? Corre uma lenda de que altares terríveis e colossos foram erguidos a um Deus Desconhecido antes mesmo dos deuses conhecidos serem adorados...

E agora, enquanto me esgueirava para observar a enlevada e sepulcral adoração daquelas coisas inomináveis, uma súbita ideia de fuga me ocorreu. O recinto estava às escuras e as colunas envoltas em sombras. Com as criaturas daquela multidão de pesadelo absorvidas em êxtases paralisantes, havia uma tênue possibilidade de conseguir me arrastar furtivamente até o pé de uma das escadarias e subir por ela sem ser visto, confiando no Destino e na habilidade para me salvarem dali em diante. Não sabia, nem refletira seriamente, sobre o local em que estava — e por um momento ocorreu-me que era engraçado planejar uma escapada a sério do que eu sabia ser um sonho. Estaria em algum reino inferior oculto e insuspeito do templo-portal de Quéfren — aquele templo que gerações persistentemente chamaram de Templo da Esfinge? Não podia presumir, mas decidi subir para a vida e a consciência se a vontade e os músculos pudessem me carregar.

Arrastando-me sobre o ventre, principiei uma torturante jornada até o pé da escadaria da esquerda, que me parecia a mais acessível das duas. Não consigo descrever os incidentes e sensações daquele rastejamento, mas pode-se imaginá-los quando se pensa naquilo que eu precisava observar atentamente sob aquela maligna luz de tochas agitadas pelo vento para evitar que me detectassem. Como já disse, o pé da escadaria estava longe, envolto em sombras — como devia estar mesmo para se elevar retilineamente até o vertiginoso patamar com parapeito por cima da titânica abertura. Isso colocava os últimos estágios de meu rastejar a alguma distância da horda nauseabunda, embora o espetáculo me fizesse estremecer mesmo quando já estava bastante distante, à minha direita.

Consegui, enfim, alcançar os degraus, e comecei a subir, mantendo-me rente à parede, na qual observei decorações das mais hediondas, dependendo, para minha segurança, da absorção e extático interesse com que as monstruosidades olhavam a fedorenta abertura e as ímpias porções de alimento que haviam atirado ao chão à sua frente. Embora a escadaria fosse enorme e íngreme, construída com enormes blocos de pórfiro, como se feita para os pés de um gigante, a subida me pareceu virtualmente interminável. O pavor de ser descoberto e a dor que a retomada do exercício provocava em meus ferimentos combinavam-se para transformar aquele rastejar escada acima numa recordação agonizante. Pretendia, atingindo o patamar, subir imediatamente por alguma escada ascendente que saísse dali, sem parar para um último olhar para as abominações putrefatas que escavavam e se ajoelhavam a setenta ou oitenta pés abaixo — no entanto, uma súbita repetição daquele estrondeante coro de gorgolejos cadavéricos e estertores de morte, surgindo quase no momento em que eu atingia o topo do lance de degraus e mostrando, por seu ritmo cerimonial, que não se tratava de um alarme de minha descoberta, fez-me parar e espiar cautelosamente por cima do parapeito.

As monstruosidades estavam reverenciando alguma coisa que tinha saído da nauseante abertura para pegar o sórdido alimento a ela ofertado. Era algo muito pesado, mesmo visto da altura em que eu estava, uma coisa amarelada e peluda, que se deslocava através de estremecimentos nervosos. Tinha o tamanho aproximado de um hipopótamo de bom tamanho, mas com um formato muito curioso. Parecia não ter pescoço, mas era dotada de cinco cabeças desgrenhadas emergindo em linha de um tronco aproximadamente cilíndrico; a primeira muito pequena, a segunda de bom tamanho, a terceira e a quarta iguais e maiores do que todas, e a quinta bem pequena, embora não tanto quanto a primeira.

Dessas cabeças, projetavam-se curiosos tentáculos rígidos que agarravam vorazmente as imensas quantidades de alimentos imencionáveis colocados diante da abertura. De vez em quando, a coisa saltitava, e, ocasionalmente, retraía para seu covil de uma maneira muito peculiar. Sua locomoção era tão inexplicável que fiquei observando fascinado, desejando que ela saísse a maior distância da toca cavernosa que me ficava abaixo.

Então ela *emergiu... emergiu*, e à sua visão eu me virei e disparei para a escuridão da escadaria ascendente que havia às minhas costas: fugi inconscientemente para cima, por incríveis degraus e escadas de mão e rampas para os quais nenhuma visão ou lógica humanas me guiou, e que eu devo relegar ao mundo dos sonhos por falta de qualquer confirmação. Deve ter sido um sonho, ou a aurora jamais teria me encontrado, respirando, nas areias de Gizeh, diante da sardônica face da Grande Esfinge ruborizada pela aurora.

A Grande Esfinge! Deus! — aquela pergunta ociosa que eu me fizera naquela manhã anterior abençoada pelo sol... *a Esfinge foi originalmente esculpida para representar que enorme e pavorosa aberração?* Maldita seja a visão, seja ela onírica ou não, que me revelou o supremo horror — o desconhecido Deus dos Mortos, que lambe suas colossais postas de carne no insuspeito abismo, alimentado com horríveis bocados por aberrações sem alma que não deveriam existir. O monstro de cinco cabeças que emergiu... aquele monstro de cinco cabeças tão grande quanto um hipopótamo... o monstro de cinco cabeças — *e aquilo do que ele é a mera pata dianteira...*

Mas eu sobrevivi, e sei que tudo não passou de um sonho.

(1924)

Sobre o autor

O século que experimentou um fantástico progresso na mecanização da produção, uma extraordinária jornada de investigação, sob a égide da ciência, de todos os meandros da atividade humana — produtiva, social, mental —, foi também o período em que mais proliferaram, na cultura universal, as incursões artísticas na esfera do imaginário, os mergulhos no mundo indevassável do inconsciente. Literatura, rádio, cinema, música, artes plásticas, e depois, também, a televisão, entrelaçaram-se na criação e recriação de mundos sobrenaturais, em especulações sobre o presente e o futuro, em aventuras imaginárias além do universo científico e da realidade aparente da vida e do espírito humanos.

Howard Phillips Lovecraft (1890-1937), embora não tenha alcançado sucesso literário em vida, foi postumamente reconhecido como um dos grandes nomes da literatura fantástica do século XX, influenciando artistas contemporâneos, tendo histórias suas adaptadas para o rádio, o cinema e a televisão, e um público fiel constantemente renovado a cada geração. Explorando em poemas, contos e novelas os mundos insólitos que inventa e desbrava com a mais alucinada imaginação, Lovecraft seduz e envolve seus leitores numa teia de situações e seres extraordinários, ambientes oníricos, fantásticos e macabros que os distancia da realidade cotidiana e os convoca a um mergulho nos mais profundos e obscuros abismos da mente humana.

Dono de uma escrita imaginativa e muitas vezes poética que se desdobra em múltiplos estilos narrativos, Lovecraft combina a capacidade de provocar a ilusão de autenticidade e verossimilhança com as mais desvairadas invenções de sua arte. Ele povoa seu universo literário de monstros e demônios, de todo um panteão de deuses terrestres e extraterrestres interligados numa saga mitológica que perpassa várias de suas narrativas, e de homens sensíveis e sonhadores em perpétuo conflito com a realidade prosaica do mundo.

do mesmo autor nesta editora

o caso charles dexter ward

à procura de kadath

a cor que caiu do céu

dagon

o horror em red hook

o horror sobrenatural em literatura

nas montanhas da loucura

Este livro foi composto em Vendetta e Variex pela *Iluminuras* e terminou de ser impresso nas oficinas da *Meta Brasil Gráfica*, em papel off-white 80 gramas, em Cotia, SP.